启真馆 出品

启真·闲读馆

极夜行

〔日〕角幡唯介 著

丁楠 译

ZHEJIANG UNIVERSITY PRESS
浙江大学出版社

极夜探险的前情提要

2012 年 12 月至 2013 年 1 月　加拿大　实验之旅

以北纬 69 度 07 分，加拿大剑桥湾的集落为中心，为确认能否在极夜期间长期移动而展开的实验性侦查之旅。测量方位时，挑战使用了自行研发的六分仪与竹竿并用的简易天象观测系统，却因误差过大未能达到实用水平，反被其所累。从剑桥湾向西北方的集落出发后，曾因暖炉故障一度撤退。其后周游了南面的肯特半岛，并于 1 月 15 日目击初升的太阳。1 月 18 日，结束了为期一个月的旅行返回村子。

2014 年 1 月至 4 月　格陵兰岛　侦查之旅

由于剑桥湾的极夜只有短短一个月，且昼间明亮，就体验而言"不够极夜"，遂将根据地转移至世界最北端的原住民集落肖拉帕卢克，位于北纬 77 度 47 分的格陵兰岛，以寻求真正的黑暗舞台。

在陪同妻子生产后不久的 1 月 9 日离开日本。在肖拉帕卢克买下极地犬（"项圈"）。2 月 11 日从村子出发。由梅罕冰川登上冰盖，后沿东北方向前进，离开冰盖进入九月湖。跨越冰盖时，为保证定位的水平角度，使用了装配有特殊气泡管的六分仪。离开九月湖，经由被称为因纽特古道的河道前往下游的伊努菲什亚克，之后沿海岸线到达昂纳特。回程时取道冻原和冰盖，在出发 40 天后回到村子。此行中了解到的格陵兰岛西北部的地理概况与自然特征，让我决定将此地作为极夜探险的正式舞台。

2015 年 3 月至 10 月　格陵兰岛　运送物资之旅

起初计划于当年春夏两季运送极夜探险的必要物资，入冬后直接迎来正式探险。3 月下旬离开日本重赴肖拉帕卢克。4 月 11 日起，与狗儿一起利用雪橇将一个月的食物和燃料运往伊努菲什亚克的古旧小屋。

6 月 21 日，与从日本前来增援的山口将大兄，开始了乘坐兽皮艇（kayak）的运送物资之旅。将物资运送至昂纳特附近名为阿诺伊托的地区后，于7月8日回到村子。7月22日，踏上第二次运送物资之旅。途中被困于浮冰之上，近两周止步不前。其后回收了之前运送至阿诺伊托的物资，再运往昂纳特。继而从昂纳特徒步前往伊努菲什亚克，确认了春天时储藏在小屋里的物资，并找到了英国队的物资投放点。8月31日回到村子。

本打算在村中逗留到11月下旬正式启程，却被行政当局指出不具备滞留资格，遭到勒令遣返及一年内禁止入境的处分。结果于10月下旬返回日本。

2016年4月　日本

接到大岛育雄先生从肖拉帕卢克的来电，得知去年运送至昂纳特的物资已遭北极熊破坏。

目　录

在东京医科齿科大学附属医院的产房里

"啊！疼！受不了了！"

产房里回荡着妻子痛苦的喊声。

妻子躺在产床上，脸色通红，忍受着剧烈的阵痛。临产的妻子挺着浑圆的肚子，仿佛吞下了一颗巨大的皮球。

圆鼓鼓的肚皮上涂满了方便电流流通的透明膏状物质，粘在那上面的传感垫片经由线缆与阵痛仪相连。阵痛袭来时，产妇的肚子就胀得像要被撑破一样；疼痛退去后，肚子也跟着萎缩下去。这一连串膨胀与收缩的趋势被传感器捕捉后，转换成数据与折线图，呈现在显示器上。

形如球胆的肚子在膏状物质的映衬下显得油光水滑，我们的孩子就在那里面。但腹中的胎儿似乎还没有下定决心要从昏暗的羊水中降生到外面的世界，正因为如此，才迟迟不肯出来。

"啊！疼——！受不了了！"

每当阵痛来袭，妻子便重复着相同的字句，发出声嘶力竭的喊声。

我虽然就守在妻子身边，却无法感同身受地体会她的痛苦。

说起来，我还从未在如此近的地方，见一个人狂乱到如此地步。我甚至觉得只要我靠过去，就有遭到妻子殴打的危险。在妻子不可抑制的狂态面前，我变得连大气都不敢多喘一口。

话虽如此，我好歹是她的丈夫，一味地躲在一旁干瞪眼是不行的。丈夫和妻子本是一体同心，当两个人的染色体缠绕于子宫之中，便孕育出胎儿。如今，这个可谓是我们一体同心之象征的胎儿正对出生感到迷茫，我作为一体同心的半边天，必然要以某种形式参与到妻子的分娩事业当中。我想，男人决定陪产就是出于这种理念吧。

"你能行的，加油！"

为了参与其中，我决定在一旁声援妻子。一逮到机会，就给妻子做手足按摩。听说用网球效果更好，我就把网球抵在她的腰上揉来揉去。

可是，在妻子看来，我的关怀似乎只是单纯的添乱。等阵痛的余波过去，我再次想要尽一份力的时候，妻子疲惫不堪地对我说：

"求你了……能别把二氧化碳喷过来吗……"

那一刻我无言以对，只是呆呆地站着，成了一个彻底没用的人。

妻子生产那天是 2013 年 12 月 27 日。

原本，我计划在那年冬天前往格陵兰岛北部，做极夜探险的前期准备。但在计划之外，妻子怀孕了。眼看妻子的肚子越来越大，鼓得像皮球一样，我心里的打算也有了变化。结果，探险的前期工作被我调整到了见证妻子生产以后。

做出这样的决定，不仅仅是出于夫妻之间一体同心的理念问题，更多的，或许是因为我原本就对生产这件事抱有强烈的兴趣。

从还是学生的时候起，我就经常投身于冒险和探险活动中，因此常常有人问我为什么要去冒险。坦白地说，冒险于我就和活着是一回事，所以每当被问道"你为什么要活着"的时候，我几乎是答不上来的。可是，我又不愿因此被人想象成一个不识抬举的人，所以我总要说一些和写一些像样的话，比如，冒险的意义在于到自然界中去触碰死亡的可能，在死亡的围困中获得生的实感。

可若扪心自问，这种程度的冒险对于生过孩子的女性来说，不是人人都有过的经验吗？这才是我最真实的感悟。

女人一旦怀有身孕，就要把孩子这个有别于自己的生命怀抱于腹中。如果说自然界是生与死的基础，是我们个人无法驾驭和改变的，那么，将胎儿这个不受母体意志掌控的生命留在体内，并最终将其产下的妊娠与分娩的过程，无疑就是一种终极的"自然体验型活动"了。在这一过程中获得的对生存的体验，恐怕是任何形式的冒险都无法企及的。我在极地等极端环境下展开的冒险活动，说起来不过是对外部世界蜻蜓点水般的体验罢了。极端地说，真正与自然发生接触的不过是我的一层皮肤而已，相比将胎儿这个"自然界"怀抱于肉体内侧，与自然融为一体的妊娠分娩行为，着实是浮于表面的体验。别看男人这种生物总是从外部世界寻求冒险与浪漫，并将人生的意义投影于此，说到底，那可能只是因为他们无法像女人那样，经由妊娠和分娩在体内获得真切的对于自然和生死的体验罢了。

男人能做到的充其量只有射精，之后的孕育生命也罢，在体内感受自然的未知也罢，都无能为力。正因为实在地认识到了这一点，随着妻子预产期的临近，我开始认为，与其按计划前往格陵兰岛，不如和妻子一起走进产房，尽可能多地参与到妻子的生产当中。生产，这是与我一体同心的妻子在人生中最大的冒险，也是生命最常向我们展现的奥秘。错过妻子的生产渐渐在我心里变成了一件不可想象的事。

可是当我实际走进产房才发现，男人能做的其实什么也没有。实话实说，根本谈不上参与。加油也罢，鼓劲也罢，说得再多都是我这个感受不到疼痛的男人用清洁的身体发出的不负责任的声音罢了。身为产妇的妻子已经声嘶力竭，就连我呼出的二氧化碳也被嫌烦躁了。

禁止呼出二氧化碳，换句话说"减排"，是符合当今时代特色的需要，然而我感到的却是无能为力。我无法参与到妻子的生产中。我因为无能为力而无言以对，又因为无所事事而无意识地想到，或许男人在产房里唯一能做的，就是痛感自己的无能为力吧。

但即使这样，我也不能容忍自己愣头愣脑地杵在那里。对了，我觉得我想到了一个好主意。医院底层有一家 7-11 便利店，去那里买午饭便当不就好了。

"想吃点什么吗？"

"给我买果冻饮料……"

妻子的声音就像要昏死过去一样，我赶紧去便利店买了功能性果冻饮料和炸猪排咖喱饭。

不过离开 10 分钟的工夫，等我再次走进产房，妻子几近昏厥的嘶吼声已经今非昔比，她正以大约 3 倍于先前的声势，发了疯似的哭喊着。

事实上，生产进展得很不顺利。妻子前一天傍晚开始阵痛，深夜住进医院，但之后宫颈口迟迟未开。宫口全开应有 10 厘米，可妻子在阵痛里挣扎了一夜，到了早上也只开到 4 厘米，之后一直处于胶着状态。等开到 7 厘米时，突然一下没了动静。宫口不再继续打开，阵痛却不停地一波接一波涌上来。自阵痛开始已过去 20 个小时，主治医生担心妻子体力不支，决定于午后使用催产素。然而事后我才知道，使用催产素似乎会使阵痛的痛感陡然上升。我从便利店回来时见到的，正是被催产素和几倍于之前的痛苦折磨得死去活来的妻子的样子。

临产时最强的阵痛出现了，在那之后的一小时里，产房陷入了宛如暴风过境的混乱。

"啊！腰要折了！"

妻子涨红着脸，发出仿佛有大型卡车从背后碾过的惨叫。她激烈地挥舞着四肢，不可抑制地捶打床的围栏，蹿翻了由线缆与她相连的阵痛仪的推车。然而阵痛太痛苦了，不管拳打脚踢多少次，妻子自己都浑然不觉。阵痛仪记录下的妻子腹部的膨胀度，即是她所承受的疼痛指数，已经达到了非比寻常的程度。而在打印出来的图表上，原本是峰值的地方已被拉成了直线。已经超出可测量的范围了，太可怕了，我看得目瞪口呆。我甚至觉得如果数值继续增长下去，妻子那形如球胆的腹部就要因过度膨胀而爆炸了。

现在显然不是吃午饭的时候，但既然买回来了，我还是在产房一角赶工似的吃起了咖喱饭。

吃完以后，我穿过满是咖喱味道的产房跑到床前，问妻子：

"要喝功能果冻吗？"

"不、不要……"

妻子仍在惨叫声中狂乱地舞动身体。

后来阵痛平复了，暂时摆脱了痛苦的妻子面红耳赤地喘着气，无力地念叨着：

"我真的能行吗……真的能把孩子生下来吗……"

宫口长时间不再打开，令妻子产生了消极情绪。每当腹部在新一轮阵痛中开始膨胀，哀号着"啊！腰快断了！疼得受不了了！"的妻子的脸庞便因痛苦而扭曲。阵痛一再反复，由此生出的混乱，仿佛秒速 30 米的狂风席卷而过。"你能行的！加油！"我负责在一旁给妻子鼓劲。但是说心里话，我实在不认为自己的陪伴给了她任何实质性的帮助。我虽然在场，却和缺席无异。妻子是处于无上的孤独之中分娩的，那是远比独自前往北极点或珠穆朗玛峰更令人望不到终点的旅程。

因为和妻子的哀号、挣扎、混乱相邻，我也不免受到了混乱的感染。我刚从先前的无力感中脱出，旋即又被丢进了情绪的漩涡。与此同时，一直以来作为我的一部分而存在的与过往的探险和冒险有关的一切，也全部随着无力感离我而去了。迄今看到的辽阔风景、对大自然怀有的敬畏之情、感到肉体达到极限或与死亡擦身而过的瞬间，以及我大言不惭写下的自称是在冒险中获得的感悟，所有这一切与眼前妻子的生产和孩子的出生相比——与这普遍存在的生命活动相比，都显得过于浅薄和自命不凡了。

迄今为止，自己真的有像这样豁出性命去干一件事吗？不，没有。真是讽刺。

混沌的气氛凶残地笼罩着产房，痛苦的喊声在空中交错。以产床为中心的时空发生了扭曲，人的感受也随之被扭曲，不可视的重力场搅起漩涡，将我们一并卷了进去。

就在这时，主治医生踏着若无其事的脚步，走进了这片极度的混乱中。

这位女医生之前曾明确表示，如果宫口就此不再打开，就只有进行剖腹产了。她这时驾到，正是为了下达最终判决。我的心理预期是有八成概率做剖腹产，只怕主治医生是全心全意为宣布剖腹产而来的。不过，当她走进产房看到妻子狂乱的样子后，说着"啊，这回不一样了……"的她像是看到了某种微妙的成效，兀自嘀咕了起来。她迅速围起屏风开始检查，并在检查结束后走到我面前，笑着对我说：

"合格了，顺产吧！"

据主治医生说，在这最后关头，妻子的宫口终于开到了9.5厘米。换句话说，宫口全开，已经无须再等了。那一刻的喜悦，如今已很难用语言形容。妻子只说了一句"太好了……"，就在哎哟哎哟的感慨声中被推去了隔壁房间。当时我因妻子能够自然分娩而沉浸在舒缓的情绪里，并未意识到，这样的结果也意味着腹中的胎儿已经下定决心，要靠自己的力量来到外部世界。

妻子被转移到隔壁房间后躺上了产床，双腿大开，摆出所谓的"M字开腿"，那有失体统的姿态让我想起了"性爱玩具伊琳"。相比之前狂风过境般的阵痛，分娩过程可以说是顺风顺水。一位姓伊藤的女性助产士守在妻子身前，已经做好接生的准备。

没有特别的讲解也没有演练，分娩就这样直截了当地开始了。

"疼起来的话就深呼吸，然后把那口气留住，像排便时那样去用力！"

妻子按照伊藤小姐的指示，深吸一口气，然后停下喘息，"嗯——"地把脸涨红了使劲。还好，没有大便漏出来。

"脸冲我这边，不可以侧过身去！身体不直的话产道也会不直。看我这边，把眼睁开！"

在伊藤小姐的引导下，妻子反复调节着呼吸。很快，随着有节律的发力，婴儿的头渐渐露了出来。

"很棒，很棒，已经能看到头了，小头发还挺密实呢！"

从我所在的侧面也能看到孩子的头了。只见伊藤小姐佩戴手套的双手轻轻包围着那颗黏糊糊、滑溜溜、闪着亮光的小脑袋，并用娴熟的手法，旋转着将它向外牵动。就像在操纵"手掌原力"一般，伊藤小姐让掌心吸附在婴儿的头上不会脱离。妻子每做一次呼吸，伊藤小姐就运用手掌力量将小宝宝轻轻裹住，同时，小宝宝自己也靠着她不大的力气一点一点往外拱。在三名女性的共同努力下，就在我眼前，一个娇小的生命即将诞生。

当婴儿头部的最宽处挤出产道，妻子发出了低沉的哭声。

"呜……好疼……"

"加油！就差一点了，脑袋已经出来了！"

就在小脑袋挣脱出来的那一瞬，一个略带淤青的白色物体伴着大量羊水咕叽一声滑了出来。

"出来了！生出来了！"

那一刻，产房里响起了婴儿嘹亮的啼哭声。我因为太过激动，五官都皱到了一起，也顾不上去看胎盘和脐带了。妻子在耗尽精力后彻底瘫软下来，只有脸上浮现出安心的笑容。

"好可爱哦，眼睛可会动了！"

另一位助产士将裹着小绵巾的宝宝抱过来，交到我怀里。

刚出生的女儿皮肤皱巴巴的，她不安地皱着眉，用看哪儿哪儿都不对劲的眼神不停地眨着眼，似乎对突如其来的新世界感到慌张和不知所措。

在那双有着大大黑眼珠的眼睛里，产房白亮的灯光化成了一个光点。

女儿的视力还未发育，还什么都看不真切。呈现在她眼前的应该是一片只有光芒弥漫的空间。她离开黑漆漆的子宫，钻出狭窄的产道，那一瞬，耀眼的光芒充满了她的视野。突然来到未曾见过的明亮世界，她的表情是那样惊慌失措。

那片她降生于世后看到的最初的光，即使是天花板上的电灯，也一定有着令她难以置信的亮度。

第一次也是最后一次，每一个人都曾目睹过的无与伦比的光芒，此时正映在我刚出生的女儿眼中。

极北的村落

极夜——地球上被幽闭在黑暗里的未知空间。

当太阳沉入地平线以下，随之开始的是不见天日的漫漫长夜。视纬度而定，黑夜可持续三四个月，在极北地区甚至长达半年。

这一次当我抵达肖拉帕卢克时，太阳已有超过两周没在这里升起了。

由于极夜的降临和太阳的缺席，整座村庄的风景都被染成了浑浊的黑色。海面一片乌黑，天空也一片乌黑。但准确地说，那色调并非乌黑，而是比以往的深蓝色大幅靠近黑色的浓重之蓝，只是在极夜这个太阳一去不返的阴郁时节里，笼罩着村落的墨蓝色被我下意识地看成了煤黑色。冰雪在其映衬下变成了灰蒙蒙的一片，人们脸上了无生气，显得心情灰暗。就连从地平线下方渗出的仅有的一点阳光，也被地表和汪洋吸收得一干二净，无一幸免。

苍茫的黑暗中，村落一角被橙色的街灯和几户人家的灯火朦胧地包围着。

我望着那片被孤立在极夜中的灯火，凄凉感油然而生。人们偎依在一起，点亮微弱的电灯，仿佛为了抵御这即将被黑暗吞没的世界，进行着无望的抵抗。从那微弱的灯光中，我看到的是人类的脆弱、滑稽、悲哀和虚无。这些象征着人类存在之缥缈的一切，让我感到莫名悲伤。此时的肖拉帕卢克村，已完全被隔绝在了黑暗之中。

抵达肖拉帕卢克，是在 2016 年 11 月 7 日。9 天前，我在妻子和 3 岁女儿的目送下，从成田机场飞离日本，经由欧洲进入格陵兰岛，在距离肖拉帕卢克 50 公里的卡纳克机场顺利着陆。受低压槽影响，连日来卡纳克的大气湿度上升，能见度持续恶化，导致直升机迟迟无法起飞。被困在卡纳克整整 5 天后，我终于来到了肖拉帕卢克。

这是我第三次来肖拉帕卢克了。走下直升机，顶着螺旋桨产生的风压和飞雪，我一路向接待处走去。两年前曾为我的探险提供帮助的奴卡比安格和家人迎了上来。他是位 50 多岁的中年大叔，蓄着胡子，此时和家人穿着臃肿的防寒服。

"Qanuipit?（你好吗？）"

我们用因纽特语相互问候，然后为再会紧紧握手。

肖拉帕卢克是一个不大的猎户村落，地处北纬 77 度 47 分，在北极圈内也属于北中偏北的极北地区。这样的肖拉帕卢克不仅是格陵兰岛最北边的村落，也是世界最北端的原住民聚集地。

在这片土地上，也包括肖拉帕卢克在内的格陵兰岛西北部，居住于此的因纽特人与来自外界的访客初次接触是在距今大约二百年前的1818年。当时，人类正在向北极探险的最大难关——西北航道的探索发起挑战。所谓西北航道，是指由欧洲出发，绕过北美大陆北侧进入亚洲的航道。自16世纪起，陆续有著名探险家踏上寻找这条航道的探索之旅，然而300年来，无一人达成这一壮举。这条航道因此被人们称为"梦幻航道"。1818年，英国海军上将约翰·罗斯受命寻找西北航道，他率领两艘帆船由大西洋进入格陵兰海域，之后沿格陵兰岛西侧的巴芬湾一路北上。

同年8月9日，罗斯军舰的船员在北纬75度55分、西经65度32分的未知海域上留意到了一群神秘人物。隔着朝霭，在七八海里以外的一块浮冰上站着8个来历不明的人。起初，罗斯的队员们以为他们是捕鲸船的遇难船员，哪里想到在如此高纬度的地区竟有人类居住。

次日，神秘人物们在距离舰船不远处再次出现。他们坐在狗拉的雪橇上，一面迂回前进，一面观察探险队的动向。在相隔约300米的地方，那些人高喊"阿啰！阿啰！"向探险队发出警告，之后异常谨慎地向探险队靠近。他们挥舞着短刀，喊叫着要探险队离开此地。后来，来自格陵兰岛南部的罗斯的随行翻译，与这群与世隔绝的因纽特人成功建立了沟通。翻译员将一把巨型匕首丢在"未知人种"面前，拾起匕首的因纽特人便开始滔滔不绝地提出质问。翻译员几乎不懂他们的语言，但大致可以理解他们想要表达什么。据说，因纽特人指着探险队的帆船，这样问道：

"你们，来自太阳，还是来自月亮？"

罗斯的翻译员回答：

"我和你们一样，都是人。我也有父亲、母亲。我们从南边来。"

未知人种一口咬定"由此往南，只有冰"，不接受翻译员的解释。即便告诉他们那两艘帆船是"人，用木头造出来的"，未知人种也坚持认为那是"长着翅膀的会飞的巨兽"，不肯退让。翻译员问他们从哪里来，那些人就指向北方，说自己是"因纽特"（因纽特语中的"人类"），住在更北边的地方。

来自太阳，还是来自月亮——

现在想来，那个不知名的因纽特人于 200 年前脱口而出的这句话，对我的人生竟有着如此重大的意义。我之所以会在冬季来到肖拉帕卢克这片北大陆尽头的黑暗之地，正是为了寻求那个时代的因纽特人曾亲眼见过的真正的太阳和真正的月亮。

好比说真正的太阳，简而言之，那应该是能够令万物显现于世的究极光芒。那光芒是"几亿千瓦"或"几兆流明"等乏味的科学计量单位绝对无法形容的，而是一股能够震撼我们自身存在的原始能量。那光芒洋溢着生气，为我们的血肉和精神带来规律与脉动，一如释迦牟尼身后的佛光照亮世界。那光芒充满希望，仿佛能将曾经的苦难与穷困冲刷殆尽，令人的心境宛如重获新生。

不只是 200 年前的因纽特人，还有史前人和古代人，他们一定也曾真切而直接地用皮肤和五感去感受真正的太阳。正因为如此，世界各地的创始神话中才会充斥着关于日月的传说。苏美尔人曾将名为

"乌图"的神奉为太阳神；希腊人认为人类诞生于太阳神"拉"的眼泪；《创世记》中，上帝的一句"首先要有光"成为世界的开端；在日本神话中，由于太阳神天照躲进天之岩户，世界曾一度被封闭在黑暗中。还有以巨石阵和特奥蒂瓦坎金字塔为首的众多古代遗迹，据说在修建时都参考了太阳和月亮的运行方式。如上所述，在史前和古代，太阳的存在与人们的生命、生活紧密相连。每当看到太阳从地平线升起，人们心中总不免产生某种不容亵渎的崇敬之情。太阳日复一日地先是徘徊于地平线下方的黑暗深渊，之后又必定会令世界重现光明，人们因此将太阳视为死亡与重生的象征，太阳则以它雄伟的身姿，威猛地将喜悦之光挥洒到世界的每个角落。

但也许，即使不追溯到远古时代，就在一百年前，或者就在几十年前，在那个人们的生活尚且与自然息息相关的时代里，对于我们祖父母那一代的猎人和农民来说，太阳仍然掌管着关乎人类存亡的无可替代的力量，并以其自身的运行方式将这种力量浇灌于世界。了解了太阳的运行方式便等于了解了世界，这样的时代直到最近都还确实存续着。

然而，对于今时今日的人类来说，太阳已不再像过去那样无可替代了。

人工照明、LED、以铀和钚为燃料的可被称为人造太阳的核裂变装置，以及由此产生的新型能源，让仰赖新能源过活的现代人已经看不到真正的太阳了。我们平时似乎始终看着太阳，其实却没有在看。我们每天在上班路上看到的太阳不过是太阳的虚像。作为物理天体而存在的太阳仍在将它亘古不变的炽热能量输送给地球，身为地球传承人的我们却由于过度仰赖科技，自行切断了与自然的联系，以至于感官能力急剧衰退，变得无法看到太阳原本的面貌。

其结果就是，如今只有在烈日当空的日子里，太阳的强大力量才会作为"小心中暑"的防范对象被报纸和新闻传布。这至少说明，太阳已不再是构成我们世界的主要角色。会在脸书和推特上谈论今早的太阳如何如何的人，应该是少数派吧。如果有人迎着日出向太阳祈祷，他在周围人眼中恐怕多少异于常人，甚至朋友也可能离他而去。古代人不一样。他们由太阳而生，因太阳而死，既会对太阳心怀感激，也会怨声载道。我们呢？至少我自己，说穿了不过是被阳光赐予生命的有机物集合体，却不曾向太阳母亲说过哪怕一句中听的话。而且，就像我们失去了太阳那样，我们也同样失去了月亮，失去了星辰，甚至失去了黑暗。

"如果将自己置身于极夜的世界，在经历过真正的黑暗后，一定能邂逅真正的太阳吧。"这样的想法在我心里已经悬置了许多年。

幸运的是，极夜作为一种现象至今仍属于人类的未知范畴。为观测极夜而展开探索的人，历史上屈指可数。在这个几乎不再有什么可称之为未知的高度信息化的社会里，唯有极夜不但保持神秘，且相对容易探究却几乎无人问津。大概像极夜这种只关乎黑暗与寒冷的未解之谜，就是无法获得太多人的关注吧。不论怎么看，会醉心于如此乏味的现象并有意前去探索的狂人，纵观人类漫长的历史，恐怕也难得一见。

话虽如此，我自己就是个被极夜迷住了心窍、对它朝思暮想的人。不见天日的无尽长夜，那究竟是一个怎样的世界？长时间在黑暗里长途跋涉，人的精神不会垮掉吗？但相比之下更令我无法参透的，是当一个人在漫长极夜的终点见到初升的太阳时，心中会浮现怎样的感受。在当代社会，人们对太阳已熟视无睹，太阳的恩惠不再被人们记起。在人工照明的庇护下，黑暗被驱逐殆尽，就连对黑暗的敬畏也已从人们的记忆中消失。对于对此习以为常的我们来说，在太阳消失后的长夜世界中一定沉睡着超乎想象的真正的未知。在接下来的数个月里，假使我能够成功游历黑暗世界，在旅途的终点邂逅重生的太阳，我想我一定能对黑夜与白昼，不，是一定能通过黑夜与白昼从黑暗与光明中获得某种感悟吧。

　　正是长久以来对此抱有的期待将我带到了肖拉帕卢克——这个位于世界最北端的村落。

*

　　抵达肖拉帕卢克当天，我便开始了探索极夜的准备。筹备食物和燃料、整理装备、组装木橇、提高观测天象的精准度，每天如此。

　　肖拉帕卢克既是位于世界最北端的村落，也是世界上最接近黑暗的村落。

　　极夜虽是一种普遍发生于极地圈内的现象，极夜的黑暗却不是平均分配的。换句话说，黑暗也有深浅之分。以北极为例，越是靠近极点的地方，极夜持续得越久。在北极圈最南端的北纬66度33分，即使进入了极夜，太阳缺席的日子在整个冬季也只有一天。而在这一天当中，太阳的中天位置紧贴地平线下方，会有很长一段时间相当明亮的白昼。另一方面，在地球最北端的北极点，极夜会持续半年之久。在这种极端的极夜状态下，太阳会驻足地平线下方的远端，因此会有较长一个时期全天伸手不见五指（北极点的夏天与此相反，太阳久居不落的夜晚——极昼会持续半年。半年极夜，半年极昼，这意味着太阳一年到头只会升起一次，落下一次。北极点便是这样一个极端的场所）。

如上所述，北极圈内的极夜现象虽统称"极夜"，由南向北的深浅变化却大有不同。对于像我一样以寻求黑暗为目的的人来说，将冒险舞台设置在尽可能靠近北极的夜色幽深之处无疑是最佳选择。

实际上，早在 2012 年至 2013 年冬天，我就曾在北纬 69 度 7 分的加拿大剑桥湾一带对极夜旅行进行了初次试探。极夜在这个纬度只能持续 1 个月左右，太阳在此期间会上升到贴近地平线的位置。白天会有四五个小时视野足够明亮。由于剑桥湾的极夜未能令我满足，第二年冬天我将根据地转移到了肖拉帕卢克。肖拉帕卢克地处北纬 77 度 47 分，这里的极夜会从 10 月下旬持续到转过年的 2 月中旬，长达 4 个月的跨度使肖拉帕卢克成了一个"极夜程度颇高的地区"。以世界最北端、最昏暗的村落为落脚点，我正准备展开一场寻求更深层黑暗的北上之旅。

既然是世界上最昏暗的村落，极夜在这里便不可能只是我一个人的问题。事实上，村民们的生活也在很大程度上受到限制。11 月 7 日我落地那天，这里的极夜才开始不久，太阳在中天时刻仍会上升到地平线附近，白天的村落是被一层微光笼罩着的。然而这种情况很快便将结束。随着冬至临近，太阳将不断潜入地平线下方的深渊，不出几日，村落便将陷落于 24 小时的黑暗之中。待到那时，狩猎活动将极大受限。为此，村里的男人们不顾浮冰带来的危险，就像要展开最后一场捕猎一样，借助尚存的一点光亮驾驶摩托艇追逐着海象。为了抵御极夜漫长的黑暗，为了收获最后的食物储备，男人们倾尽了全力。

在村里落脚后过了几天，奴卡比安格的妻子来到我借住的地方。她从头到脚被羽毛大衣裹得严严实实。

"奴卡比安格他们回来了，听说抓到海象了。"

我赶紧穿上防寒服，带上照相机直奔海滩。在黏稠得令人窒息的黑暗中，唯有头灯发出的白光在海滩上激烈交错。这天，奴卡比安格与另一位同辈村民搭档狩猎，成功猎杀了两头海象。

男人们兴高采烈地用绳索将捕猎船往岸上拉。没有出海狩猎的男人们也陆续从家里出来帮忙。像卸货这种单纯的体力工作，我也能胜任。根据以往在村中长住的经验，只要我在卸货时出一份力，便会被认定参与了狩猎，哪怕是这种相当边缘的工作也有可能领到肉的下脚料。

"使劲！拉！"

我一边竭尽全力地发出徒有其表的呐喊，一边装模作样地摆出凝聚了浑身力气的架势，如此去拽那根绳子。

把船拉上岸后就轮到拉海象了。海象是体重可达一吨的巨兽，两位猎手为了把猎物拖回村子，用绳索将它们捆在了船上。

拉海象上岸是单纯的体力劳动，所有人1边喊着类似"印！突！赛！"的因纽特语口号，一边配合着一起用力。

海象上岸后，男人们当即开始给海象剥皮。他们巧妙地把大号短刀插入海象的骨头之间，动作娴熟地分解出肉块。男人们喘着粗气，口鼻里冒着白烟，被解体的海象身上也腾起白烟。在头灯与路灯的照耀下，白烟在黑暗中腾空而起，女人和孩子们则在一旁热切地关注着男人们手上的工作。忙于处理猎物的他们皱紧眉头，海滩上布满了猎物的血肉，以及捕获到大型猎物时特有的扎根于人类精神世界原始侧面的无以言喻的高昂热情。

一头雌性海象的头颅滚落到我脚旁，双眼闭合的表情像是安然地睡着，看上去和人类的睡脸是那样相像。作为参与体力劳动的犒赏，我领到了一大块用来喂狗的带骨里脊，算是得偿所愿吧。

在这次旅行中，负责取材的自由摄影导演龟川芳树先生和摄影师折笠贵先生与我一同来到了肖拉帕卢克。他们将在这里拍摄我在出发前的准备工作。

龟川先生是个直到 30 岁才考入京都大学的怪人，上大学时曾是橄榄球部的一员。他长着一副酷似职业摔角手高田延彦的面孔，永远有做不完的俯卧撑。由于一门心思锻炼那身派不上用场的肌肉，就连身材也和高田延彦有了几分相像。他的口头禅是"浑身发抖"，读书读到笔法精湛之处会冷不丁冒出一句"浑身发抖"，见到极夜里幻想般的光景也不忘感慨一句"浑身发抖"。总之，一天到晚有各种理由让他激动发抖，真让我叹服。折笠先生则是 2008 年我参加喜马拉雅雪怪搜索队时的随行摄影师，我们算是旧识了。他和龟川先生的性格正相反，是个沉默寡言又沉得住气的人。他的野外生存经验非常丰富。

来到村子后，我办的第一件事就是把我的狗领了回来。狗的名字是"乌亚米利克",在当地语言里是"项圈"的意思。不过因纽特人给狗取名字向来随意，虽说取了项圈的名字，寓意却并非"套上项圈就要俯首帖耳"。论与人亲近，这条狗在村里的所有狗当中是头筹。狗儿在黑暗中察觉到我打着灯走过来，立马摇起了尾巴，浑身的白色长毛因为与我重逢而颤抖着。然后，它把目测足有 40 公斤的巨大身躯整个凑了过来，看那意思是要把我的脸舔个遍了。

"个头真大啊！"龟川先生看着项圈说。看他那样子，应该是又激动得发抖了，"而且像《幽灵公主》里的狼神一样威武！"

经他这么一说，项圈的身板好像真比一年前大了一圈。也许是因为三岁正当年吧，狗儿的肌肉显得比以前健硕了不少。

从各种意义上讲，狗都是这次探险中我赖以生存的合伙人。首先，在极夜的异常环境下，狗作为防范北极熊的哨兵是必不可少的。被纳入此次探险计划的格陵兰岛与加拿大之间的海峡地带，是众多北极熊的栖息地。因此，不只是宿营时，在黑暗中行进的时候恐怕也会有北极熊主动靠近。在近乎失去视觉的状态下，如果没有狗的预警，我不可能知道北极熊正在靠近。少了狗的同行，极夜之旅就像蒙着眼睛走在雷区里一样危险。其次，我还需要仰仗狗的拖拽雪橇的能力。尽管同属北极圈国家，加拿大的狗拉雪橇文化已经名存实亡，但是在肖拉帕卢克所在的格陵兰岛西北部，村民们至今将狗拉雪橇作为代步工具，因此狗的拉橇本领非常高超。以我个人的感觉判断，一条狗的拖拽能力大致在 70 到 80 公斤。在这趟旅程的大部分时间里，拉橇的工作将由我和狗共同分担。不过在剩余 10 天左右、行囊已大幅减轻的情况下，可以考虑把雪橇全部交由狗来拖拽，从而提高行进速度。

　　我和这条狗第一次结伴而行是在 2014 年的二三月间，我第一次来肖拉帕卢克的时候。当时，刚满 1 岁的项圈还没有拉过雪橇，也从未踏入过村子以外的世界。而我呢，从没有正经八百地和狗相处过。我和狗之间，就像一对处男处女第一次挑战性体验那样，洋溢着尚待磨合的亲密氛围。旅行开始后不久，面对在严冬期的寒冷冰面上不论折腾多久也拉不动雪橇的旅伴，我不止一次爆发出怒火。尽管如此，在旅途将要迎来终点时，我们已经配合得相当默契，相处得十分融洽了。这样一来，就冲它那张长得还算可爱的脸蛋，我也觉得自己离不开它了。最后我甚至觉得，如果没有它的陪伴，极地这条路我是走不下去的。

　　现在看到它精神饱满的样子，我心里踏实了不少。不过，出发前尚待处理的事情还堆积如山，其中的一大工程便是要将大量物资运上冰川。

　　这次探险从肖拉帕卢克出发后，我计划在格陵兰岛与加拿大国境附近的沿海地区度过 4 个月以上的时间。为此，我必须先登上村子背后的梅罕冰川。但问题是，梅罕冰川不但陡峭，相对高度亦达千米。这次还要在两台雪橇上装载大约 150 公斤重的物资，登上冰川所需要的时间不可估量。关于冰川裂隙的位置和攀爬路线，在过去的几次爬上爬下中我已了如指掌，对此我并不担心，但如果途中刮起了暴风雪，那是很可怕的。为了规避风险，我打算在事前尽可能将物资运至高处，以便正式攀登时可以速战速决。

　　我在村里的杂货铺买足了灯油、食物、弹药和狗粮，又从村民那里收购了海豹脂肪。我将这些物资连同从日本带来的食物一并装进了提包和塑料桶，然后搬上由我亲手打造的两台格陵兰式木橇。

11 月 11 日，在我抵达肖拉帕卢克的 4 天后，为了把物资运上冰川，我和狗儿拖着两台木橇上路了。

不知是不是暖冬的缘故，这年冬天的海面起伏不定，不见一点结冰的迹象。没有海冰可走，我们只好走在陆地一侧形成的冰面上。在潮汐作用下，沿岸一带会形成名为"固定冰"的冰层，只是在眼下，就连固定冰也不能说已经成形。由于无法估量在这种"路况"上的往返时间，我姑且将搬运作业的行程定为一周。

离开村子后，我们走在平坦的冰面上，但是固定冰的状态很快就急转直下。固定冰原本是在海水涨潮时因不断反复漫上沿岸的碎石地和岸边而聚集起来形成的，成熟的固定冰像压过的路面一样平坦，但此时固定冰刚刚形成，岩石和冰块的突起像麻点一样分布于冰面之上，情况比想象中的还要严峻。雪橇又重得令人绝望，实在无法将两台连在一起同时拖拽。不仅如此，刚刚形成的冰面质地酥脆，没有积雪覆盖，狗爪子在那上面抓不牢固，也就使不上力气。没办法，我们只好把雪橇分开拖拽。可即便如此，每逢遇到岩缝和冰缝，沉重的雪橇总会卡在里面动弹不得。每次遇到这种情况，我都要先给狗儿鼓劲，然后自己也大吼一声，奋力将雪橇拉出陷阱。

尽管气温只有零下 13 度，但是对重体力劳动来说还是太热了。我不一会儿就大汗淋漓，于是脱掉了为这次探险亲手缝制的海豹毛皮裤子。热气从我的全身呼呼地升起来。按理说，这时候就该轮到健身狂人、曾经的橄榄球队队员，且在搬家行业有过多年工作经验的自由摄影创作者龟川芳树先生展现他丰满二头肌的实力了，可是龟川先生却说："我们毕竟是来做采访的，不好妨碍角幡先生实现个人梦想吧？"他居然在这种时候还能搬出一点儿用处都没有的洁癖般的取材伦理，以旁观者自居，我真的生气了。我当然明白，既然是一个人踏上征途，就该一人做事一人当，可旁边明明有人，那人却硬要见死不救，这状况到底令人火大。而且，一想到龟川先生这个星期的行李还堆在雪橇上，我脑袋里的那根弦就彻底断了：

"别净说这些没用的！去后面推一把吧！"

时至傍晚，昼间贴近地平线的太阳失去了影响力，天空变成了名副其实的乌黑色。仿佛要取代太阳一般，一轮再过几日即将盈满的圆月散发着皎洁的光，升上了东边的天空。在蓝色固定冰的映照下，月光散落在海面和冰川上，以及所有雪坡上，万物熠熠生辉。

但是，不管月光映照下的世界何其惊艳，不管龟川先生宽厚的胸肌如何颤抖，我们的行进速度始终提不上去。不断被延伸向大海的岩地挡住去路后，我不得不一次次从雪橇上卸下物资，再徒手把它们搬到岩地对面。满月将至，水位上升，涨潮后的海水一口气涌上了固定冰层，冰面上到处是宛如果味沙冰的水洼陷阱，一脚踏下去，靴子就泡了汤。

我原本期待最迟两天就能到达冰川，结果到了这天扎营的时候也只走到了全程的中间点——另一条冰川的河口处。紧接着在第三天，我们终于无路可走了：就在途经冰川附近一片名叫"伊基纳"的岩壁地带时，固定冰完全崩塌了，可供雪橇通过的路线就此中断。前进无望之后，我不得不放弃将物资搬上冰川的念头。无奈之下，我把物资留在了岩壁地带中段一处还算宽敞的地方，并在周围用岩石加固，以防被狐狸破坏，之后便踏上了回程的路。

洋面上是一望无际的黑暗，荡漾的海水在月光下反射出粼粼波光。我望着那片毫无冻结迹象的海域，想象着不知何时才能开启的旅程。

*

回到村子3天以后，11月18日那天，由龟川、折笠组成的摄影小队乘上直升机，踏上了归国的旅途。

这段时间以来，他们在村子里完成了对月光下美丽极夜的拍摄工作，也目睹了我在冰面上拉橇的实际过程。据说，他们还向村里的长者打听了过去因纽特人进行极夜旅行的史话。恰逢此时，长年在北极圈内从事狗拉雪橇活动的极地探险家山崎哲秀正在村中旅居，龟川和折笠似乎在同他的交流中询问了对我此次探险的看法。另外，他们在探险前对我的采访也已完成，这样看来，取材工作是圆满结束了。也或许是他们对这种天昏地暗的地方已经受够了呢？

接受他们采访时，我始终坐在村边的海岸上。我坐在那儿，针对龟川先生的提问，从我个人提倡的"脱离体系"的观点出发，对此次探险的意图进行了如下陈述。

"所谓探险，简单地说，就是脱离人类的社会体系，进入到外侧世界的活动。在过去，探险的目的是填补地图上的空白。因为在当时，地图以图示的形式展现出了时代社会体系的边界。但是在当下，所谓的地图上的空白已不复存在。那么，今后的探险活动将以怎样的形式存在？我在思考这个问题时，得出的结论便是极夜探险。这次探险的所到之处，并不属于地理意义上的未知区域。路线是许多探险家早已走过的，地段是因纽特人传统的狩猎场所。换句话说，没有哪里是人迹未至的，全部都已经印有人类的足迹。但是，如果从严冬期不见天日的漫长极夜这个角度出发，便能从中发现一些可以被称为未知的东西。在接近北纬80度的极北地带，极夜可以持续4个月之久，而在这漫漫长夜中持续旅行几个月的记录，几乎是找不到的。在我们的日常生活中，太阳东升西落司空见惯，平时不会有人刻意去注意太阳。但也正因如此，没有太阳升起的世界才是我们无法想象的世界。感觉告诉我，只有在那里才有可能存在着真正的未知。毕竟，任谁都无法想象长达4个月的黑暗世界吧？按照我的设想，现代人在走进极夜之后，应该能够重拾已经遗失的人与自然之间最本质的联系。比如，从人类自身存在的角度讲，我们应该如何看待繁星，如何看待月亮，又该如何看待对黑暗的恐惧以及对光明的向往。或许，那将是一种类似于穿越回古代的体验。归根结底，只有超越了人们想象的极夜空间，才是处在我们习以为常的现代社会体系外侧的世界。在我看来，只有将这样的外侧世界视为探索对象，才能形成一种全新的、真正做到了脱离体系的探险模式，取代旧有的、以填补地图空白为目的的探险模式。目前的计划是，我最终会跨越加拿大，进入北极海，不过此行的真正目的并非到达某个具体的地理位置，名为极夜的特殊环境才是我真正想要探索的。再有就是，当极夜过去以后，当我见到初升的太阳时，心中会产生怎样的感受——想必这种最终感悟才会是极夜世界在我体内的转化和升华。因此，非要说的话，邂逅极夜过后初升的太阳，才是此行的目的所在。"

同两人道别时，我的心情之悲痛连我自己都感到震惊。之前在成田机场和家人道别时我都没掉泪，但不知为何，刚一握住他们的手，我的眼泪就决堤了。不过我想，这应该不是因为他们对我有多照顾，而纯粹是因为我患上了"极夜病"（Arctic Hysteria），变得容易伤感了。

自从来到了这个极夜笼罩下的村落，我没有一晚是合眼度过的。起初我以为是时差问题，然而这轮时差实在太难倒了。每晚钻进睡袋以后，我的眼睛都是透亮透亮的，于是只好点亮头灯看书，到了早上（天还是黑的）才终于能睡上几个小时，天天如此。

送走摄影小队的那天晚上，我不但睡不着，连肚子也不明所以地疼起来。并非因为生肉吃多了或是吃得太油腻，那疼痛更像是从胃里来的，而且伴随着强烈的胸闷，仿佛有一把巨大的老虎钳夹在我的胸腹之间，正在用力地拧着。在不断袭来的痛楚和压迫感中，我在睡袋里苦苦挣扎。因为无从判断是哪里出了问题，我只能一个劲儿地忍着，呻吟着。又因为那是迄今为止不曾体验过的痛苦，来自不曾感受到的部位，我甚至怀疑自己的胃里或是肺上开了窟窿，把自己吓得汗毛直竖。

在我身上出现的失眠和腹痛似乎也是极夜病的一种表现。这是我在几天后和大岛育雄先生——一位在村子里定居的"已经成为爱斯基摩人的日本人"——闲聊时搞清楚的。大岛先生曾是日本大学登山部的成员，1972 年那年，他为了习得极地生存技术，与冒险家植村直己一起住进了村子，打那时起，他就深深地迷上了因纽特人的狩猎文化，并以猎人的身份在肖拉帕卢克开始了自己的第二人生。即使已在这里生活了45个年头，年年经历长夜的大岛先生仍会在秋去冬来之际感到身体不适。

"就算在这里住了这么久，初冬时还是会觉得萎靡不振，夜里睡不着觉。春夏两季倒是能一觉睡到天亮，但是刚入冬的时候半夜一定会醒，醒了我就看看书。"

和我一样啊……我心想。

"刚来这里那阵子还会胃疼，连体质都变差了。"

这方面也是一模一样啊……我再次感慨。

"有些从格陵兰岛南边光线充足的地方过来的人，冬天暗下来以后，精神状况也不太好。从圣诞节到冬至那段时间是最黑的时候，本地人到了那时候也会忧郁。但是转过年，随着天越来越亮，人的精神也会一点点跟着回来。"

莱尔·迪克在其网罗了加拿大埃尔斯米尔岛及格陵兰岛西北部地理志与历史的《麝牛的乐土》[1] 中，曾对极夜病有过详尽记述。

根据作者的研究，"极夜病"在当地语言中被称为"pibloktoq"，症状主要表现为抑郁、失眠、易怒等心因性问题。不难想象，长期处在黑暗中使人情绪忧郁、精神萎靡，极夜因此自古就被视为影响探险家前进的一大障碍，也成了这个群体的忌惮对象。一位19世纪的探险家曾这样形容极夜：和传说中一致的漫长黑暗、乏味的北极之夜，

---

[1] *Muskox Land: Ellesmere Island in the Age of Contact*，Lyle Dick，University of Calgary Press，2001.

令人神志异常的长夜。同样在 19 世纪，80 年代时，另一批来自英国的探险队在报告中这样写道："永无止境的黑暗令多数远征队员陷入了压抑，这在明眼人看来是不言自明的，也在情理之中。没有人愿意承认自己受到了不良影响，但同时也没有人能够逃离这种影响的侵扰。失眠、萎靡、易怒是最显著的症状，此外还能观察到一些与此近似的相对于正常的精神和心理状态而言的异常征兆。"另有记录表明，当地的因纽特人在进入秋季以后，也必然会复发"极夜病"，并因此变得消沉、忧郁。尤其是在太阳即将下潜，多有暴风肆虐的每年十月，当地人的负面情绪会达到顶峰。

极夜病会在因纽特人中间蔓延，黑暗恐怕不是唯一的原因。环境昏暗、狩猎受阻，人们因此产生了对饥饿的恐惧，这似乎也是极夜病暴发的一大背景因素。早先曾有一户著名的猎户人家，有目击者称，当家里的两个女人看到一家之主狩猎归来时的样子，不可抑制地发出了疯狂的尖叫。原来，男人们外出打猎屡屡失败，最终陷入了不得不杀掉 3 条狗充饥的境地。女人听闻此事后发出刺耳尖叫，直到声嘶力竭。之后，她们仿佛精神错乱了一般向男人们扑去。想必是认准了这年冬天一家人注定会被饿死吧。

在我看来，11 月中旬过后，天空的颜色确实比刚来村子时又灰暗了几个级别。两周前抵达卡纳克时，白天还有五六个小时是明亮的，感觉人们的生活尚未受限。然而这段时间以来，不但明亮的时间愈来愈短，阳光的亮度也明显下降了。不仅如此，随着月龄进入由盈转亏的周期，不出几日就连月亮也将消失无踪。在这片土地上，月亮会在新月前后的九天时间里沉没到地平线以下。换句话说，届时将出现日月双双消失的状况，迎来"极夜中的极夜"。雪上加霜的是，冬至到来前的这一个月恰好又是一年中最阴暗的时期。就连我这个外来访客也能切身感到黑暗的力量正在不紧不慢地增强影响力，并在不断扩大着它的支配范围。在天色转暗的同时，温度也在急剧下降。几天前还让人看不到冻结希望的海面上，不知何时已布满了海水结冰时特有的荷叶状浮冰。夜色浓重，海水冻结，就连村里的男人们也不敢贸然出海捕猎海象了。人们开始闭门不出。不经意间，活力和生机从村子里消失不见了。所有人都放下了手上的事，至少我看不出谁仍在做着什么，也不觉得谁还有意愿做什么。人们脸上的笑容变少了——若不是我的错觉，甚至连步伐都放缓了。在笼罩着村落的气氛中，仿佛只剩下黑暗与沉默在不断下坠。至此，对人们施加心理重压的极夜世界终于露出了完整的面貌。

两名摄影人员回国后，只剩下我一个人的房间转眼就被寂寥的沉默包围了。有电视或收音机能打开制造背景音的话，还能分散些注意力，但这里连那些都没有，有的只是昏黄的灯光，让原本阴沉的气氛更显压抑。我开始觉得没有从日本带来 LED 灯泡真是失策，为此后悔不已。没过几天，连我自己都能感到积极的心态正在被磨平，抑郁的程度愈演愈烈。有时直到清晨我才入睡，然后就那样睡死过去，再睁眼已是中午。然而户外一片漆黑，就算睡足了也没有半点想动的意思。持续不断的黑暗消除了一天里早中晚的界限，变得就算有必须做的事，也不觉得自己有义务要在白天完成。精神涣散得好像被忧郁拖住了，似乎没有什么是今天不得不做的。哦，还是要赶在 3 点关门之前把烧炉子用的煤油买回来的——就只剩下干这种事的气力了。

为了把几近游离的精神世界定格在现实当中，我必须让自己持续投入到工作中去。令人哭笑不得的是，出发前正好有忙不完的事情等着我处理：练习观测天象、修补雪橇、调整毛皮靴和毛皮裤子的尺寸、修理小件装备，以及考虑到可能会遭遇不测，需要做食物储备，因此要制作用于捕捉野兔、海豹的陷阱和道具。繁忙的劳作虽然能暂时让我摆脱倦怠的困扰，但是结束了一天的工作，在昏暗的电灯下冲好一杯咖啡后，强烈的悲凉感又会再度袭来，心里咯噔一下变得沉重起来。

特别是当我想到出发的日子正在一天天逼近，心情就会陷入无与伦比的苦闷之中。

自己将孤身在北极游荡4个月以上？其中两个多月都是暗无天日的极夜？我怎么会想到要冒这种险呢？干这种事到底有什么意义？

为了这次探险，光是准备工作就耗费了我四年时间。这四年来我基本上只琢磨这一件事，然而到了真要上路的时候，心里却只有沉重。日子越是近在眼前，我越是觉得自己莫不是脑子出了问题才能干出这种事来。我实在不愿承认自己就要踏入那片无比孤独的世界了。要是能逃过这一劫该有多好，或者至少把日程往后延一延……以海水尚未冻结为由，我已经把原定于11月下旬的出发日期改到了12月上旬，但这恐怕只是我为了逃避启程的苦闷，无中生有的借口罢了。

如此境地下，家人的声音成了我唯一的慰藉。每天早上9点，我都会迫不及待地把电话打到家里，听听女儿的声音，跟妻子发发牢骚。

"烦透了，什么都不想干。说实在的，我已经有点不想去了……"

"你不要紧吧？要是你回来以后变了个人，我可不答应！"

有时在黑暗里想起她们，我觉得自己快要哭出来了——虽然我自己也不是很确定，但有几次可能是真的哭出来了。

某天，我和狗儿在固定冰上做拉橇训练，我一边看着星星，一边哼唱安·刘易斯的"Goodbye my love"。我对这首歌并没有特别喜爱，也没有什么特殊感情，只是不自觉地想起了它。尽管如此——

> Goodbye my love，在这街角。
> Goodbye my love，我们走吧。
> 你往右边，我往左边。
> 莫要回头，输给过去。

唱到这句时，一想到自己可能再也无法与家人重逢了，我不禁悲痛欲绝，潸然泪下。由于从未有过这种体验，我被我自己也无法解释的、来自我自身的生理反应搞得不知所措。为了弄清自己为何会有这种反应，我擦掉眼泪，继续往下唱。

"忘不掉的，你的声音，举止轻柔，手的温暖。"

眼泪扑簌扑簌地溢出来，让我几乎可以肯定，是极夜将我的伤感放大到了异常的程度。

*

肖拉帕卢克不仅是人类的村落，也是犬类的聚集地。村民们至今仍会在冰天雪地时将狗拉橇作为日常代步工具。因为家家户户都养着一二十条狗，狗的数量远远超过了这里的人口总和。在这个猎户之村，狗不会被当作宠物饲养，它们的定位是"劳工"，也就是家畜。因纽特人与狗之间的关系，正是建立在这种与日本或欧美大相径庭的价值观之上的。狗在这里要接受严格的训练，并时常因此遭到拳打脚踢和鞭打，年迈或是因为生病而失去劳动能力的狗会被毫不留情地绞死。从我们的感受出发，因纽特人对待狗的方式无疑是残忍的。

但在村子里待上一段时间之后，我越发意识到自己看到的不过是表面现象。在这里，人与狗之间的关系并不能单纯地以"残忍"一词来定夺是非，恐怕还存在着某种更为深远的意义。换句话说，虽然看似犬类是被人类当作劳动力来支配的，但若纵观人类与狗的历史，由于人类的狩猎和出行在缺少狗拉雪橇的情况下就无法实现，从这层意义上讲，说是犬类长久以来支配着人类的命运也不为过。总的来说，人与狗之间并非一方奴役另一方，而是相互依存、共同求生的关系，因为只有齐心协力才能让两者在极寒的世界里生存下去，这便是我在村中停留期间获得的感悟。据说在史前时代，欧亚大陆的狼通过进化成犬并与人类共存的方式，在与洞穴熊和尼安德特人等强大对手的生存竞争中取得了胜利。在我看来，肖拉帕卢克的人与狗之间的关系，正是这种原始合作关系的延续。

尤其是当犬类的号叫声不时响彻于黑暗之中，我认为那是在提醒我，这种原始的关系至今存在。

这天夜里的犬吠大合唱是由我的狗的一声低号起头的。夜半时分，我的狗突然在屋外发出了哽咽般的哀号，在其带动下，附近的狗纷纷吼叫起来。犬吠声迅速扩散到了整个村落，在极夜的黑暗里回荡。吼叫声并不是整齐划一的，有的低沉粗犷，有的尖锐刺耳，有的则像女婴的哭号，总之是杂七杂八的叫声勉强唱到了一起。不过，确有一支哀伤的主旋律贯穿整体。肖拉帕卢克的犬吠，不论何时听来都弥漫着悲怆的味道，更不用说是发生在极夜阴郁气氛里的大合唱了。虽说犬类是狼为了在残酷的生存竞争中存活下来而主动投靠人类进化成的物种，但作为与人类共荣的代价，远古时代从狼群中分化出来的犬类把种族的自由出卖给了人类。我从肖拉帕卢克的犬吠声中聆听到的，大概就是这里的犬类对犬族全体被诅咒的命运发出的哀号吧。

漫漫黑夜里的合唱声逐渐由远及近平息下来，最终以我的爱犬的一曲带着颤音的美声独唱，为整场演出画上了句号。

11 月底，迟迟没有冻结的海面终于进入了封冻状态，可以在上面行走了。部分村民开始到冰面上搭设捕猎海豹的陷阱，山崎先生也可以让他的狗拉着雪橇在海上奔跑了。固定冰成型后，我也开始带上爱犬每天在漆黑的固定冰和海冰上进行训练。途中经常能遇到点着头灯、用雪橇拉着海豹的村民们，还有外出检查捕狐陷阱的大岛先生。这些天来，我的装备基本已准备完毕，观测天象的技术也在熟练后缩小了误差，算是按预期达到了实用程度。出发的日子终于临近了。

只是，选择正确的启程时机并非一件容易的事。月亮是其中的最关键因素。

极夜期间的行动需要仰赖月光照耀，制定行程时必须将月龄的变化考虑在内。然而，月亮的运行规律要比太阳复杂得多。一如前文所述，在肖拉帕卢克这样的高纬度地区，在形成新月的前后 9 天里，月亮不会出现在地平线之上，随之而来的是完全黑暗的日子——"极夜中的极夜"。反之，在满月前后的一周里，月亮将全天高挂，出现相对明亮的"极夜中的极昼"现象。我的预期是尽量赶在月亮高照的时候，完成此次跋涉中为数不多的几处难关——攀上冰川、纵跨冰盖，并抵达途中必经的无人小屋。眼下正是月亮沉没后最黑暗的时期，不过在理论上，月亮将于12月6日再次升起，之后迎来18天可以依赖月光的日子。此外，考虑到这次探险的时间跨度较长，理想的方案是配合月亮的初升时机登上冰川，这样在随后面临纵跨冰盖和冻原这道难关时，就可以借着月光一口气通过了。

但是，若说有什么是比月亮更令人捉摸不透的，那便是海冰。在这初冬时节，海冰才刚刚形成。根据几天前山崎先生的测量，冰面厚度只有16到21厘米。虽然这样的厚度已能供人行走，但是就怕突然刮起北风，暴风雪从冰川上方倾泻而下。最糟的情况下，海冰会被暴风雪打得粉碎，随海流漂走，那样就不知何时才能出发了。然而最恐怖的还要数在前往冰川的途中遭遇海冰破裂，若是因此掉进海里，等着我的将只有一死。

天气预报说稳定的天气将会持续下去，但最好不要尽信。既然海面已经封冻，我就应该赶在暴风雪来临之前尽快登上冰川。一旦登上冰川，之后便只需在陆地上行走，就算海冰被毁也与我无关了。我计划12月5日从村子出发，6日月亮升起时抵达冰川脚下。

谁知12月3日那天，事情突然有了波折。这天一早，我从大岛先生那里得知天气将会大变，村民们也已经开始回收捕捉海豹的陷阱。当天傍晚，村里的年轻人担心我的出行安排，特意来家里向我传达具体的天气预报。据说，6 日起村子以北的地方将刮起强风，受其影响，洋面上形成的海浪将涌入村子所在的峡湾，不排除海冰被冲毁的可能。

在北极严酷的自然环境中生生不息的因纽特人，凭借长年积累的求生经验仅靠观天望气就能正确预测天气的走势——这种事情其实是不存在的。当代因纽特人和我们一样，获取信息同样依靠网络。年轻人口中的情报，据说也是从某个专门预测风向的网站上淘来的。我向他讨教了网址，第二天早上来到能上网的山崎先生家，打算检验一下预报的准确性。消息正确无误：风势确实将于 5 日午后转强，强风天气将持续 3 至 4 天。

"可恶！这风来得真不是时候！晚来一天的话我总还有办法！"

"就算从明天开始刮风，海浪到达峡湾也需要时间，明天出发也许还来得及，"山崎先生说道，"但是你不能往海上走，要沿着海岸走。如果海冰被挤压得发出响声了，就赶紧逃到固定冰上去。海冰的崩塌通常是从沿岸开始的，但如果风势过猛，有可能让整片海域的冰面直接四分五裂。"

说到在北极的冬天里穿行，山崎先生是拥有多年经验的老手。过去在初冬时节乘狗拉橇在海冰上移动时，他曾遭遇海冰的坍塌并险些丧命。正因为如此，山崎先生的建议才有着不容忽视的分量。

风是当天夜里大起来的。钻进睡袋后，我不时能听到从山顶刮下来的阵阵强风把房子吹得吱吱作响。临行前的兴奋和对海冰坍塌的忧虑令我辗转难眠。我爬出睡袋，眺望窗外的景象。红色的路灯下，强风正从地面上掀起浓烈的雪烟。怎么会这样？我心里犯了嘀咕。天气预报明明说午后风势渐强，怎么现在就已经狂风大作了？我急不可耐地冲出门去查看海冰的状况。海冰在浪涛中上下颠簸着，互相挤压发出嘎吱嘎吱的声响，听得我心里打战。

等我再去拜访山崎先生时，他一见我便说："角兄，还是不要在今天出发为好。"

"我去海上看过了，海冰在浪里晃得厉害。"

"那就无论如何都不能往海冰上走了，最早冻住的地方也不过25厘米厚。"

随后，山崎先生查看了风速计，瞬时风速已超过 10 米 / 秒。这种强度还不至于不能上路，但如果一味等下去，等到强风变成真正的暴风，海冰就确实保不住了，出发日期也不知要延后到何时。如此一来，探险的日程将会缩短，而我对此行寄予的希望——通过尽可能久地在黑暗里旅行，达到用身体洞察极夜本质的目的——将无法实现。于我而言这才是最可怕的。所以在心情上，我是渴望顶着秒速 10 米的强风一路走去冰川的。但是看着海上的浪，我犹豫了。万一行走在冰面时脚下突然裂开了，自己因此命丧大海……这种可能性不是没有。总不能刚上路就拿命去赌吧，无奈之下我只好选择静观其变。

午后，风力略有下降。几次上网查看天气预报的结果，风势似乎从今晚到明天会暂时安稳下来。在那之后，真正的暴风将会袭来，并且来势迅猛，届时，海冰很可能毁于一旦。如果明早醒来发现风平浪静，就得见缝插针从村子出发，然后在冰川脚下等待狂风经过……这恐怕是我唯一的机会了。等暴风从冰盖上方倾泻而下，风势会不断增强，冰川脚下是最危险的。在那种地方止步不前，若说心里没有不安那是假话，但是为了实现我业已付出 4 年的极夜探险，我唯有铤而走险。

启程之日就定在 12 月 6 日。这天的气温是零下 18 摄氏度，天气晴朗，风速大幅下降到了秒速四五米。海上没有浪，也听不到海冰挣扎的声音。要出发，就趁现在了。我来到山崎先生家，告诉他我决定今日上路，然后匆匆收拾好东西，与家人进行了临行前的最后一次通话。我也跟大岛先生和奴卡比安格等几个村里人打了招呼，他们在这段时间予以了我很多关照。现在所有事情都安排妥当了，我把行李堆上雪橇，然后俯下身子，为毛皮靴装上防滑链钉。

月亮还没有升起来。尽管是正午时分，世界却淹没在黑暗之中，若不是点了头灯，连脚下的状况都难以分辨。此时的肖拉帕卢克已经深陷极夜的中心。

山崎先生在我身旁，单手持相机记录下了我做最后准备时的情形，想必是受了摄影导演龟川先生的委托吧。

"终于到了出发的日子，心情如何啊？"

"害怕啊……居然要一个人在黑暗里待 4 个月……我也不知道自己是怎么想的，非要走这一趟不可。"

我反复回味着刚刚脱口而出的话，心说：想不到这一天真的来了。我仍有些不敢相信。在过去的四年间，极夜之旅时常独占着我的全部思绪。这 4 年里，我娶妻生子，有了家庭，还撰写了其他题材的作品。但即使生活已趋于稳定，探索极夜的想法仍然始终悬在我心上。但在心里的某个地方，我又在想：尽管此行可能将成为我人生中最重要的一次历练，那个决定性的启程之日可能永远不会到来。而如今，那个瞬间就在眼前。

　　狗儿拉着雪橇，兴奋不已，已经先一步跑下了村子的坡道。我向前来送行的村民们挥手道别，一路追在狗儿身后。走在沿岸的固定冰上，我不住地回头望向村子的方向。橙色的街灯微弱地照亮了四周，那光芒在我眼中渐行渐远，终于在我拐过一个小小的海角后，彻底消失在了黑暗的彼方。顷刻间，周围的景色已遁入黑暗。

暴风的瀑布

离开村子后不久，风突然变强了。由于此前从未在强风天气里走出过村子，我第一次发现，原来肖拉帕卢克所处的地形是能够在一定程度上抵御强风的。

和几天前运送物资时相比，固定冰已相当成熟，但凹凸不平的地方仍然随处可见，我因此不得不中途转移到海冰上去。不过，受来自陆地的强烈下行风影响，雪橇在海冰上更显沉重了。何况刚形成的海冰表面含盐量高，冰面粗糙不平，这也加大了拖拽雪橇时的阻力。零下18度的气温就极地的严寒来说不值一提，但是在强风吹拂下，我的脸颊开始隐隐作痛，手指头也失去了温度。另一方面，大概是近海的海浪变小的缘故吧，海冰上并未出现摇摆不定或相互挤压的情况。摆脱了对海冰坍塌的担忧后，我决定照这个势头一口气走到冰川脚下。

天上没有月光，我打开头灯的红光灯，给脚下照亮。主灯虽然更亮，但能照亮的范围也只有脚下；相比之下，微弱的红光灯不仅能让我看清脚下，还能让眼睛适应黑暗，从而让周围的地形和海冰的全貌隐约可见，反而更利于在黑暗中行进。

途中，我回收了之前和龟川、折笠两人运送的食物和燃料。村里人担心那些物资会落入狐口，好在物资被石块盖得严严实实，找到时仍完好无损。回收了这批物资后，雪橇这回是真的显重了。

到达梅罕冰川脚下是在离开村子的 7 小时后，时间上与计划几乎一致。在固定冰周围，受到潮水挤压而破碎的海冰会堆积起来，形成严重的乱冰带。我在乱冰中强行开辟出了一条路，费了好大力气才将雪橇一台一台拖回到固定冰上。之后，我将地钉和冰面专用的楔子打入固定冰，牢牢地支起了帐篷。

如果天气预报是准确的，明天将是狂风肆虐的一天。可是来到冰川脚下以后，我发现这里竟是无风的，那感觉非常诡异。

周围一丝风也没有，静得让人心里发毛。天气往往会对人的心理造成决定性影响。大多数人，或者说我自己，因为倾向于根据眼下的天气状况为接下来的一天制定计划，所以要么悲观要么不切实际的乐观，结果常把事情搞砸。就拿黄金周去登北阿尔卑斯山 [1] 那次来说

---

[1] 指跨越日本中部富山县、新潟县、岐阜县和长野县的飞騨山脉，其主峰奥穗高山是日本第三高山。据说“北阿尔卑斯”得名于 1881 年时英国登山家威廉·高兰在著作中的介绍。

吧，就因为东京已经热得像夏天了，我便想当然地认为带薄衣服和薄睡袋去就可以了，结果山里仍然冷得像冬天，我感觉自己快要被冻死了。类似这样的惨剧，几乎年年都要上演。投身于探险和登山活动 20 年来都没有治好这个毛病，我想那一定已经刻在骨子里，这辈子都扳不过来了。这时候也是，就因为看到天上繁星闪烁，感觉不到风的存在，我便想，说不定是天气预报搞错了，或许就是搞错了吧？……哎呀，这下可好了！——就这样，又开始忘乎所以了。

说起来，我还没和狗儿正式打招呼呢。

"这趟旅行要走好久呢，请多关照，项圈！"

说着，我摸摸它的头。狗儿和往常一样，就地躺倒，摆出撒娇的样子，仿佛在说："好舒服啊，老爷，再多摸摸我的肚子吧！"

我所预见的的确是一场漫长的旅行，一场长达 4 个月以上的壮大旅程。

这次极夜探险，是以从肖拉帕卢克出发，到登上眼前的梅罕冰川为序幕的。梅罕冰川海拔高度约为千米，坡度陡峭，就连村里人也对它敬而远之、望而却步。登顶冰川后，将进入内陆冰盖。冰盖上方的地势虽有一定的起伏，但大抵上是一望无际的平坦雪原，说是冰与雪的荒漠也不为过。之后一路向北，跨过冰盖后便将迎来名为"英格菲尔德"的冻原。那里的地势同样缺乏起伏，几乎是完全平坦的二次元平面空间。而在突破冻原之后，将到达位于格陵兰岛与加拿大埃尔斯米尔岛之间的广阔海域。

来到海边以后，第一站要去海岸线上一处名为昂纳特的土地，那里有当地人捕猎北极熊时使用的无人小屋。从肖拉帕卢克到无人小屋，大约要走过 120 公里。预计花费两周时间，或最多 20 天，也就是在月亮变为新月之前，即将沉没或已经沉没的那段时间抵达小屋。之后，我将在小屋里稍作休整，等到 1 月上旬月亮重新出现以后再次上路。离开小屋后，沿海岸线向东北方向前进约 50 公里来到伊努菲什亚克，那里有一处早年建造的破旧小屋，找到那里，这次旅行的上半场就算结束了。

在昂纳特和伊努菲什亚克的两处无人小屋里，储备着我为本次极夜探险准备的大量物资（食物和燃料）。一如之前写到的，我为此次极夜探险筹划了 4 年时间，其中的大部分工作便是将储备物资运往无人小屋。

以运送物资为目的的旅行主要在 2015 年春夏两季展开。当年四五月间，我和狗儿拖着雪橇，按照为正式探险草拟的路线，登上冰川，穿过冰盖，首先将 1 个月的食物、燃料及弹药等物资运至伊努菲什亚克的无人小屋。

不过，1 个月的物资储备对于长期的极夜探索来说是不够的，于是在当年夏天，待海冰融化以后，我再次拟定了用兽皮艇运送物资的计划。在这次行动中，我在山口将大兄——从日本与我同道而来的兽皮艇驾驭能手——的协助下，成功将 3 个月的物资运至昂纳特的无人小屋。其过程，可谓名副其实的险象环生。

这趟兽皮艇之旅中最恐怖的经历，莫过于遭到了海象袭击。海象这种动物，就因为长了一副愚顺温良的模样，大多数人便以为它们是心地善良的海洋巨兽。我妻子也是这样，自从和女儿在老家附近的水族馆看了一场海象憨气十足的表演，不论我怎么和她解释，怎么说明海象在非常情况下会化作袭击人类的猛兽，她都不以为然。她还说："你怎么能把那么可爱的动物想得那么坏呢，真过分！"好像我是个对动物保护漠不关心的前近代殖民主义者。让我陷入如此尴尬境地的动物就是海象。

用类比来形容的话，海象其实是一种类似非洲河马的动物。虽然长久以来以蠢笨、无害的形象出现在人们心中，现实中的海象却有着凶猛、狰狞的一面。证据之一就是经常有猎人乘坐兽皮艇在北极海域捕鲸时，被海象拖入海中去向不明。海象究竟是出于何种目的在袭击人类？是因为贪食人肉吗？还是像我们人类踩死蚂蚁那样，并不把这种行为当一回事呢？事件背后的用意无从知晓。据大岛先生说，人们偶尔能在北极的海岸线上发现惨遭海象袭击后死亡的海豹遗骸，遗骸无不被尖牙贯穿，里面的脂肪被吸食殆尽。那么，被海象拖入海中的人类是否也是同样下场呢？先是被巨大的生物给剥夺了自由，然后被尖利的牙齿刺穿了身体，最后被强劲如戴森吸尘器的肺活量抽干了血肉和脂肪？真相怎样，谁也无法断言。现实中只能看到发生袭击事件的海面被染成血色，但因为无人生还，海面之下发生的事情谁也说不清楚。

不走运的是，就在我和山口兄准备乘坐兽皮艇出发的前夕，远离肖拉帕卢克的两个南部村落接连发生了疑似由海象引起的海难事故。在这两起事故中，猎人均是在乘坐兽皮艇时被拖入海中不幸身亡的。情理之中的，村民们对我们用兽皮艇运送物资的计划表示担忧。他们纷纷劝我放弃兽皮艇，改用摩托艇运送物资。但是在我看来，只有靠自己的力量达成目标，才能充分享受探险的乐趣。何况为了这次旅行，我已经投入了 50 万日元的大额资金用于购买兽皮艇，如今已是骑虎难下。最终，我像是摆脱了村民们的纠缠似的，乘上兽皮艇出发了。

就结果而言，村民们的建议是正确的。这件事还要从离开村子后的第 4 天傍晚说起。当时，海上风平浪静，海水在阳光下如油面般泛着金光，我们沉浸在祥和的时间里，丝毫没有察觉到异常的征兆。然而，这个看似安定稳固的世界却在山口兄的一声叫喊中出现裂痕，眨眼之间就土崩瓦解了。

"糟了！"

我在突然传来的喊叫声中回过头去，只见一头土褐色的成年海象出现在山口兄身后不远处，神情凶恶，龇牙咧嘴，仿佛一只瞪大眼睛的秃头海怪。看到海象的那一瞬间，前一秒还安全稳定的世界已在一阵崩塌声中支离破碎。此时此刻，我心中没有涌起半点想要救下同伴的高尚情操。等我回过神来，自己已经以惊人的速度划着船桨逃之夭夭了。倘若是在陆地上遭遇了北极熊，我还可以鸣枪恐吓，总不至于无计可施，但眼下是在海上，我方不但行动受限，还有可能看着海象潜入海中，遭到它的突然袭击。除了逃跑，我没有别的办法。不管怎么样，身体都已经擅自对瞬间激起的恐惧做出了反应，拼命地划起船桨。可就在不顾一切挥动双臂的时候，我感到有股强劲的水波从后方袭来，拂过了船底。不会吧……我战战兢兢地转过身去，只见原本还对山口兄穷追不舍的海象已把注意力转移到我身上。它摆动着宛如蛟龙的庞大身躯，乘着由它自己掀起的波浪，正全速向这边游来。恐惧瞬间蹿到了另一个高点，我吓得缩成一团，脑海里满是被尖牙刺穿胸口、脂肪被吸食殆尽的海豹尸体，以及被海象拖入海中，只浮起一片血水的猎人们的悲惨结局。"会被干掉的！会被干掉的！我还不想死！"在这个仅存的念头的驱使下，我倾尽全力挥舞着船桨。一口气划出 500 米后，我猛地回头张望，发现海象已不见踪影，海上也已恢复宁静。结果，只有山口兄的船被尖牙撕开了一角。经过修补，我们的旅程并未因此搁浅。

"海象袭击事件"并非我们在此行中遭遇的唯一风险。后来，我们还被困在浮冰上超过两周，并在冰海中再次目睹海象突然出现在我们眼前。接二连三的惊险场面，让这次兽皮艇之旅成了一趟相当艰难的旅程。最终，得益于在春夏两季实行的物资投放之旅，在当年（2015 年）的旅行计划全部完成时，我已在两处小屋里成功投放了 4 个月的储备。

但是，后来事态发生了令人难以置信的转折。大约在我回到日本的半年后，2016 年 4 月，我接到了大岛先生从肖拉帕卢克打来的国际电话。

"角幡老弟，出大事了！你留在昂纳特的物资全给北极熊糟蹋了！"

听到这个消息时，我的脸上一定写着大大的"惊愕"二字。

据大岛先生说，发现这一情况的是丹麦部队中人称"天狼星队"的一支特别巡逻部队。这批专门利用狗拉雪橇执行任务的军人在途经昂纳特的无人小屋时，发现小屋入口已被破坏，里面的食物被北极熊啃咬得面目全非。听到这里，我不禁自问：从海象口中死里逃生的那次海难之旅究竟算什么呢？正因为东西是自己豁出性命运过去的，我在得知努力毁于一旦之后受了相当大的打击，并在很长一段时间里丧失了斗志。

　　我联系了当时在场的天狼星队队员，向对方询问详细情况。据说，食物被肆意啃咬，残留下来的大部分被积雪覆盖，其余被发现的只有弹药和干电池。后来，我偶然听说既是好友也是冒险家的荻田泰永兄将于春天从加拿大埃尔斯米尔岛徒步前往肖拉帕卢克，于是拜托他顺道查看小屋的情形。但是不出所料，荻田兄只找到了煤油和部分装备，储备粮则无一幸免。就这样，我和山口兄驾驶兽皮艇穿越冰海，被海象袭击、被困于浮冰，历经磨难，总计花费 60 天时间运送的 3 个月的物资，只因北极熊一时兴起，转眼就灰飞烟灭了。

　　也在情理之中，许多人得知此事后都问我要不要放弃探索极夜的想法。但即使是这样，我也从未想过要中止计划。至于理由：一来，我已经在这个项目上投入了太多的时间和金钱；二来，对于在极夜过后邂逅初升的太阳，这个目前来说我只有通过现象才能去获得体验的过程，我期望能从中找到某种不负"探险"二字的探险活动的新格局。极夜中存在着本质的未知。不论是长达数月的黑暗世界，还是黑暗过后太阳升起时的光芒，极夜里的现象是超乎人们想象的。于我而言，哪怕一次也好，我想去体验那些超乎想象的真正意义上的未知。

　　此外，出于未雨绸缪的考虑，除了由我亲自投放的物资外，我还悄悄保留了一个预备方案。事实上，在我之前，曾有过一批同样打算在极夜期间展开旅行并以到达北极点为目标的奇特英国冒险家，他们同样把食物和燃料投放在了伊努菲什亚克。意料之外的是，这队冒险家仅仅因为"海冰状况不佳"这种不过如此的理由就轻易放弃了探险计划，那批物资被他们原封不动地留在了投放点。2014年，我在肖拉帕卢克得知这个消息后，当即决定前往卡纳克与他们会面，并通过直接交涉取得了那批物资的使用权。这样一来，我就可以在极夜探索中将那批物资作为我个人的应急物资来使用了。转过年，借着从卡纳克运送物资到昂纳特的机会，我曾一度来到伊努菲什亚克，并成功找到了英国人的物资投放点。

英国人当初的计划是由4个人结队前往北极点。由于是大规模行动，物资的预备量也多到了我一个人消费不掉的程度。不仅有8个60升的装满食物的大号塑料桶，还有4袋20公斤的狗粮，以及多到令人不知如何是好的汽油。和完全由我一人操办、一手执行的探险计划不同，英国人的行动有赞助商支持。他们不但使用货船运输物资，在封装方面也很有一套：塑料桶密封得很好，不用担心会有气味溢出。狗粮也是未开封的，而且外面罩了好几层野生动物讨厌的黑色塑料袋。在此基础上，英国人还用石头掩埋物资，这样就基本消除了遭野生动物破坏的后顾之忧。虽说把希望寄托于他人的物资上不是什么体面的事，但我已经别无选择了。当我得知昂纳特的物资已不复存在时，就已经做好了心理准备：只有利用英国队的物资，才能让这次极夜探险成为可能。

在经历了上述波折后，现阶段可供我在探险中使用的物资大致如下：我亲自用雪橇运往伊努菲什亚克的1个月的食物、燃料（煤油）和狗粮，英国队的食物、燃料（汽油）和狗粮，以及遭到北极熊入侵后残留在昂纳特小屋里的部分燃料、弹药、电池等非可食用性资源。此外，还有我从肖拉帕卢克出发时装在雪橇上的物资，包括供我维持两个月的食物和煤油，以及 40 天的狗粮。这些物资至少在账面上足够我在旅途中熬过一个冬天了。

既然是"衣食无忧"的状态，我打算在通过冰川和冰盖，到达伊努菲什亚克的据点以后，先利用储备好好休整一段时间。不管怎么说，我为自己制定的目标都是要在黑暗、寒冷的极夜里度过整个冬天，完成一次长达 4 个月的旅行，如果连一点停顿的时间都没有，体力上一定会吃不消。从肖拉帕卢克徒步前往伊努菲什亚克少说也要走上 20 天到 1 个月，光是完成这段行程，对肉体已是极大的消耗。考虑到那之后还要长途跋涉，跨越国境前往加拿大一侧的北极海，在重新上路之前先在伊努菲什亚克养精蓄锐，调整 3 个星期才是明智的做法。

我打算尽可能地利用据点里的食物和燃料，让身体得到充分休息，等到 1 月底再重新上路。届时，太阳应该已经回到了贴近地平线的位置，白天也会明亮许多吧。虽然还要再过很久才能见到太阳真正升起，但是极夜里最恐怖、最黑暗的时期已经过去。伊努菲什亚克与北极海之间有着 1000 公里的往返距离，说实话，我也不清楚自己能走到哪里。但只要体力和物资撑得住，我就会继续向北，然后在尽可能靠北的地方迎来极夜过后的太阳。如果能和想象中一样在北极海附近遇见真正的太阳，那就再理想不过了。

以上便是我为此行草拟的计划概要。

*

话说回来，若问这漫长的极夜旅行中的哪个场景最可能让人丧命，依我看，就是眼下阻挡在面前的梅罕冰川了。

距离肖拉帕卢克村不过 15 公里的这座冰川，恰好是此次极夜探索中最初也是最大的一道难关。至于登上冰川后接踵而至的冰盖和冻土大地，考虑到黑暗空间的特性，也都是充满变数的危险地带。不过，那种危险是迷失方向后不知身在何处，进而无法回归人类社会的危险；换句话说，是由陷入异常状况所引发的次级危机。而来自冰川的威胁则要直白得多。说白了，就是刮来一阵暴风雪，将你连人带帐篷一同扫落海底的危险。就因为害怕发生这种事，出发前只要一想到攀登梅罕冰川，我就郁闷得不得了。若不是因为非得跨过这座冰川不可，这趟旅程还不知道要轻松多少倍呢。我已经不知道为此郁闷过多少次了。

关于从冰盖上方倾泻而下的冬季暴风雪的骇人程度，古往今来的许多冒险家都在他们的报告中留下了记录。例如，作为第一个到达北极点的人被载入史册的美国探险家罗伯特·皮尔里，就曾在 1892 年 2 月于卡纳克附近的冰盖上遭遇强劲的暴风雪。皮尔里居住的因纽特冰屋被暴风雪摧毁，他本人也险些丧命。据皮尔里描述，格陵兰岛冬季的暴风似乎会在焚风现象[1]的影响下变得更加强烈。皮尔里在书中这样写道：当时，气温骤然升高至零下 5 摄氏度，在暴风猛烈的侵袭下，冰屋于半夜被毁。强劲的风暴伴随着轰鸣，就连在耳边呼喊的声

---

[1]　山区特有的天气现象，指因气压不同而出现在山脉背面的干燥热风。发生焚风现象时，即便是极高的山顶也会出现相对高温的现象，并且可能伴随雨雪。

音也被掩盖了下去。3 名队员勉强从坍塌的雪下逃出来之后，因为无处可藏，只好忍耐着强风的吹打。尽管时值 2 月，冰盖上方却因为焚风现象引发的气温上升而下起了雨。随后，一行人跌跌撞撞地撤退到海岸线上的探险小屋，却发现小屋周围的因纽特冰屋也已悉数被暴风摧毁，受灾情况颇为严重。

　　活跃于 20 世纪初的丹麦与因纽特的混血探险家克努德·拉斯姆森同样记录过在焚风现象中由暴风雪引发的灾难。拉斯姆森经历的那场暴风雪发生于 1 月末，在北纬 76 度附近的一座冰川脚下。当时，狂风毫无先兆地从天而降，不待拉斯姆森做出反应便将他从雪橇上掀翻在地。拉斯姆森拄着膝盖直起身子，目睹了异样的光景：在强风中，数台雪橇仿佛从冰面上刨起的锯末，瞬间就被扫成了一堆。队员们拼命向位于冰川末端的避风处逃窜，雪橇和狗则被困在了冰里。不出 30 分钟，海冰上已经出现了巨大的裂痕。几小时后，不久前还能供雪橇行驶的海冰咔啪一声断开了，看得所有人心惊胆寒。

　　冬季暴风雪令人闻风丧胆。就地势而言，最有可能遭遇强暴风雪的险恶地带就是冰川的中部和冰川脚下。据大岛育雄先生说，冰川上的风是从冰盖上方像瀑布一样一股脑儿灌下来的，因此越是接近冰川底部，风速越大。正因为从上述探险记录和大岛先生的话中知晓了攀登冰川时遭遇暴风雪的危险性，我才决定事先将物资运上冰川，以便自己在正式攀登时可以轻装上阵，速战速决。然而，运送计划因为固定冰的冻结状况不佳而以失败告终，结果我不得不在眼前的两台雪橇上堆满了两个月的物资。拖着这么重的包袱，不知道要花多少天才能登顶。梅罕冰川海拔高达千米，坡度陡峭，险阻重重，征服它势必要消耗大量的时间和精力。何况天气预报说大风将于明日卷土重来。考虑到今后的行程安排，虽说是不得已而为之，我将在今晚这个最有可能遭遇暴风雪的时间点，在冰川上最有可能遭遇暴风雪的地势上安营扎寨。

如果说探险的本质是置身于社会体系外侧的领域，那么这种相当于行走在未知与混沌之中的行为，就必然是无法按计划进行的。如果制定计划的初衷是确保它一定可行，那么在计划确立之前，这趟旅行就已经脱离了探险的范畴。话虽如此，我还是真心希望至少在刚上路的时候能够平稳一点、可控一点。会这样想的才是普通人啊。也正因如此，当我发现冰川脚下是完全无风的，心态立马飘了起来。哎呀，不会是天气预报搞错了吧？我心里踏实得像撞了大运，吃过晚饭就钻进了睡袋。事实证明，网络上的天气预报要比我亲自给天气相面准确得多。

呜——

在完美的寂静中，突如其来的一阵强风摇动了帐篷。我顿时有种不祥的预感。那阵风仿佛是上天送来的警告：马上要刮暴风雪喽！规模和事前通知的一样哦！

风声消失了，四周再次归于沉寂。

我留意着周围的动静，可过了好一阵，也不见有声音打破寂静。刚才的风大概是个意外吧……我刚要往这边想，呼呜——，一阵比刚才还要强的风，忽然从上方劈头盖脸地砸了下来。天呐！不会吧！我心里打起鼓来。紧接着，呜——，哗啦哗啦，呼呜——，哗啦哗啦，呼呜——，哗啦哗啦，头顶上的风眼见着越来越大，间隔也变得越来越短，帐篷开始在风里向四面八方大幅摇摆。

　　通常来说，极地的暴风雪都是以相同的强度朝着同一个方向持续发作的，但可能是因为地处冰川正下方这一特殊的地理位置吧，此时的刮法不同于往常，是乱来的。那股风有时候就像雪崩时产生的连环气浪，"突突突突"地从头顶上砸下来，快要把帐篷压垮了。可是在短暂的沉默后，连环气浪又变成了从右侧袭来的旋风，像螺旋桨一样抽打过来。随后，风又向脚下转移，让我感觉自己像被风托在了空中。风速究竟达到了秒速几十米，我无从判断，但暴风凭借其瞬间的爆发力断断续续地从各个方向袭来，以右、左、右、左的节奏不断释放出猛烈的刺拳、勾拳、直拳，把帐篷打得东倒西歪。在地球上最高级别的险恶天气面前，我不过是一只渺小如面粉颗粒的微生物，是字面意义上的一吹就倒的存在。除了祈祷帐篷平安无事以外，我毫无招架之力。我的帐篷是按照极地标准特别定制的，一般的风暴奈何不了它（至少店家是这样保证的），但它究竟能耐受到什么程度，我也没有把握。我只能蜷缩在睡袋里，等暴风过去。

　　可是等到翌日早上，帐篷摇晃得更厉害了，我只好壮胆去外面查找原因。在绝对的黑暗中，除了头灯照亮的地方，什么也看不见。结果不出所料，是帐篷的防风绳在狂风间歇性的轰炸下松动了。将它钉牢以后，我飞快地逃回了帐篷里。

　　没过多久，暴风就从时有时无的突然袭击，变成了飞流直下的狂轰滥炸。

　　我钻进睡袋，任凭骇人的轰声在耳边震响。由冰川内侧传来仿佛大地开裂般的隆隆爆炸声，久久不见减弱。声音的源头无从分辨，但总之是有一股超乎想象的爆炸气流从看不见的黑暗深处迸发出来，汇聚成一道暴风的瀑布，倾泻在我身边 50 米以内的某个地方。现在看来，扎营时偶然避开了暴风的坠落点已是不幸中的万幸。而那些如组合拳一般断断续续打在帐篷上的强风，恐怕只是瀑布的星点飞沫罢了。倘若不慎将帐篷支在了瀑布的正下方，想必此时的我已被大风吹打成尘埃，以悲剧收场了——听着狂风在不可视的黑暗空间里发出轰鸣，心中不由得这样去想。

因为对暴风的恐惧，我变得茶饭不思，只能蜷缩在睡袋里瑟瑟发抖。傍晚时我再次壮胆走出帐篷，发现打入冰里的地钉松脱了，于是重新将它钉牢。绑在地钉上的防风绳这次被我直接打成了死结。

后来，风势变得更猛了。狂风向我发起了前所未有的无间断打击，硬质的压缩空气犹如团块一般，不停息地从各个角度向我袭来，执意要置我于死地。在狂风旁若无人的攻势下，帐篷被打得东倒西歪，前仰后合，随时有被击溃的可能。事已至此，我想只能听天由命了。然而就在这种情况下，到了深夜零点的时候，帐篷再次剧烈晃动起来。于是我第三次下定决心，走出了帐篷。地裂般的轰声在黑暗中不绝于耳，狂躁的气流呼啸而过，眼前伸手不见五指的黑暗大大加剧了我对狂风和巨响的恐惧。至于帐篷晃动的原因，则是我原以为给防风绳打的死结无懈可击，却再次松动了，于是我唯有将它再次系牢。狗儿向我投来无助的眼神，我问它"你还好吗"，可也只能指望它自己撑过去了。就在我准备返回帐篷的时候，无意中头灯照亮了海的方向，那一瞬间，我简直不敢相信自己的眼睛。

海冰怎么不见了？

　　设营点距离固定冰的边缘约 3 米。由那里向前，本该是一片冰冻的大海。一天前，我正是走在那上面从肖拉帕卢克来到这里的，可是现在，那里却似乎只能看到黑暗的汪洋……难道是海冰破碎了，海水裸露了出来？在无休止的爆炸气流中，我小心翼翼地像蜈蚣一样趴在冰面上，一边爬向大海，一边借着头灯的光向海上张望。那束光还未接触到海面就被黑暗吸收了，什么也看不见。风太大了，我实在不敢靠近固定冰的边缘。假使海冰还在，应该会有白光反射回来；既然那里一片漆黑，就说明海冰还是被爆炸气流摧毁了吧？

　　现在除了轰声和爆炸气流，又多了一个让我寝食难安的因素。眼下正值潮水涨幅最小的时期，原本就算水位达到高点，也不用担心海水会漫过固定冰。我之所以能够安心将帐篷支在固定冰上，也是有月龄作为理论依据的。但如果海冰不在了，事情就不一样了。就在离帐篷不远的地方，在令人生畏的黑暗中，大海张开了它黑色的大口，这状况足以让我陷入被大海吞没的恐惧之中了。

　　海水真的不会漫过来吗？万一连续的低气压天气导致海平面上升，帐篷恐怕就要被海水淹没了。话说回来，待在固定冰上真的安全吗？固定冰是海水在潮汐作用下凝结在海岸上而形成的不会移动的冰层，其牢固程度是凭空形成于海水表面的海冰所不能比拟的。话虽如此，在如此激烈的暴风中，即使是牢固的固定冰也有可能被从陆地上揭下来，就此四分五裂。

　　在混沌至极的黑暗里，没有什么是确定不变的。不多时，帐篷上开始发出好似被鞭子抽打的声音，一股一股地传来，令周围的空气再度紧张起来。不知为什么，风向紊乱了，开始有暴风从洋面上刮来，想必就是那股风揪住了汹涌的浪尖，把海水一波一波地甩在帐篷上。至此我已经可以确信，海冰果然崩塌了。

尽管危机四伏，我却异常镇定。甚至有那么一瞬间，我已将生死置之度外。狂风仍在肆虐，但从某一刻起，我开始变得对那声音无知无觉，并在睡袋里睡了过去。

不知过了多久，直到某种柔软黏稠的物体堆积在帐篷的侧壁上，压迫了睡袋，我才猛然从睡梦中惊醒。

出什么事了？！这是什么？我伸手去按，隔着帐篷，那东西摸起来软趴趴的。

那一瞬，我的脸色一定是铁青的。糟了，海水真的漫上来了！从那种软趴趴、犹如一团黏丝的质感判断，应该是糊状的冰沙，不论怎么想都是海水刚开始冻结时特有的状态。已经不是考虑探险该如何如何的时候了！完了，彻底完了！我想。得赶紧逃出去，不然就没命了！外面依旧是狂风呼啸，海水抽打帐篷的声音不绝于耳，可是再不逃就来不及了！我的心跳是慌的，呼吸是乱的，我告诉自己要冷静，冷静！我以最快的速度穿上雨衣和毛皮靴，拔腿跑了出去。

在一成不变的黑暗中，压缩空气带着一连串闷响从天而降，强风和飞沫令现场混乱不堪。好在借着头灯的光把周围环视一遍之后，我能松口气：原来压迫帐篷的并不是潮水，而是不断有被狂风打散的浪尖喷射到帐篷上，那部分海水冻结后积聚在了那里。可即便如此，形势依然不容乐观，在暴风和海浪的疯狂轰炸下，周围一带已经完全被坚冰覆盖。雪橇的冰刀是陷在冰里的，已经和固定冰融为一体；一只巨大的海虾冻在了雪橇的把手上，虾尾巴像雾凇一样支棱着。帐篷也是，感觉下一秒就会散架。海水在防风绳上结出了巨大的冰坨，好像挂着一排去骨火腿，帐篷本身则随时可能被糊状的冰沙压垮。

狗儿蹲在雪橇旁，下半身冻在冰里。发现它时，我差点以为它已经死了。

"诶！你不要紧吧！"

我喊一声，它站了起来，开始摇摇晃晃地在附近踱步。眼下我是顾不上它了，假使我死了，它多半会自己跑回村子。我决定不去管狗，尽快去铲除即将把帐篷压垮的胶状海冰。还有那些"去骨冰坨"，也需要从绳子上卸下来，然后把绳子重新绑好。此时的气温是零下20摄氏度。由于暴露在飞溅的海水和寒风中，不过10分钟工夫，我已经披上了一身完整的冰铠。几年前我曾看过一部探索频道的纪录片，讲的是在白令海峡里干活的蟹船工。当时我边看边笑，还说"瞧这帮人的惨相"，如今算是跟他们惨到一块儿去了。

我身上的北极熊毛皮手套、海豹毛皮靴子、上下两件的分体雨衣，都像是被冰水浸泡过的。我揭下趴在后背上的冰，丢盔弃甲似的逃回了帐篷里。封好门帘后，我想：能做的都已经做了，之后不管再发生什么，都随它去好了。于是脱下雨衣和裤子往角落里一丢，没事人似的钻进了睡袋。

值得庆幸的是，后来风突然小了，轰声也愈显式微。一度令人无暇喘息的爆炸气流变得像刚起风时那样忽大忽小，曾在黑暗深处发出低沉咆哮的暴风瀑布也从某个时刻起陷入了沉默。没过多久，风彻底停了，无声的寂静世界再次降临。

*

暴风整整刮了 40 个小时。

我像一个在防空洞里熬过了空袭的战争时代的人，拖着嘎吱作响的身体爬出了睡袋。时钟显示现在是上午 10 点。起床后的第一件事便是要把湿衣服烤干。我把衣服吊在顶篷上，暖炉开至最大，烤两个小时。因为极夜里见不到太阳，想要烘干衣物的话只能用火烤，而在旅途伊始就遭遇这种情况，不禁让我担忧起今后的燃料消耗问题。衣服烤得差不多后我开始吃早饭，下午 1 点时走出了帐篷。

狗儿见我出来了，抖了抖身子。这家伙看起来毫发无伤，除了那一身的冰碴子外和平时没有两样。我给它解开绳子，它就在周围走来走去，等我做出发的准备。

南边的天空中弥漫着一抹微光，那光极微弱，却显得格外明亮，太阳一定就在那下方很远的地方。以固定冰的边缘为境，海上的冰层全部流失了，此时，黑漆漆的海面上正泛起阵阵微波。眼下是风平浪静了，但很难说什么时候天气又会兴风作浪。我注视着暗流涌动的海水，心里产生了一个强烈的念头：这种危险的地方一刻也不能久留，必须尽快收起帐篷，到冰川的中腹去寻找安全的扎营地点。我给狗儿做了全身除冰，之后便开始拆除帐篷。帐篷的裙摆部分完全被冰盖住了，雪橇上也到处是冰，我利用当地人称为"图"的尖头铁棍，花了不少时间才把冰敲碎。帐篷的系绳上，还有雪橇上用来固定装备的绑带上也都结冰了，而且是和固定冰冻在了一起，我不得不把它们逐个从冰里刨出来。

我正在吭哧吭哧地除冰，突然发觉有哪里不对，不禁发出一声惊叹。

奇怪，原本绑在雪橇上用来观测天象的六分仪不见了。我在周围找了一圈，哪里也没有。坏了！该不是被狂风刮走了吧？我回去检查雪橇上用于固定六分仪的搭扣，本该扣死的搭扣却敞开着。

我很确定昨夜外出检查时六分仪还在雪橇上。恐怕是后来风力达到最强时，搭扣被瞬间增大的风压掀开了。我愣愣地站在那里，大脑里一片空白。

在这次探险中，六分仪作为观测天象的工具，是取代 GPS 实现定位功能的极其重要的仪器。但是相比"重要"二字，六分仪更多的是代表了一种理念，一种不依赖于现代科技，仅靠观测天象将旅行进行下去的理念，而这种理念可以说是本次极夜之旅的基调之一。

我之所以不愿在冒险中使用 GPS，是因为那样做会使我从一个旅行的经验者变成旅行的局外人。

在冒险和登山活动中，参与者在实现地理性跨越的同时，也会收获许多创造性的快乐，而这当中的很大一部分正是通过亲自利用地图和罗盘进行定位来实现的。依靠经验和技术解读当前地形，进而参照地图推测出当前的位置——如果推测是正确的，参与者便会收获纯粹的快乐；正是这种快乐，使冒险活动具有了趣味性。而在极地探险中，由于地理跨度大，定位失败往往意味着迷失方向，这将直接影响到探险者的生命安危。确定方位，可以说是极地探险中攸关生死的一环。

话虽如此，如果转而使用 GPS，把定位的决策权移交给机器，便相当于放弃了自我管理生命的功能，也就是将这个大前提全权交给了机器处理。可是这样一来，探险的意义就变得不清不楚了。诚然，引入 GPS 可以提升旅途的安全感和便利性，这两点无疑是我们现代人最看重的；但是对于亲临险境的冒险者来说，便利性和安全感不一定是最值得追求的。相反，冒险者更加看重"在多大程度上能靠自己的力量达成目标"或是"怎样做才算是把生死掌握在了自己手中"，冒险的意义和乐趣并不在于结果，而在于最大限度投身其中的过程。既然如此，借助 GPS 将判断力移交给机器的做法便令冒险失去了意义，至少我个人是倾向于尽可能不去使用的。

进一步说，如果放弃了冒险的过程，那么我们最终将失去的是感知外部世界的机会。为了方便理解，我们可以类比一下汽车导航系统对于人类生活的影响。经常开车的人想必都有过这样的体会：使用导航系统反而让人记不住路线。同一条路不管走上多少次，一旦离开导航就不会走了。这就是人类将原本具备的感知机制移交给科技管理的结果。科技的本质是人类身体机能的延伸，当一种新科技问世，人们就成功地将自己的某种机能交给了科技，请其代为执行。如此一来，工作效率提升了，事业的高速化进而促进了社会的发展。但在另一方面，也就是在个人层面上，工作中需要身体力行的机会减少了，人们开始失去过去在实践中获得的与外部世界的连接点，进而丧失了感知外界的能力。以驾车出行为例，在过去，借助地图来确定周遭环境的过程是必不可少的，驾驶者正是在这一过程中按部就班地记住了行车路线。换句话说，我们曾经是可以通过将外界融入自身来构筑自己的内在世界的。然而，导航系统的应用架空了这一过程，使驾驶者失去了与外界关联的机会，丧失了记忆路线的能力。以牺牲与外界的连接点为代价，人类获得了前所未有的便利性，却也因此不再能够抓住长久以来被我们感知的外部世界，人们的内在世界也就变得越发空洞了。

不得不承认，遗失六分仪对于这次极夜探索来说是一个致命的打击。其原因在于，这次探险的目的并非到达某个特定的场所，而是用自己的身体去感知极夜世界，利用由此获得的感受去洞察极夜的本质。为了让身体更好地感知极夜，从而将极夜并入我的内在世界，我必须依靠自身的机能在黑暗中寻路、定位，在这一过程中尽可能地增加自己与外界的连接点。但在使用GPS的情况下，我只需要待在帐篷里，边吃薯片边按按钮就能准确地把握坐标位置，这样就无可避免地丧失了与外界接触的机会。这样做会无视我渴望了解的极夜的秉性以及在黑暗中行进的艰难与恐惧，只是将旅行机械地进行下去。到头来我将一事无成。由此可见，观测天象的过程必须亲力亲为。一边感受被寒风冻僵的身体一边观测星象，以此增加自身与极夜的连接点，然后徒手计算出自己的位置，在此之上还有必要感受一下因担心数据不准而产生的不安。只有经历了这个完整的过程，这副躯体才有可能真正抓住一些极夜的痕迹。为了不在任何情况下依靠GPS，而是只使用徒手的方式用六分仪观测星象，在过去的几年里，我不仅自学了观测方法，还请教了原南极越冬科考队队长和原国土地理院的天文观测专家。每次造访极地，我都会努力精进自己在极寒条件下的观测技术。不仅如此，此前在接受杂志社和网络媒体的事前采访时，我还会摆出单手持六分仪的姿势让他们拍照写稿，标题就写作"角幡先生，以观测天象挑战极夜探索"。

　　这还不算完，遗失的六分仪其实是日本唯一的六分仪制造商"TAMAYA"测量系统株式会社为这次探险量身设计的，换句话说，那是可以被称为"角幡特别版"的秘密武器，更不要说"TAMAYA"的同仁们还在临行之际为我举办了饯别会。这么贵重的六分仪却在距离起点不过 15 公里的地方被风刮走了。这不是等于迄今为止付出的努力全部付之东流了吗？……想到这里，我的心里受到了巨大的冲击。

　　然而东西丢了就是丢了，不如把眼下的不利条件当作孤注一掷的机会，以此来扭转自己的悲观情绪。六分仪虽然失不复得，但自己拒绝使用 GPS 的底线是不会变的。失去观测天象的途径后，地图和罗盘就成了我赖以生存的全部。不过换个角度看，更困难的定位手段其实强行扩充了我与外界的连接点，为我更深入了解极夜的秉性创造了机会。这不正是所谓的因祸得福吗？

　　但在另一方面，我又觉得事情总归是要出岔子的。

　　自 2012 年 12 月发起极夜计划以来，这个计划就始终处在一股强大的阻力之中，除了时运不济以外不知该如何形容。旅途中被当地政府强制遣返也罢，储备物资惨遭北极熊破坏也罢，将物资运上冰川的打算以失败告终也罢，除了波折还是波折。六分仪的遗失令我黯然神伤，不光是因为定位难度增大了或是觉得对不住"TAMAYA"的各位同仁，我还在冥冥之中有种厄运远未结束的感觉。

＊

　　同样是在这天，旅程进入了攀登冰川的阶段。最初的路线是沿冰川与其侧面的沙土堆积地之间的雪坡前进。由于坡度陡峭，我把行李分成了几份，每次只在雪橇上载一部分，然后和狗儿一起往上拉。

很快，月亮浮上夜空，将美丽的月光投向暗夜中的大海。黑色的海面上，月光画出的一道黄线正随海波微微摇曳。虽然只是半月当空，但和此前的无光黑夜相比已足够明亮，视野一下子被打开了。这天，搬运行李的工作一直持续到深夜。我们在半路的冰碛上度过一晚后，第二天终于正式走上了冰川。

冰川上的雪少得可怜，遍地是青色的裸冰。爬坡时我将两台木橇分开拖拽，尽管如此，光滑又不平整的冰面还是让我们陷入了苦战，只能拖着沉重的雪橇缓慢地移动。狗儿的爪子在裸冰上似乎使不上力气，每到休息的时候它就摊开四肢往地上一趴，露出非常不情愿的表情，好像在抱怨"这工作一点也不好玩"。

攀登进入第三天后，冰川上的雪多了起来。新雪让裸冰变得平滑，我们的步伐也得以少许加快。这天天气晴朗无风，我们离开营地后不久，月亮出来了。

月亮现身的那一刻，原本阴郁无色的极夜世界变化成了一片壮丽的空间。当黄色的光芒降临在这片连暗影都没有的单调空间后，瞬间爆发出的光亮使雪地上的细微层次也显露了出来。暗影随之产生，脚下的路变得清晰可见。冰雪被染上了淡淡的蓝色，原本被沉默笼罩的死亡地带变化成了仿佛置身于另一颗星球的幻想空间。那一瞬的光景让我确信，极夜之旅就是通往宇宙的旅程。

不过，若是被月光的明媚蒙蔽了双眼，有时也是会栽跟头的。

这天，自认为受到了月光眷顾的我关闭了头灯，拖着其中一台雪橇，像尺蛾的幼虫一样在冰川上缓慢攀爬。事实证明，在有月光照耀的时候关闭照明反而能看得更远，更有利于前行。一路上，随着新雪的增多，攀爬开始变得越发省力。眼睛也适应了月光下昏暗的环境，视野越发清晰了起来。随着时间的推移，我在攀爬中越来越放得开了。

我说"放得开"，可不是指开放到了光着身子、裸露着性器官攀爬的程度。之前，我因为害怕把另一台雪橇搞丢，前进时一定要确保它出现在我的视线范围内。然而，明亮的月光缓解了我的不安，我开始不在意下方的雪橇离开视野了。我会先把手上的这台雪橇安顿好，再折回去找另一台。毕竟就只是放开这么一点而已。然而，就是这一丁点儿的掉以轻心，险些让这次旅行提前告终。

那是在走了大约 5 个小时以后。我把手上这台雪橇留在一处斜坡上，然后往回走 200 米，去找下面那台。找到那台以后，我和狗儿再拖着它重新往上爬。然而就在这时候，我爱走神的老毛病复发了。神游的内容已经记不清了，但大概率是些无关紧要的东西。等我回过神来，才发觉事情不妙。我感觉前一台雪橇应该就在附近，可是找了一圈也没找到。怪事，明明就放在这里的……我继续往上爬，很快便来到了一片我确信自己不曾踏足过的平坦地带。

奇怪，我纳闷地歪着脑袋。会不会是走过头了？那台雪橇装满了物资，有一米多高，之前就算相隔百米我也能看到它，可是不知为什么，这次就是怎么也找不到。

我沿着雪橇的痕迹往回走。因为雪质坚硬，痕迹从半路起就消失了，我只好凭着记忆和感觉往回找。拖着雪橇找雪橇总不是办法，于是我把手上这台和狗儿一起留在了途中。然后，我以这台雪橇为起点，首先向斜坡的左侧走出了大约 150 米，但是一无所获。其间，我不时让头灯照向起点的方向，通过观察狗的眼睛反射出的青光来判断起点的位置。若是走出太远，怕是连留在起点的雪橇也会遗失，所以150 米已是极限。一度返回起点后，这次我朝反方向走出了 150 米，但仍然一无所获。我又向上方走，把刚才找过的地方重新找了一遍，结果依然是无功而返。我也去左上方找了，同样是白费力气。

　　起初我以为很快就能找到，但我显然低估了事情的严重性。三番五次扑空后，我的焦虑程度直线上升。更倒霉的是，包括帐篷、防寒服、暖炉、睡袋在内的所有防寒必需品都装在遗失的那台雪橇上。剩下的这台雪橇上只有狗粮和燃料等无法单独派上用场的物资。此时的气温是零下 20 摄氏度，拖着雪橇能热得冒出汗来，但如果少了防寒服，身体只会越来越冷。

　　莫非是雪橇自己顺着斜坡滑了下去，搁浅在某处洼地里了？想到这里，我认为有必要向下扩大搜索范围，于是把起点处的雪橇向下挪动了一段距离。我在那一带找了几个来回，仍然一无所获。

　　就这样漫无目的地在冰川上徘徊，我感觉寒气已逐渐沁入体内。

　　"我说，死活找不到啊！"

　　我去跟狗倾诉，谁知那家伙睡得鼾声如雷，很是惬意。我真想把它臭揍一顿，但是也知道拿它出气于事无补。

　　身体一点点变冷后，我的情绪逐渐从焦虑变成了忧虑。找了两个多小时还没找到，不论怎么想这状况都非同一般。莫非雪橇真的自己长了腿，一口气滚落到冰川脚下去了？在这天寒地冻的地方，没有防寒服，也没有暖炉和睡袋，睡着的话多半就是一死。这样想来，若还是找不到雪橇，就只好返回村子了。但如果返回村子，天这么暗，雪橇恐怕就再也找不回来了，这次探险只能落得个半途而废的结局。整整准备了 4 年时间，自我吹嘘成此生最大冒险的计划，却要因为看不住雪橇无果而终，这要我把脸面往哪里放呢？一想到回国后在汇报这次失败的始末时，听众们表面上扼腕叹息，背地里却冷嘲热讽，我便不由得苦笑起来。但是不管怎样，此时体寒的程度已经由不得我为此犹豫不决了……

考虑到这寒冷的天气和返回村子所需要的时间，搜索工作最多还能继续进行两个小时。我仰望明月，它美得如此高贵清冷，那种对于他人的苦恼漠不关心的超然姿态莫名让人望而生厌。最后这一搏，我认为狗儿也许能闻出些蛛丝马迹并为我带路，于是决定到更靠下的地方去找。带着狗往下走了大约 50 米——其实也不是因为狗鼻子起了作用——我突然在前方看到了一处和周围的雪地起伏明显不同的清晰黑影。莫非……我按捺着激动的心情快步走过去，发现正是那台丢失的雪橇。

喔——！喔！喔！喔——！

我高兴坏了，只喊一声可不够。"这下旅行可以继续下去了！"我欢呼着抱紧了狗。到头来，这台让我找了将近 3 个小时的雪橇就躺在攀登路线向右侧错开仅 30 米的地方。

它离我那么近，我却浑然不觉。

*

后来，我又爬了 1 个小时才结束这天的行程。

翌日——12 月 11 日，攀登冰川的旅程还在继续。随着气温下降至零下 24 度，北极的冬天终于变得像模像样了。前一天晚上钻进睡袋的时候身子还是暖的，可是到了次日早上，晚饭的能量已经耗尽，全身就冷得开始打战。旅行也开始一周了，大概是疲劳显现出来了。过去，每次来极地前，我一定会在日本大吃甜食，晚上睡前还要吃方便面，饯别会也只选在烤肉店举办，总之会用尽办法储存脂肪。这次也和往常一样，我把体重增重到了 80 公斤（平时是 72 公斤）。这导致刚上路的时候，不论是添加了大量色拉油的特制巧克力棒，还是早饭吃的拉面，或是晚饭时加在火锅里的海豹脂肪，我都一点不觉得好吃，往往吃不到一天的规定量。现在倒是慢慢品出其中的美味了。

这天，我在中午 12 点 50 分起床，16 点开始行程。选在这么个别扭的时间活动，完全是为了配合月亮的"作息"。在极夜旅行的时候大多不会采用以太阳为基准的 24 小时制在"日间"活动。虽说不至于完全无视表盘的概念，但是在有月亮现身的大半个月里，以月亮的中天时刻为中心制定行动计划才是合理的做法。在太阳消失后的极夜世界，取而代之行使其职能的是月亮。理所当然地，月亮和太阳一样，也是在达到中天时高度最高，亮度最强，视野也最理想。最近几日恰逢月亮即将盈满，月亮要到半夜才会升上最高点，所以我会选在中午起床，尽量把行动时间后移，这样才能更久地享受月光的恩惠。

不同于太阳，月亮的运行模式堪称复杂，升上中天的时刻每天都不相同。大体上，这个时刻会每天错后一小时。根据海上保安厅计算网站上的数据，2016 年 12 月 11 日，在北纬 78 度、西经 70 度附近，月亮的中天时刻为 23 点 45 分，次日的这一时刻为 0 点 46 分，再次日为 1 点 47 分。为了顺应这一变化，我同样需要把自己的起床和活动时间每天错后 1 小时。换句话说，在月亮的支配下，极夜世界的运行模式并非一天 24 小时，而是一天 25 小时。

这天刚上路时，月亮还藏在右手边的山后，直到它在山脊上现身的那一瞬间，光芒才终于遍及冰川的每个角落，让冰雪反射出青色的光辉。在晴朗无风的夜空下，我继续扮演尺蠖的幼虫，交替拖运着两台雪橇。我在双腿上使足了力气，一步一个脚印地拖着重达百公斤的雪橇登上冰川的缓坡地带。我听见狗儿在身后喘着粗气，便知道它也在拉橇时使出了全力。我转过身，确认落后的那台雪橇已经离开视野，便站住脚，折回去找它。就因为这反反复复的折来折去，别看登高已进入第四天，我却连一半路程都还没走完。前方是难缠的陡峭地段，照这样看，估计还要一整天才能走到。不过因为一连几天都是无风的好天气，之前又已经吃过暴风雪的亏了，我便觉得这世上总不会有人倒霉到爬一次冰川被暴风雪坑害两次吧？于是在这种莫名其妙的安逸感中，我心安理得地走上了上坡路。前面的路还长着呢，刚开始就着急冒火也不是办法。

然而现实中就是有这样的人，倒霉到了被暴风雪一连问候了两次。

那是在我走了 3 个小时的时候。前方冰川两侧的山上突然腾起了奇妙的白色雾霭，那雾霭眼见着沿山谷缓缓地、不紧不慢地朝这边流淌而来。起初我以为那是冰盖上方起的雾，但看情形又不像。白色的雾霭有些像发生雪崩时腾起的雪烟，飘飘袅袅但又浩浩荡荡地涌向冰川，接触到冰川后反弹起来的效果颇有些像是往脸上扑化妆粉。我想起了过去大岛先生向我描述的情景。

"强暴风雪来临之际，雪烟会像瀑布一样从冰盖上方倾泻下来。每次发生这种现象，随后而至的风都会大到让我心神不宁，生怕就算躲在家里也会被风卷走。"

正在眼前展开的光景，该不会就是强暴风雪的前兆吧……等我反应过来，白色的雾霭已经如烟幕笼罩了四周，前一秒完全无风的状态也已变成轻风拂面。轻风在 3 秒后变成了秒速 3 米的微风，5 秒后加强为秒速 4 米的柔风……再一眨眼的工夫，俨然已是秒速 8 米的强风。这种程度的风当然并不足以阻碍行动，但是照这个势头发展下去，谁也无法预测它最终会有多强。我赶紧找到一块平坦又坚实的雪面，停下雪橇开始做扎营的准备。

对于冬季的极地旅行来说，帐篷作为求生装备的重要级别是和暖炉并列居于首位的。为了确实地避免帐篷不被强风摧毁，遭遇强风天气时一定要严格按照步骤搭设，谨慎行事。鉴于风雪有渐强的趋势，我将雪橇安置在了上风处，并用绳索将其与帐篷绑在一起，以防止雪橇被强风刮走。然后，我将地钉打入雪地，并在帐篷外缘的裙摆上压了厚厚的一层雪。接下来，就要从帐篷内部缓缓地向支杆施加压力，把帐篷撑起来。如果不顾风压一味用力，支杆就会折断，因此必须有意识地放慢节奏。

就在搭帐篷的时间里，风速急剧增强，迅速变成了秒速 15 米的疾风，夹杂着雪片一个劲儿地往我眼睛里吹。不知是不是错觉，地吹雪[1]的规模似乎要大过以往。躲进帐篷以后，我第一时间把灌进毛皮靴和毛皮帽子里的大量细雪倒了出来。不管外面风有多大，只要守在帐篷里，心里就是踏实的。虽说这一带地处冰川中腹，在地形上是招风的场所，但是这里的风和前几天在冰川脚下遭遇的不同，不会像不连续的爆炸气流从头顶上砸下来，而是普通又稳定地朝一个方向吹。看情形，明天可以不慌不忙地在帐篷里休养生息了。如此给自己灌满信心后，我钻进了睡袋。

然而事实再次证明，我对现状的判断太过理想化了。入夜以后，随着风势的再度增强，我再次陷入了害怕被狂风卷走的惊恐的战时状态。

营帐之外，地吹雪发出了犹如来自地狱的低沉吼声呼啸而过。我睁开眼，直勾勾地盯着眼前的一片黑暗，倾听着地吹雪在帐篷上留下的"啪嗒啪嗒"的击打声。偶尔还能听到"咣当"一声巨响在极夜的黑暗里回荡，仿佛不远处有个港口，有台起重机正在劳作，每次运转都发出无法解释的、金属碰撞般的轰响，让人闻声胆寒。

那声音究竟是什么呢……

我开始相信自己所在的这块地方，就是前一次暴风雪中只闻其声的暴风瀑布的途经之地。我下意识地抬起头，发现帐篷的支杆已被挤压得扭曲变形，一副快要折断的样子，于是赶紧从睡袋里伸出手，由

---

[1]　指在大风吹动下浮雪像流沙一样铺天盖地而来的天气现象。

内侧将其抵住。假使眼下是阳光普照的极昼季节，我的恐惧和不安一定会减少一半吧。然而我正身处极夜，一个被封闭在致死的黑暗里的世界。不可视的黑夜令声音的威力成倍增长，暴风雪的轰声比实际听来强烈数倍，煽动着我的恐惧和不安。

后来，风力似乎略有减弱，等我意识到时，自己已经睡在了睡袋里。

就是在这期间，大量雪花堆积在帐篷口，直到通过帐篷压在我腿上，才让我猛然惊醒。

有过冬季登山经验的人恐怕都深有体会，如果醒来时发现帐篷被积雪压住了，通常是不情愿外出除雪的。取而代之的方案是继续裹在睡袋里，用手脚从内侧捶打帐篷，用这种方法让积雪脱落。这时我便是像这样，从睡袋里伸脚去踹，只是没想到积雪的程度意外地严重，沉重的积雪无论如何都纹丝不动。

说实话，我觉得自己真够倒霉的。

外面依旧轰声不断，任谁都会犹豫要不要在这个时候走出睡袋。一个人得有多大的决心，才能自愿走出舒适圈，踏入那个显然也必然会令自己备感不适的环境呢？外面越是惨绝人寰，人这种生物就越会想逃避现实，什么事都觉得麻烦，到最后连保命都嫌麻烦了，只想一意孤行地欺骗自己既然现在没事，今后也都不会有事。至少我是经常这样。或者说，这就是我的常态。这时候也是，因为还想暖暖和和地接着睡呢，有那么一瞬间我甚至觉得反正没什么大不了的，想睡就睡吧。但是，从前读过的冬季登山队员被大雪压死在帐篷里的遇难报告突然从脑袋里蹦了出来。那些人肯定也是因为嫌麻烦，所以才在睡得正香的时候被意想不到的积雪量给活埋了。想到这里，我突然心回意转，觉得至少应该出去看看外面是什么情况，于是点亮了头灯。

不点灯还好，帐篷里亮起来的那一瞬间我便知道大事不妙了：帐篷里的空间已经被积雪挤掉了一半。不至于吧？——我很是诧异。在过去的极地旅行中，我被地吹雪骚扰的次数可谓多到了令人生厌的地步，但每次充其量也只是在下风侧的入口处形成积雪，把帐篷团团围住的情况是从未有过的。我穿上防寒服，决定去外面一探究竟。可是等我准备拉开门帘时，却发现入口已经被完全压在了雪下，帘子上的系绳也因此够不到了。这可要命了！我心慌得不得了。如果因为入口被掩埋就用刀将帐篷割破，结局很可能是在暴风雪中走投无路而丧命，类似的案例在过去并不是没有过。我拼了命地使出全身力气，反复去推门外的雪。又捶又踹，还用肩膀去撞。折腾了好一阵子，积雪终于有所松动，让我把系绳拽了出来。才刚打开门帘，积雪就像坍塌了似的倒进来。我一边拨开雪一边往外挤，在探出身子的那一瞬间不由大惊失色：半个帐篷已经陷在雪下，太多雪淤积在周围，形成了高台。换句话说，再晚一点我就要被活埋了。

在分秒必争的情况下，我迅速抄起铲子开始除雪。雪下得太大了，肯定是冰盖上方的大量积雪被这阵风一股脑儿带了下来。虽然看不清楚，但感觉风里含着大颗的雪粒，打得我浑身噼啪作响。此情此景让我想起了以下暴雪著称的剑岳地区 [1] 的冬季。

---

[1] 剑岳是日本富山县的名山。

这时候，耳边传来了一阵可怜巴巴的狗叫声。那声音与其说是吼出来的，不如说是哭出来的，我从未听它那样叫过。我连忙看向狗那边，只见拴在雪橇上的狗绳已被埋在雪下，狗儿无法动弹。再迟一步，连狗也要被活埋了。我赶紧帮它解开绳子，谁知，狗在那一瞬间像脱缰了似的飞奔出去，消失在了漫天飞雪的黑暗里。

竟然会发生这种事，我简直不敢相信。狗在暴风雪中逃走了⋯⋯

"项圈！项圈！"

我冲着狗消失的方向喊了好几声，声音全被暴风雪的轰响盖了过去。喂喂，不是真的吧⋯⋯难道是因为讨厌刮暴风，自己跑回村子去了⋯⋯我茫然地看着狗消失的方向。且不说我一个人能否拖动这么沉的雪橇，没有狗的话，我想我会直接失去走下去的意志。狗不在了，极夜之旅将无法成行。而且我会想，难道我和它的交情就连这点考验都经不住吗⋯⋯我走投无路地站在那里，各种情绪在身体里翻涌交错。就那样过了一两分钟，忽然，有两个反射头灯光芒的青色光点飞快地从黑暗里向这边跑来。

"哦——！它回来了！"

狗儿跑到我跟前，猛地刹住脚，把前腿一伸，仰面躺在了地上。老爷！还像平常那样给我胡噜胡噜肚子吧！它吐出舌头，做出一副讨好的样子。看来它没想跑回村子去，只是从被活埋的恐惧里解放了出来，高兴得忍不住要在附近跑上一圈。对肖拉帕卢克的狗来说，这种程度的暴风雪不过是家常便饭罢了。

我把狗松开，自己开始除雪。优先把门前雪铲净后，我发现想要靠取巧铲除这种规模的雪是无法打开局面的，于是到帐篷里换了一身方便活动的装备，准备大干一场。积雪最严重的是下风侧的帐篷两边，因为哪怕拼命铲过一次了，在我去别处铲雪的工夫，那里很快又会积满雪。不彻底的除雪等于没有除雪，于是我决定把帐篷周围两米以内的雪全部清空。

如此一来，除雪彻底变成了赌上自身存亡的求生。

虽说是在猛烈的地吹雪中从事重体力劳动，但也许危机当前，脑垂体分泌的大量肾上腺素使我的精神异常集中。我顶着飞雪把帐篷挖了出来，然后砍倒雪墙，开辟出让风通行的通道。特别是帐篷门前面向冰川脚下的那块地方，为了防止再次积雪，我把那里彻底挖成了导流渠。搞不好我是除雪的天才呢，我边挖边想，越挖越起劲儿。可是等我围着帐篷挖了一圈回到起点时，却发现那里的积雪已经和除雪前没有两样。想不到最后空忙一场，我不禁为之愕然。

连续奋战了4个小时，换来的却是这么个狼狈的结局。照这样下去，回到帐篷里睡觉无异于自杀。换句话说，我必须持续铲雪，直到暴风雪有所收敛，然而那又怎么可能呢？尽管我不愿在这种天气里做出这种决定，但看来只有把帐篷挪去别处了。

回到帐篷里，我把东西全部装进袋子，再把袋子捆在一起，以防被风刮走。再次走出帐篷，我重新把周围的雪铲了一遍，然后刨出地钉，收起帐篷。可是刚收好的帐篷上转眼又积了雪，额外的负重将帐篷死死压住。必须尽快行动，否则雪只会越积越多，于是我拼命掸雪，可掸雪的速度比不上积雪快，我快被逼疯了。我使出浑身解数才好歹把帐篷搬上了旁边由地吹雪形成的高台。此时两台雪橇均已沉没在雪下，无法再在设营时充当"锚"，因此新设营时需要格外小心。

万一帐篷被风刮走，这次探险就彻底告吹了。我在上风侧的裙摆上压了厚重的雪，并将地钉牢固地打入雪中。撑起支杆时，我先给支杆套上一层外套，然后调整呼吸，让自己沉下心来，利用专用的绑带缓缓向支杆施加力道。不等帐篷立稳，惊人的风压就扑了上来，好在地钉和裙摆上的雪发挥了作用，使帐篷得以在强风中保持稳定。设营完毕后，我把东西搬进去，终于喘上一口气来。看了一眼表，我才发现自己已经一刻不停地奋战了 7 个小时，不禁叹了口气。

　　翌日，暴风雪过去了，我把雪橇挖了出来。两台雪橇均已深埋雪下，幸好扶手的前端勉强露出雪面十来厘米，让我知道该挖哪里。两个半小时以后，我找回了雪橇，重新开始了和狗儿的冰川攀登之旅。

邂逅北极星之神

实现冰川登顶是在 12 月 14 日。此时距我离开肖拉帕卢克村已有 9 天。倘若把停滞不前的日子也算进去，登上这座相对高度区区千米的冰川整整耗费了一周时间。

这一周显得格外漫长，其间我三次瞥见了死神的侧脸。如果这是国内的冬季登山活动，现在我就可以在博客上发表一篇比如"好险一座山"的游记，向世人炫耀的同时也收获无数点赞。无奈前途漫漫，到此为止的路程充其量只有全程的十分之一。

不过，这艰苦的十分之一中，姑且包含了此行的一大难关——令我畏惧已久的梅罕冰川。登上它让我心里的一块石头落了地。出发前，我最怕遇到的就是暴风雪，然而现实比预想中的还要可怕，我一连被暴风雪袭击了两次。尽管如此，我还是安然无恙地通过了这一关。这样想来，用有惊无险来总结此行的开局也不为过吧。更令人欣慰的是，月圆夜明的日子还将继续下去。距离月亮下次沉没还有10天，在那之前穿过冰盖和冻原并到达昂纳特的无人小屋便是我当前的目标。现在看来，时间还来得及。

次日一觉醒来，四周浓雾弥漫，视野颇不理想。我决定停顿一天，顺便养精蓄锐。当晚八九点的时候——虽说夜以继夜的情况已令早晚失去意义——我见天气恢复正常了，便走出帐篷，和狗儿戏耍起来。

2014年冬天我第一次来肖拉帕卢克时，这条狗还只有1岁。当时它尚且没有拉过雪橇，甚至不曾踏出村子半步。换算成人类的年龄，还是个需要接受义务教育的孩子。那么，我为何偏偏选中了它呢？首先，因为它看上去身强力壮，性格也让我觉得稳重乖巧。再有，因为它尚未成年，还不曾接受过拉橇训练。我想，也许可以按照我的品味从头调教它，把它培养成一条只属于我的狗——这种仿佛光源氏的欲望也是我动心的原因之一。

不过，还有一个凌驾于这些之上的决定性因素，那就是这条狗的长相非常惹人喜爱。而我呢，恰好属于比起内在更注重外貌、会凭第一感觉来鉴别事物和选择交往对象的男人。如今的项圈借由与同类反复切磋，已经是艺高犬胆大了，但在1岁那年，它的模样真是娇小可爱，说是村中第一美犬也不为过（其实它的妹妹还要更可爱，无奈雌犬有"生育离职"的隐患，让我断了念想）。

因纽特犬肩负着防范北极熊和牵引雪橇的双重重任，拿外貌作选择依据多少会让人觉得是在拿自己的生命开玩笑。在这个问题上，我确实有着敢做而不敢言的一面。这就好比男人在被问到为什么选这个女人结婚时，通常都不敢直抒胸臆，只能昧着良心说因为"性格好"。不过，在阅读了关于犬类的书籍后我了解到，"看脸选狗"绝不是什么离谱的做法，非但如此，从人与狗的进化史角度出发，这种做法甚至是非常合理的。

之所以得出这样的结论，原因就在于犬类具有的将其与狼区分开的一大特征：幼态持续（neoteny）。所谓幼态持续，作为生物学术语，是指将幼年期特征保留至成年以后的现象；大多数情况下，这一现象被认为具有进化上的优势。与狼相比，犬类的体态特征呈现出头小、脸窄、齿细、鼻短等倾向。此外，成年犬类身上残留的与年幼时相仿的喜爱嬉戏打闹的特质，也表明犬类明显是狼在幼态持续化之后演变成的物种。之所以会产生这样的变化，是因为幼态持续可以为犬类带来进化上的有利条件。在旧石器时代晚期，狼在与人类的接触中逐渐意识到，与人类为伍或与人类一起行动能够使自己在冻原残酷的生存竞争中存活下来，于是自主选择成为被人类驯养的家畜。从这一角度看，幼态持续之于犬类的意义就在于能够触动人类的喜爱之情，从而使犬类在自然淘汰中占据优势。但若反过来站在人类的立场上，便会发现原来史前人类在挑选犬类作为同盟时也是优先看脸的。既然如此，我所采取的看脸选狗的方式无疑是沿袭了旧石器时代晚期以来人类的正统做法，是最顺应本能也最顺其自然的方式。

这天，我和狗儿沿着人类与犬类的进化史逆流而上，从某种意义上讲，几乎达到了人与狗的关系中最原始的位置。

这天早晨（虽说天色始终是夜晚），我非常罕有地决定去帐篷外面完成排便行为。其实帐篷的底面上就有一个靠魔术扣开合的窟窿，平时我都是足不出户地在那里解决，不过这天天气晴朗无风，引得我也想去外面过一把瘾。

我脱下裤子，露出光溜溜的臀部，正准备一屁股蹲下速战速决。就在这时候，我发现在我身后，项圈那张幼态依旧的可爱小脸正将莫名热情的视线投向我的屁股。

哼哼——我立马读懂了它的心思。是想吃我的粑粑了，对不对？

不光是我的狗，应该说所有狗都一样，它们基本上对人类的粪便都欲罢不能。

在这次旅行中，尽管我为我的狗准备了每天 800 克的狗粮，但它仍然总是一副意犹未尽的样子。每次看见我给帐篷打包，它都会直奔排便口，把结冰的雪地咯吱咯吱刨个底朝天，然后像猪一样狼吞虎咽地吃起来。它对着粑粑大快朵颐的样子让我看得出神，而且因为天天如此，这天当我留意到它的视线时马上就明白了它的意图。

坦白地说，这天我是蓄意要去外面解决的，为的就是想看看当着狗的面排便，它会有什么反应。狗儿满怀期待的双眼看得我浑身酥麻，于是我也非常讲排场地门户大开，放出排泄物以回应它的期待。

谁知，意想不到的情况发生了。从背后接近的狗儿突然把鼻子凑到了粑粑尚未排净的我的肛门边上，露出一副急不可耐的表情，直接吧唧吧唧地吃起了新鲜货。这还不算完，在我出货完毕以后，它依然是一副意犹未尽的样子。然后，更加天理难容的是它竟然动用起高超的舌技，充满慈爱地舔起了我的屁股。

啊——

我忍不住发出了有失体面的一声。我被狗儿出乎意料的举动搞得狼狈不堪，心慌意乱，霎时间连我自己也不清楚该不该由着它把这不雅的行为进行下去了。但是下一秒，一股罪恶感，或者说盘踞在我人性深处的近代人才会在乎的无趣道德观念条件反射似的划过眼前。"诶！别这样！不许这么干！一边去！"我伸手把它赶跑了。狗儿还是一副不满足的样子，死活都要伸出舌头去舔。"不行不行，你还是饶了我吧！"我一边用单手挡着一边抵抗。

昏暗的夜色中，一场不为人知的攻防战正在距离我屁股几厘米的地方悄然展开。

等我擦干净屁股，心里是有些后悔的。关键时刻被近代人的道德观念坏了好事。假如让它随心所欲地继续下去，搞不好我们已经跨越了三万年的时空，重现克鲁马奴人驯服狼犬的瞬间也未可知。

翌日早上，当我再次当着狗的面上演"排便秀"时，狗儿已经无动于衷了。由于此前我对它的训练极其严格，但凡是被我严命禁止过一次的事，它都绝不会再犯第二次。今天可以给你舔个够哦！正因为是经过了激烈的思想斗争之后做出的决定，狗儿的视而不见才让我体会到了无以言喻的羞耻感。

*

我和狗儿再次上路了。来到冰盖上方以后，眼前是一望无际的没有坡度的雪面。大多数时候，我会踏着滑雪板前进。

别看冰盖上方几乎是一个平面，从梅罕冰川前往百公里外昂纳特小屋的路线仍然是大抵固定的。登上冰川后，首先要沿右手边另一座大型冰川的边缘，向正北方向前进约7公里。过去多次往返于冰盖上方已让我对这条路线驾轻就熟。根据以往经验，走过7公里后，右手边可以看到一条巨大的冰川裂隙。下一段行程便是要以这条裂隙为参照物，将前进方向从原先的正北调整至西北偏北335度。沿此方向继续前进，不久便能找到一条合适的下行路线，从那里离开冰盖，进入冻土地带。

然而，意想不到的情况发生了。由于这趟旅程是在极夜里行进的，作为参照物的冰川裂隙消失在了黑暗里。我期待着能在月光下看见些东西，遗憾的是什么也看不见。又因为月光总能照亮雪地，让我不借助头灯也能看清脚下的路，我便擅自把月光想象成了可以在暗夜里照亮一切的奇迹。但现实是，就连右前方不远处本该一目了然的冰川裂隙也是看不见的，这大大出乎了我的意料。

结果，最初沿冰川边缘前进的7公里路，我只能全凭感觉走。本来，这7公里路可以轻松走过，现在却不能掉以轻心了。因为如果不能准确地朝正北方向走出7公里，再准确地将前进方向调整至335度，那便等于从起点就走错了方向，此后的每一次定位也都将是错上加错。正因如此，眼前这一步无论如何都要走对。但是随着参照物的消失，正确的标准也消失了，我只好改变策略，根据步行速度和行进时间大致推算出自己走了多远。

来到方向变更点附近后，由于地吹雪的肆虐，我再次被迫停下脚步。我决定翌日再上路。

由此往前，我将沿左手边另一座大型冰川的源头下行，穿过冰川间的风纹地带，再由陡坡重新向上攀登。

浓密的云层遮住了天空，月光暗淡，周围的地形难以分辨。通过方向变更点后又走了些时候，所到之处与印象中大抵相同，我由此判断自己并未偏离路线，于是继续前进。穿过风纹地带后，雪面的坡度陡然上升，加之雪橇不轻的重量，我们的步伐大幅减缓了。我和狗儿都喘着粗气，疲惫不堪。我对地形大发牢骚，在坡度缓和之前足足骂了几个小时。

结束激烈的攀爬后本以为能松一口气，谁知这只是困境的开端。再往前，冰盖将失去它全部的地形特征，彻底化作没有起伏的冰雪荒漠。在明亮的季节，越过冰盖可以在西南方向看到错落的群山，我向来是参照群山为自己定位的。然而极夜里是看不见山的。我寄希望于月光能让我看见些什么，但一如冰川裂隙的情况，山峦离我太远了，什么也看不见。

虽说通过了梅罕冰川这道难关，但前方的冰盖和冻原却也是不逊于冰川的险境。冰盖和冻原缺乏明确的地形特征，犹如一片广袤又面无表情的二次元平面空间。在黑暗与痛失地理参照物的双重影响下，地图几乎失去了作用，加之六分仪被狂风吹走，我手上已经没有可以用来定位的仪器了。

这意味着什么不言自明。我脚下这条335度的角度线不能出现丝毫偏差。假使我能跨过冰盖、走上冻土，并随即重新将角度调回正北方向，顺利的话就能找到通往昂纳特无人小屋的山谷入口。但是，倘若在冰盖阶段就走错了方向，之后也始终偏离正轨，那么最终我很可能会错过通往小屋的山谷，经由其他陌生山谷抵达海岸线。这样一来，由于海岸线上的地形高度相似，朝向一致的区域随处可见，我恐怕连小屋位于自己的西面还是东面都分不清楚。一旦迷失方向，就连返回村子都不可能了，旅行将就此告终。至于什么是告终，那就和死亡是一回事了。

　　出于恐惧，我更加渴望能在月亮沉没以前赶到小屋了。只要到达小屋，方位就会成为确数，之后只需沿海岸线一路向北。换句话说，既不需要为定位提心吊胆，也不再有走失的可能。的确，月光不是万能的，但它仍然是我行走在极夜里的唯一依靠。随着冬至临近，极夜也将进入它最黑暗的时期。这种情况下，再赶上新月前夕不见月光的那几天，前所未有的黑暗一定会额外加重我对迷路的焦虑。因此，我无论如何都要赶在月光消失以前走出这片由冰盖和冻土组成的二次元无间地狱，抵达能够给予我精神喘息之机的无人小屋。通过计算月龄，月亮将会在 12 月 24 日完全沉没，而今天是 12 月 20 日。嗯？已经是 20 号了？重新确认过日期后我不禁大吃一惊。就在刚才我还认为日程绰绰有余，转眼却发现距离月亮消失只剩下 5 天了。就在自己止步不前和被狗舔屁股的时候，时间仍在不停流逝。此外，在配合月亮的作息采用一天 25 小时时间制的过程中，我其实在不知不觉间已经比正常的 24 小时时间制多使用了一天。

　　时间比预想中走得快，而日期更迭意味着月亮由盈转亏和月光亮度的下降。此时月龄已超过 20 天，以平均 29.5 天为一个周期计算，倘若人的一生有 80 年，那么月龄 20 天的月亮已经年过半百。

　　月亮的死期临近了，如果再不抓紧时间，它就要沉下去了。我突然意识到自己是耽搁不起的。

这天，我在深夜0点起床，之后吃"早"饭、做出发准备，3点时已经上路。

旅行还在起步阶段，但是托暴风雪和在冰川上艰难攀登的福，我每天都累得要死，根本没力气得极夜病。既不胃痛也没有神经衰弱，唯独失眠是老样子，前一天晚上也是，翻来覆去地睡不着。到了起床时间，我打开头灯，发现自己睡觉时的呼气在地面上结出了一片白霜。除了地上霜，还有在北极真正迎来严寒时才会出现的"霜凌"。此时帐篷里的霜凌正悬在我眼前，摆来摆去地让人想起蚊子的幼虫。稍微一动，霜就纷纷落在脸上，冷兮兮的，特别烦人。我盯着那排随呼吸摆动的霜凌，心想，这回天气是真的冷透了。不出所料，外面雪橇的温度计上显示为零下32度。这是此行开始以来气温首次跌破零下30摄氏度大关。

虽然形容起来都是一个"冷"字，但零下20几度和零下30几度之间却有着明显的落差。在气温很少低于冰点的东京生活久了，大概会把零下20度和零下30度想成一回事吧，反正都属于无法忍受的冷。但是要我说，这两者一点不像。零下20几度给人的感觉虽然很冷很冷，然而是种普通的冷；零下30几度就不一样了，那是一种明显超越了人体生理极限的冷，属于一定会让你感觉身体要垮了、自己要死了的冷。但不可思议的是，即使在零下30摄氏度的世界，熬过最初的一个星期后，身体也就完全适应了，待在零下40摄氏度的环境里照样面不改色，走在秒速15米的暴风雪里也能做到处乱不惊。一如我们能在攀登喜马拉雅山时适应低氧环境，人体似乎也先天具备了对抗严寒的机能，一旦适应了严寒，肉体和精神双方受到的压力都将减轻。适应的过程也与接受低氧环境时类似，零下30摄氏度将是第一道门槛，在完全习惯之前需要经历一周左右的调整期。

这天是气温低于零下30摄氏度的第一天，可想而知，我的身体还有待磨合。每前进两小时，我就穿上特制的加厚防寒服，休息十分钟，吃点功能性食品，喝口热茶，再继续上路。天太冷了，加厚的防寒服要穿着走上一会儿才舍得脱下来。脚尖始终是冰凉的；手指头也是，摘掉北极熊毛皮手套的瞬间就会冻住，不敢轻易露出手；鼻子和脸颊也因为冻伤而阵阵刺痛。再有就是感觉雪橇变重了。雪橇的滑行原理与越野滑雪板相同，都是利用摩擦产生的热量使接触面上的雪融化，从而起到润滑油的作用。然而，过低的气温阻碍了雪的融化，拉橇变得像在沙地上一样艰难。

如今天上只剩下一弯残月，月光的威力大不如前。月光下，冰盖的表面是遍布风纹的地貌，那是狂风抓挠后留下的痕迹。黑暗中，我和狗儿拖着两台沉重的雪橇，且行且停，且停且行，跨过了一片又一片风的抓痕。

说起我的狗，一天当中它只有前半天始终喘着粗气，那是它在埋头苦干的证据。后半天听不到急促的喘息声，我便知道它在偷懒。狗在刚入冬时都缺乏训练，对此我理解，但是在极寒的极地旅行中对拉橇不甚上心的雪橇犬仍然是这世上最可气的东西。我又冷又累，一想到狗粮还在雪橇上，就感觉气不打一处来。一旦听不到喘粗气的声音，我就忍不住扭过头去冲它大吼："你这家伙！好好拉橇！听不懂吗？！"好让它重新振作起来。心里的怒火让我怒形于色，狗儿见我勃然大怒，吓得开始拼命拉橇。但毕竟是后半程了，体力已经见底，它每次都是拉着拉着就没了力气。等走完这一天的路，狗儿一秒也等不了地蜷缩起来，那副无精打采的样子和平时反差极大，以至于我怀疑这次是狗患上了"极夜病"。

这天我们只走了 7 个半小时，最后因为轻度的地吹雪遮住了星空，只好作罢。星空是指引方向的参照物，想在看不见星辰的情况下笔直前进非常困难。为避免出现偏差，还是不要贸然前进较为妥当。翌日，气温凝冻到零下 34 度。我穿上自己缝制的专门为极寒天气准备的海豹毛皮裤子，下半身暖和起来，双脚也不再冰凉。这天同样只走了 7 个半小时。考虑到这趟旅程将持续 4 个月，我时常提醒自己要尽量保存体力，不要在一次行动中消耗太多。

结束一天的行程后，钻进帐篷的头一件事就是给暖炉点火。不论之后要干什么，不开暖炉的话双手很快就会冻僵。先把手烤热乎，然后用扫帚刮掉冲锋衣内侧的霜，再把毛皮靴上的雪仔细掸干净。之后，我会换上在帐篷里穿的防寒服、袜子和鞋，脱下来的手套、毛皮靴和被汗浸湿的运动保暖衣则用晾衣夹吊在顶篷上，把暖炉挪到那下面烘烤。接着，我会喝一点汤或者咖啡，然后融化雪水准备做晚饭。晚饭的材料是速食米饭、培根、海豹脂肪和鱼肉干，把它们煮成一锅，用咖喱和酸辣粉调味。如果逮到了兔子之类的猎物，晚饭就吃新鲜肉，自备的食材则当成储备粮。顺带一提，我的早饭是拉面、肉、脂肪和鱼干，行军粮是巧克力、卡路里伴侣 [1]、坚果和水果干，热量

---

[1] 卡路里伴侣（Calorie Mate）是日本大冢制药公司自 1983 年起发售的营养补充食品，有多种口味，分为饼干型、流食型和果冻饮料型。

的摄入标准为每天 5000 千卡。

晚饭过后是烘干衣物的时间。在极夜期间，如果不认真对待烘干这件事，衣服只会越来越潮，而整天穿湿衣服对精神是极大的摧残，所以我每天都要拿出充足的时间专门烘干衣物。吃过晚饭，我会一边记日记，一边用暖炉烘烤挂在顶篷上的衣物，如此烤上半个小时。如果这样还没有干透，就把潮衣服和防寒服一起穿在身上，并把登山用的小型帐篷从头顶上罩下来，把炉子搬进来，调成弱火。随着登山帐篷里温度的上升，潮湿的衣物会不断冒出蒸汽，最终彻底干透。因为存在一氧化碳中毒和致死的风险，这样烘干时需留意登山帐篷内部的空气流通。

12 月 22 日，冬至到了，极夜迎来了它在日历上的折返点。这天是极夜期间最黑、最暗的一天，同时也是预示着天色将由暗转明的一天。冬至是个值得庆祝的日子，远离地平线的太阳将以这天为境，踏上漫长的归途。据说，曾有探险队在船上越冬，人们为了纪念太阳的复活，会在冬至这天举行盛大的联欢。

但是对于行走在黑暗中的我来说，那个无法想象何时才能复活的太阳无异于并不存在。事实上，在极夜里度过了近两个月后，我对曾经有太阳朝升夕落的光明世界的记忆已经模糊不清了。在这里，我关心的是月亮。进一步说，关心的是月亮消亡后将要到来的真正的黑暗和真正的极夜。根据此前参考过的海上保安厅主页上的《月亮出没·中天时刻及方位、高度角计算表》，月龄在这天将达到 22.6 天，月亮在中天时刻的高度角仅为 8 度，这意味着月亮在一天中只能现身10 个小时。回想起满月时月亮 30 度的正中高度角和 24 小时无休在天空中回旋的盛况，那不过是一周前的事，衰败来得太突然了。如果说两天之后月亮将消逝于无形，那么此时它就正处于垂死状态，光芒虚弱得如同一团即将燃尽的炭火。

原本我指望能在月亮消失以前赶到昂纳特的小屋，现在看来，不能再抱有幻想了。抵达小屋是不奢望了，还有两天时间，至少能离开冰盖吧——在现实面前，我不得不降低预期。

但即便如此，仍然有一件事让我放心不下。从冰盖前往冻原的最后一段路是一条陡峭的下坡路，那里通常是一片被积雪覆盖的陡坡，但如果没有积雪，陡坡将变成青冰裸露的冰壁。眼下刚刚入冬，降雪还不充分，那里是冰壁的可能性或许更大，而这正是我担心的。雪坡变成冰壁不但意味着我必须利用钢钉和绳索将雪橇连同物资一起运下冰盖，还意味着我将面临坠崖的危险：因为视野过暗，我有可能在尚未发现冰壁的情况下直接跌落悬崖。2014 年 2 月我第一次探索冰盖时，曾选择从东面的另一条路线离开冰盖，当时遇到的就是青冰裸露的冰壁，以至于整个下行过程都像是在挑战冰壁攀岩。在黑暗里贸然接近冰壁太危险了。正因为对之前的经历心有余悸，至少冰盖边缘这个最棘手的部分，我希望能趁月亮还在的时候将它解决。

根据以往的经验，从冰川登顶的地方出发穿越冰盖大致需要 4 至 5 天。在过去的两天里，尽管我力图求稳，但也应该走掉了相应的距离，10 公里至少是有的。而从前天的后半程起，脚下微弱的触感告诉我，雪地已经开始向下方倾斜，这说明我在那时就已经通过了冰盖中央的最高点。考虑到在那之后我又走出了一天半的距离，即使前方不远处就是冰盖的尽头，我也不会感到意外。说不定今天我就可以顺利突破冰盖了。我觉得有这种可能。

怀着不算强烈的期待，我于清晨 4 点一刻开始了冬至这天的行程。

*

出发时的气温是零下 34 度，所幸几乎无风。我拖着沉重的雪橇，喘着粗气，哈气挂在毛皮帽子上，在嘴边结出一圈白色的冰。身上出的汗也在衣服里结成了霜。

我继续沿着 335 度方位角在冰盖上笔直前进。如果角度准确无误，我将进入一条相对好走的通往冻原的下行路线，之后只需朝正北方向前进，理论上便能进入通往昂纳特小屋的山谷。但是，假使角度向东产生偏移，就会有很大概率在下行路线的末尾遭遇一面已经变成冰壁的陡坡；反之，如果偏差是大幅度向西的，那么在到达海岸线后，我的方位恐怕也会大幅度偏离小屋。更糟的情况是，目前已有的偏差还将不断扩大。这种情况下，我甚至有可能错过通往小屋的山谷，进而在海岸线上迷失方向，最终彻底失去理智。我会在黑暗中不顾一切地想要返回村子，结果因为食物耗尽而命归冻土。说到底，335 度这个方位角是容不得半点偏差的。

但是不必说，在黑暗中沿固定的方向前进绝不是一件容易的事。

为了不走偏，我需要不时地停下脚步，打开头灯，一边确认别在腰包上的罗盘，一边尽可能准确地让身体朝向 335 度的方向。然后，我会仰望星空，认准一颗位于前进方向上的星星，一边提醒自己不要偏离那颗星一边往前走。如果感觉到了哪怕一丁点偏差，觉得心里没底，我就赶紧站定，重新确认罗盘上的角度。一天之中不论反复多少次同样的过程，我都不觉得厌烦。我只是一心一意地仰望着星空，诚心诚意地祈求道路不会出现偏差。

奇妙的是，在我日复一日、一门心思注视着星空的过程中，一颗颗星辰渐渐拥有了自己的故事。对于在冰盖上移动的我来说，星辰扮演着指引前路，即掌管生死的角色，因此，它们在我看来已不再是由气体、尘埃和石块聚合而成的无机物，而是以有机生命体的身份出现在我面前。既然是具有生命的物体，星辰便少不了要拥有各自的性情，性情之间也难免会有强弱之分。就拿我们所熟知的夏季大三角中的一端——天琴座的织女星为例吧。既然叫织女星，她在我眼里自然就是个女人了，而且还是个相当貌美的女人。她优雅、高贵，相貌出众，佩戴着镶满宝石的王冠，给我的感觉完全是一副女王的模样。可是，这颗星为何会被人们赋予女性的身份呢？具体的缘由我也不清楚，不过，她的亮度在北极群星之中确实不凡，即使放在全体恒星之中也足以和御夫座的五车二并驾齐驱。她无与伦比的亮度和宛如白色冰晶的闪光让我想起了瑰丽的钻石，以及如凯特·布兰切特一般相貌端庄的金发白人美女。而在日本，这颗星也确实被比作一名女子，年复一年地盼望着能够在七夕这天与牛郎星相会。大概自古以来不论男女老少，任谁见了这颗星都会觉得她很有女人味吧。

但是在我眼里，这颗星却并非织女那种贤良淑雅的女子，而更像是一个性情古怪又疯狂的女人。这应该和我过去在加拿大进行极地旅行时的经历有关。因为狂风总是来自织女星所在的西方天空，我便不自觉地把她想象成了一位口吐寒风、手持皮鞭、以施虐者的姿态君临夜空的冰雪女王。

如果说织女星是夜空中的女王，那么与她遥相呼应、闪烁着光芒的五车二就是这片星空的君王了。通常来说，众星之首的位置是要留给恒星中亮度最高的天狼星的，不过天狼星的纬度较低，在北极圈的夜空中很少能见到他的尊容。这样看来，五车二虽占王位，却不过是缺少天狼星坐镇的这片星域的代理君王罢了，也就是历史上那种并不拥有正统性的王权，身份仅相当于宰相或内阁首相一类的政治权力者。

说到内阁首相……我想到了安倍。这样想来，由五车二率领的御夫座的确在天空中描绘出了一个颇为工整的五角形，这自然而然地让我联想到了"圆桌""会议"和"内阁"等字眼。进一步说，五车二虽然闪耀，却不像猎户座、牧夫座或金牛座的 α 星那样闪着熊熊的红光，而是散发着平庸无奇的黄色光芒，这使五车二成了一颗在权力上至高无上、在人格上却了无魅力的乏味之星。其实一直以来，我都莫名其妙地无法对这颗星产生好感，当我留意到它对权力的勃勃野心时，我觉得自己终于明白了那个理由。

将五车二刻画成政治权力者，也是因为它掌管着军队这一实际的暴力机关。当五车二率领的御夫座以逆时针方向旋转至天顶附近时，仿佛受到其力量的牵引一般，猎户座会从地平线下方强势入场。猎户座在夜空中的存在感是无可撼动的。作为海神波塞冬之子，希腊神话中的猎户座奥利安是一名优秀的猎手，或许也是出于这层原因吧，以箭法见长的奥利安不论在谁看来都是武力的象征。而在猎户座这支铁甲兵团中担任领袖冲锋陷阵的正是即将迎来超新星爆发的红色巨星，老将参宿四；被予以殿后重任的，则是苍白的战将参宿七。

撇开织女星端庄的仪表和五车二不可一世的独裁者姿态，它们归根结底只可能是世俗的王者。能够在名为"天球"的宇宙中真正做到傲视群雄的只有一颗北极星。北极星论亮度只有二等，尤其是在薄霭笼罩的日子里，如不仔细观察便无法用肉眼辨识，在这一点上确实如此，但其位于宇宙中心的事实却是毋庸置疑的。其余所有繁星，即使将明亮与威严展现得淋漓尽致，说到底也无非是在以北极星为中心做着逆时针运动，并且以一日为限必定要复归原位。它们永远只能日复一日地周旋在不变的位置上，其本质是同人类一样的渺茫与无常。北极星则不同，它是支配着所有繁星运行轨迹的不动的一点，是跨越了时间与空间的"天球"的轴心，是超越了生死与变迁的永恒的存在。它是神——尽管是一位稍有风吹草动就会赶紧躲到竹帘背后的不太可靠的神。

而每当这种时候，负责指出北极星神之所在的便是被称为"指极星"的北斗七星和仙后座了。在天顶附近，这两个星座清晰可见，并时常围绕在北极星的左右。如果把连接北斗七星斗身上端的天枢和天璇两星并作延长线，其与仙后座内含三角形的中线的延长线的交点，便是北极星永恒的御座。从这层意义上讲，北斗七星和仙后座相当于神的贴身侍从。打个比方的话，就是"北极星神教"中的大天使米迦勒和加百列了。

想到这里，我忽然对这片星空有了新的认识。所谓"天球"，不正是以北极星为中心的曼陀罗结构吗？北极星位于宇宙的中心，便是像大日如来一般坚定不移的存在。与其临近的上层领域由大天使守护，下层凡界则有着无数像人类一样渺茫的繁星，以拟人化的手法演绎着属于它们的故事。群星璀璨的"天球"正是借由这幅完整的曼陀罗图案，向我们揭示出世界构造的真谛……

当我不得不一刻不停地望着繁星赶路时，这样一幅关于银河的长篇故事画卷便开始不可抑制地在我脑海里展开。其实我也清楚，这都是些无关紧要的东西，无奈身体在活动的时候大脑就闲了下来，等我意识到时，故事已经自成脉络。想必古希腊人便是像这样，一边仰望星空一边编织神话吧。在那个没有书籍、没有漫画，也没有手机的时代，只有夜空中的繁星可以帮助人们度过漫漫长夜。久而久之，人们从中看出了不同的颜色、不同的亮度和排列规律，而这些差异也使得繁星成了观测者眼中拟人化与故事化的素材。

在个性丰富的群星之中，还要数女王织女星最得我心。织女星不但外表赏心悦目，而且在我的行进途中总会在恰到好处的高度上出现在我面前，这使她成了我心目中"指向星"的不二之选。不仅如此，由于在这次旅行中，狂风并非来自织女星的方向，这也使织女星摘下面具，不再扮演冷酷的冰雪女王。虽然她仍是那个在夜店里挥舞皮鞭的女王大人，但私下里与我见面时，不化妆的她只是个和普通女人没有两样、相貌柔和的 SM 系大小姐，这一点深得我心。我总是边走边想：织女星真好啊，不管过去发生过什么，反正这次我是跟定她了！

就这样，行程在与繁星进行灵魂对话的过程中一天天过去了，但一直悬在心上的冰盖下行路段却丝毫不见到来的迹象。

根据以往的经验，接近冰盖边缘时，脚下的坡度会渐渐增大，积雪会变少，并开始出现坑洼不平的裸冰地带。然而坡度没有变大，地面也始终平坦。奇怪，差不多该是下坡路了才对……我怀着疑惑，只管往前走，但状况没有任何改变。

换作在平常明亮的季节，越过冰盖上的雪地能隐约看到远方冻原上的丘陵和沟壑，我能借此了解自己的大概位置。但如今月亮能量甚微，光芒衰败，视野前方的空间完全被阴沉的黑暗所笼罩。

结束了这天的行程，我搭起帐篷钻了进去。浑身上下的衣服里都结满了霜，我把霜掸掉，终于静下心来，给自己倒上一杯咖啡，开始查看地图。本以为今日内就能走到的预示冰盖结束的陡坡并未出现，甚至连苗头都没看见。也许是我误估了前两天的行进距离，现实是我走得没有想象中远。不过，明天再走上一天，说什么也能突破冰盖了。如此整理了一番思绪，我钻进了睡袋。

翌日起，我决定重新启用通常的太阳时间制，不再去迎合月亮的作息。月亮虽然仍会出现，但亮度已与沉没后的无异，既然如此，不如在太阳的中天时刻展开行动，也许还能在天边看到一抹亮光。我转而对太阳寄予了希望。

和前一天一样，这天我也在一刻不停地望着星辰赶路。遗憾的是，即使到了太阳的中天时刻，期待中的天边含光的景象也未能显现。天依旧是几近漆黑的。世界依旧终日封闭在极夜的黑暗中，唯有星光忽隐忽现。

注视着星光，我又一次沉浸在了不着边际的幻想中，在黑暗、寒冷、空无一物的世界中重复着周而复始的肢体运动。一晃神的工夫，意识已经游移不定，思考开始背离现实。

　　出发后的一段时间里，御夫座的五车二占据着正面星空的醒目位置，就是那位以政治权力支配北极群星的夜空中的内阁首相。斗转星移，五车二依旧散发着它那耀眼却平庸的权力光芒，让我的视觉神经疲惫不堪。眺望以五车二为中心的五角形御夫座内阁，我意识朦胧地想象着，既然御夫座代表内阁，那么它所在的方位即是内阁的坐落之处，所以那一带大概相当于东京的永乐町和霞之关吧。

　　如果说御夫座地处霞之关，那么代表军队——即防卫省——的猎户座，其所在方位就相当于市谷了。像这样望着御夫座和猎户座的时候，我发现自己正试图将夜空的星图安放到东京地界内，乐此不疲地进行着这种毫无裨益的创作行为。巧合的是，当时我家恰好在市谷的集合住宅里，但位置并不靠近猎户座（防卫省）"所在"的新宿区，而是属于千代田区。准确地描述是这样的：如果从御夫座"所在"的永乐町霞之关出发，先后经过《文艺春秋》杂志社门前、麴町大道和日电大道之后，一路向猎户座前进的话，就会来到靖国大道，并抵达JR市谷站，在那里右转，走不多远就是我家了。

　　那么，是否有哪颗星恰巧住在那里呢？我到天上去找，还真让我找到了，竟然是双子座的卡斯托耳（α星）和波吕丢刻斯（β星）。因为其余几颗星暗淡无光，双子座看上去只剩下眼前这两颗星并排在一起。虽然不起眼，但因为就端正地摆在御夫座左下方，所以并不难发现。神奇的是，这两颗星和织女星一样，很久以前就带给我女性的印象，我一直当它们是女性星。一想到妻子和女儿正在家里等我回去，便觉得双子座无疑就是那个最能代表我们家的星座了。这真是个喜人的发现。

这从天起，我决定将双子座称为"自家星"。每次看到双子座，我便会想起身在市谷的妻女。

更巧的是，将出发时间改在日间以后，"自家星"恰好会在出发时现于眼前。于是，我会怀着"一早出门上班去"的心情——虽然我并不是上班族——首先以"自家星"为目标，朝 335 度方位角前进。走着走着，随着"天球"的逆时针旋转，"自家星"会向右上方发生位移，被我视为参照物的星体随之改变。继"自家星"双子座之后为我引路的，是大天使米迦勒北斗七星。北斗七星自斗身上端出发，依序是天枢、天璇、天玑、天权、玉衡、开阳、摇光这 7 颗星，其在东京地图上的对应位置大致在银座一带，因此，随着 7 颗指路星的依次右移，我会把自己想象成辗转于银座七家酒吧的知名作家。继北斗七星之后移动至前进方向的，是所有星体中我认为最英俊的一颗——被火焰围绕的高傲的赤色恒星大角星 (牧夫座 α 星)。而在大角星之后，又轮到美艳的女王织女星走上绝佳方位。织女星驾到时入夜已深，按理说，到了这个钟点，我该叫她一声织女妹妹了。巡游过银座的 7 家酒吧，我走进了今晚的最后一家店。"请问您要翻谁的牌呢？""嗯——就选织女妹妹好了！""本次指名要额外收费两千日元哦。""行，就这么办吧！"在想象中，我就是那个在打烊后顺利将女孩领回家的能干男子，如此满怀憧憬地结束了一天的行程。

做人生赢家虽好，但步履不停地走过这一天后，穿越冰盖的旅程依旧没有结束的迹象。本想着"今天总该结束了吧"，行程却并未就此告一段落。随后那天也是，抱着"今天肯定能结束"的预期出发，脚下的冰盖仍然始终平坦。这哪里是将要结束的样子，分明是远没到结束的时候。

这状况怎么看都没道理。已经是 12 月 23 日了。同样的路线我曾顺利地走过 3 趟，每趟都不过花费三四天。的确，之前天是亮的，雪橇上的东西也没这么重，所以我预计到这次会多花些时日。话虽如此，总共不过 50 公里的路，最慢五天也能走完。但整整 6 天了，还没有见到下坡的兆头。

第二天当然还要接着走。我边走边停，观察身后的雪地。雪地似乎在向下倾斜，但又像没有倾斜。莫非自己仍在走上坡路？月亮已经消失了，我无法在黑暗中凭视觉判断冰盖的坡度。若单说身体感觉，雪橇似乎没有之前沉重，所以雪地多少是在向下倾斜吧。但如果身体感觉是正确的，这种感觉自 12 月 20 日起我判断已通过冰盖最高点时就开始了，那样的话我就已经走了将近 4 天的下坡路。这就不合理了，不可能向下走了 4 天却还没有离开冰盖。

面对本该结束却望不到边的冰盖，我无论如何也理不清头绪了。我再也顾不上看着星星做梦了。

难道是前进方向偏离了正确的方位角？

我无法驱逐内心的不安，多次停下脚步确认罗盘上的方向。之后还会从腰包中取出地图，检查 335 度这个角度是否定错了。一天要检查 5 到 10 回。不夸张地说，眼珠子都快瞪出来了，地图也因为被反复使用，折痕处已经翻破了相。但是，即使我瞪大眼睛，即使地图翻出了窟窿，结果也只是让我再次认识到，335 度的角度是正确的，自己也确实走在正确的方向上。

　　作为结论，如果以罗盘为准，我的行进方向基本准确无误。我就是在这个方向上以每天 7 个半到 8 个小时的时间前进着。在感受上，我的步行速度可以达到每小时两公里，所以理论上每天至少走了 10 公里。我以这个步调走了一周，掐指一算，理应走出 70 公里了。然而却没有走出 50 公里的冰盖。账面上的矛盾显而易见。理性思考之后，结论只能是自己没有走对方向。我把路走偏了。

　　推理了一圈，思路又回到了原点。我重新拿出罗盘和地图对照，结果再次得出行走方向正确的结论。

　　看着看着，我彻底糊涂了。莫非问题并不出在罗盘和角度上，而是我犯了某个根本性的错误，比如把南北搞颠倒了……或者我压根儿不是从肖拉帕卢克出发的？这些想法显然有失理智，但若说途中有几天南北对调走了反路，却不是没有可能——因为焦虑，我甚至冒出了不切实际的念头。被黑暗夺走视觉后，超乎寻常的不安开始在我心中发酵，并且变得一发不可收拾。在这个事物失去边界，只剩下混沌的黑暗世界里，由语言构建的逻辑已经说不通。即使是罗盘，我也不敢保证它永远绝对正确。既然是人发明的测量装置，会发生故障或紊乱就在所难免。

　　此时此刻，我唯一能够信赖的只有在高空中闪烁微光的北极星。

　　我开始频繁地把目光投向北极星。

　　此时我大致位于北纬 78 度，北极星的高度角也大抵为 78 度，就在我的头顶上。不过，因为与天顶之间存在着向北倾斜的 12 度角，我仍然能通过观察北极星来找到正北方向。

　　我频繁地停下脚步，高举右手对准北极星，然后尽可能准确地沿其倾角将手臂垂直落下，找到正北方向。但是利用这种方法，我仍然只能得出前进方向始终无误的结论。在此基础上对照罗盘，也只能增强自己正走在335度上的信心。但心中的不安不会就此消失。既然方向是正确的，周围的风景也差不多该有变化了。我用力注视远方的冻原，希望能看到哪怕一点曾在日光下看到过的丘陵和沟壑，但冰盖的另一侧终归是被黑暗吞没了，已经化成无底黑暗的一部分，消失得无影无踪。

无法忍受的不安让我再次将目光投向北极星。这样我便知道方向是正确的。但受不安驱使，我还会再看向北极星，举起右手又放下，然后再次站定，再次仰望星空……将这过程一再重复。

北极星作为宇宙的轴心，那个不动的一点，此时正坐镇天空中央，完全化作了我心中的北极星神。北极星以天空之神的身份予我以正确方向的启示，我接受启示，感到心安。我对北极星的仰视从本质上讲说是崇拜也不为过。

当我仰望着北极星神以此获取正确方向的时候，我甚至进入了某种皈依绝对他力的境界。

也是因为如此，我得以觉察到如下事实。

过去在明亮的季节里展开极地旅行时，我曾相信我能准确地感知自己的步行速度。我会以此为依据推算出自己的行走距离和大致方位。事实上我也不曾在这方面出过什么大的差错，每次出行都能平安归来。正是这样的实际成绩，奠定了我在没有GPS的情况下也能够行走在眼下这片荒漠上的信心。但说到底，我还是在定位时借助了远方的景物，下意识地将冻原的丘陵和冰盖周围的山峦视为推算相对位置的参照物。换句话说，我并非完全以身体感觉为依据。因此，一旦陷入眼下这种视觉被黑暗剥夺后不得不完全凭借身体感觉去判断的状况，我的推测马上就不准了，我开始一再误认为自己比实际走得更远。

既然北极星已经展露出它的神性，为我指明了方向，那么出错的就是我的感觉。是我在行进中获得的对步行速度的感觉在受到黑暗这一特殊环境的影响后产生了偏差。既然如此，从"无法走出冰盖"到"怀疑自己走错路线"，再到"怀疑自己犯下了颠倒南北这种无可挽回的过失"，为了避免在焦虑中越陷越深，我不得不承认之前作为判断依据的身体感觉并不可靠，然后全面将其否定。斩断误判的根源是看清正路的唯一途径。我必须一心一意地将北极星神指示的方向视为唯一正确的道路去相信。从某种意义上讲，这是要求我盲信，要求我皈依，要求我在前行中谨遵北极星神的教诲。唯其如此，我才能获得内心的平静。

在极夜的黑暗中，我必须舍弃小我，从而进入将星辰视作唯一信奉对象的状态。也许，此时发生在我身上的正是信仰形成之初的情境吧。

就在这天，我在黑暗中目击到了来历不明的火光。

当时，我正望着前方的星辰赶路，大脑里只剩下没完没了的疑问：自己现在到底在哪里？是走在正确的方向上吗？突然，在左前方几公里外有个红色的光点，像一小团火，瞬间爆发出了燃烧般的强烈闪光。我的眼光自动跟了过去，心里的第一反应是流星。这里经常能看见流星，很漂亮的那种，有时一天能看见五六回。但奇怪的是，这次火光闪现的位置紧贴冰盖上方，偏橙色系的颜色也不自然。

从火光乍现并发出燃烧般的光亮到消失不见，前后不过几秒钟。

看到它消失的同时，我心里几乎有了定论：那应该是村民点亮的灯火。我对此非常肯定。虽然不知是因为什么，但村里的某人此时正驾着雪橇在前往昂纳特小屋的途中。那火光一定是挂在雪橇尾端的提灯发出来的，之所以消失不见，是因为雪橇驶进了雪丘的阴影。

当我顿悟火光的来处时，我简直欣喜若狂。有个村民就在附近，似乎还和自己是同路！这样想来，我肯定很快就能再见到那火光了，到时候对方肯定也能发现我，然后就会朝这边驶过来吧。毫无疑问，村民不可能不带 GPS 在暗夜里移动。等碰了面，我一定要让他把坐标告诉我，那样我就再也不用因为不清楚自己在哪儿而惶惶不可终日了。当今毕竟是信息时代，北极星神那种东西再可靠，比起 GPS 来也还是差远了。我开始暗中期待事情能朝这个方向发展。

后来，我再也没见过那团似火的光。途中，我无数次朝曾有火光出现的方向张望，却始终未能见到它再度乍现。

*

终于进入下坡路段是在 12 月 24 日的行程即将结束的时候。经过一天的休整于 26 日再次上路时，逐渐增大的坡度让我切实地感到冰盖之旅即将迎来尾声。尽管位于右前方的冻土大地依旧被深不见底的黑暗所包围，脚下的地形此时已由先前的硬质雪面变成了冰盖边缘特有的坑洼不平的裸冰地带，仿佛滑雪场的高级雪道。一心接受北极星神的引导、坚信前进方向无误的结果就是道路终于在我面前打开了。

我拖着雪橇，从 335 度方位角切入了前方凹凸不平的陡坡。现在唯一留有悬念的就是不能确定下坡路的最后一段是否已经变成冰壁。眼看坡度越来越陡，脚下的路却被黑暗吞噬掉了，完全看不出冰盖会在哪里结束。下面该不会已经变成光滑的冰壁了吧……就在我悬着一颗心往下走的时候，一台雪橇被地面上的冰疙瘩掀倒了，挂在扶手上的行囊掉了下来，开始顺着斜坡飞快地向下滑。

糟了！我想都没想就解开了自己和雪橇之间的锁扣，追着行囊冲下了陡坡。行囊的表面用光滑的塑料布加固过，所以一旦溜下去就不可能停下来，转眼就消失在了黑暗里。我不管不顾地追出去五十来米，这才猛地想起来靴子上没戴链钉。假如我滑倒了，滚了下去，而下面又是冰壁的话，那就等于是从几十米高空坠落下去，必死无疑。想到这种最坏的可能，我当即像刹车一样刹住了脚。

行囊里装着摄影班的龟川和折笠托付给我的单反相机、保温杯和防寒手套。虽说都不是要命的东西，但是重要性毋庸置疑，不能说丢就丢。我暂且回到雪橇旁，给靴子安装上链钉，也给雪橇安装上陡坡专用的制动绳索。然后，我抱着一定要将行囊找回来的决心，用头灯照亮了行囊滑走的方向，开始稳步往下走。

脚下虽然被照亮了，坚硬的雪面上却并没有留下行囊滑过的痕迹，就更别提光照以外的区域了，那里只有无限延伸的不可视的黑暗。我只好跟随重力的牵引，谨慎地笔直向下走。出乎意料的是，走出不过七八十米，行囊就被我找到了，它就好端端地停在那里。"太好了！"我高兴得大叫起来，但同时又纳闷，它为何会停下呢？是碰巧遇到了一小块平地吗？

走近一看，行囊停下的地方果然是块平地。可是为什么只有这里是平地？为什么在冰盖陡坡的正中央会有这样一块平坦的场所？我怎么也想不明白，于是去检查周围的地表，结果发现雪里竟然混着沙砾。

沙砾？为什么冰盖上会有沙砾？莫非……我赶紧又向前走了几步，果不其然，再往前走还是平地，而且遍地是沙砾。

那里已经不是冰盖了，我已经站在了冻土大地上。

"太好了！冰盖走到尽头了！"

因为原本一心想着还有一大段下坡路要走，面对这样的情况我不由得高兴得大叫起来，紧紧抱住了我的狗。看到我喜出望外的样子，不明所以的狗儿一脸不知所措。

事实证明，此前的种种猜测都是我多虑了。原来我紧追滑落的行囊跑下去的那片陡坡，正是我担心会变成冰壁、位于冰盖末尾的雪坡。在黑暗里看不清前方的路，所以才察觉不到终点其实就在眼前。

暗夜迷宫

我会对极夜世界产生兴趣是受到一本书的影响。这本书就是阿普斯利·彻里-加勒德撰写的关于南极探险的经典之作《世界上最糟糕的旅行》。该书详尽记述了英国冒险英雄罗伯特·法尔肯·斯科特在南极探索的全过程及其悲剧性的结局，说是一部极具史料价值的名著也不为过。

1911年，斯科特协同4名队员以当时还无人达成的征服南极点为目标展开了冒险。在克服了严寒和攀登冰川等艰难险阻之后，一行人于1912年1月17日如愿以偿地抵达了极点。然而，在那里等待他们的却是搭好的帐篷和挪威国旗等一系列由捷足先登之人留下的证据。众所周知，在同一时期将南极点列入目标的，还有来自挪威的探险家罗阿尔德·阿蒙森；结果也是由他率领的探险队率先抵达终点，实现了历史性的突破。不仅如此，阿蒙森还为斯科特留下了一封可以被视为胜利宣言的残忍书信。壮志未酬的斯科特小队踏上了归路，殊不知在前方等候他们的将是前所未有的苦难。不合时节的严寒和肆虐的暴风雪冻伤了他们的手脚，消耗着他们的体力，先后有两名队员倒在雪原里；而包括斯科特在内的其余3人，最终在距离储备物资仅咫尺之遥的地方冻死在了帐篷里。

斯科特等人的经历是名副其实的"世界上最糟糕的旅行"。这本书是我上大学时，随探险社的社友从北京前往成都的途中在火车上读的。在当时的我看来，书中塑造的斯科特等人的形象是异于常人的。在记录饱受冻伤折磨、相继倒下的同伴们的牺牲时，他们的笔触中不见明显的悲痛，淡漠得像是在谈论路边的石子。不仅如此，他们还像已经看到了自己死期将至，在接受了命运，并且对生还概率微乎其微的事实有了充分理解的情况下继续旅行。他们身上那种对死亡的漠不关心，那种精神失常之人特有的诡异氛围，曾让我感到不寒而栗。我开始相信，极地是个能强行让人接纳死亡的可怕场所。这便是此书为我植入的极地观。

这本书带给我的影响还不止于此。说到该书书名的由来，想必任何人都会认为，所谓"世界上最糟糕的旅行"指的必然是从最先到达南极点的竞争中败下阵来，最终以全员殉难告终的斯科特小队的悲惨至极的探险经历。起初我也这样想，但在仔细读过之后，我发现事情没那么简单。其实早在斯科特将南极点作为目标的一年前，包括本书作者彻里–加勒德在内的 3 名队员就曾为解开当时生物学上的不解之谜，毅然前往距离远征队基地 124 公里外的海角寻找帝企鹅的蛋。当时的南极大陆正值严冬，这就让探险小队不出意外地处在了暗不见光的极夜的笼罩下。事实上，正是这趟黑暗中的雪橇之旅让彻里–加勒德将书名定为了"世界上最糟糕的旅行"。

虽然这支小分队的雪橇之旅只是以名为罗斯的小岛为舞台、往返约 250 公里的小规模旅行，为期不过一个月多一点，其过程却是名副其实的"世界上最糟糕的旅行"。不负"最糟糕"之名的首先是寒冷的天气。3 名队员持续行走在零下 40 摄氏度算是司空见惯、零下50 摄氏度也不足为奇的极寒环境中，双脚和毛皮靴冻在了一起，仅仅是为了给脚化冻，就要不停地走几个小时。还有和头顶冻在一起的帽子，不在帐篷里待上一会儿是摘不下来的。活动身体时也要多加小心，否则毛皮大衣会被冻成硬邦邦的奇怪形状。手脚更不必说，时常要忍受冻伤之苦。3 名队员经历的严寒简直是超出维度的打击。

但是用作者彻里–加勒德的话来说，之所以说那次旅行是世界上最糟糕的旅行，最大原因并不在于寒冷，而在于黑暗。我之前说过极夜的黑暗会因纬度不同而迥然相异，在纬度较低的地带即使处于极夜期间白天也很明亮。而彻里–加勒德一行的探险舞台位于南纬 77 度30 分至 50 分之间，是不逊于肖拉帕卢克的高纬度地区，即使在日间阳光也鞭长莫及，可以说是身处极夜的腹地。在此基础上，一行人的出发时间是南半球冬至刚刚过去的 6 月 27 日，归来是在 8 月 1 日，整个过程都发生在极夜最黑暗的时期。而且毫无悬念的，他们的装备中并不存在头灯或手电筒这一类靠电池驱动的照明设备。由于像样的光源只有月光和蜡烛，他们的照明条件其实不比旧石器时代晚期的人类强多少。看不见拖拽雪橇的绳索，也不知道炉子放在哪里，就连看一眼指南针都免不了要不厌其烦地翻找火柴。据说因为看不见东西，每天早上起来以后，光是做出发准备就要花费四五个小时。

彻里－加勒德在书中这样写道：

"从伊文斯海角到克劳泽海角这段路竟耗费了19天时间，没有亲身经历过的人是无法理解这其中的可怕之处的。很难用笔墨形容。但只有愚蠢透顶之人才会想要再次经历。（中略）曾有一次，我甚至在痛苦至极时认为，如果可以死得不那么痛苦，我宁愿选择死亡。（中略）让我们陷入如此境地的正是黑暗。"

由于不得不和如此极端的严寒与黑暗正面交锋，一行人每天至多前进10公里，只走三四公里的时候也是有的。帐篷被暴风雪刮走后找不回来，不夸张地说是在直面死亡的状况也发生过。我在前面说他们的旅程规模不大，往返不过250公里，为期不过一个月零几天，但是考虑到以当时的装备对抗极夜的严寒与黑暗，这250公里和一个月零几天恐怕就是人类这种生物的生理极限了。

在这片极限地带上前行的斯科特小队的冒险记录给大学时代的我留下了强烈的印象。我惊讶于地球上还有这样一片说是阴曹地府也不为过的黑暗空间，但同时我也发现，自己难以理解那些自愿投身于死亡世界的"非常人"的行为，并且对此怀有抵触和畏惧情绪——尽管寻找帝企鹅的蛋关乎科学的伟大进步，是肩负着崇高使命感的探险行动。然而，在经过了10年乃至15年漫长的潜伏期后，那些曾经震撼人心的阅读体验——对精神失常者所抱有的抵触和畏惧心理——逐渐转变成了对他们所经历过的黑暗世界的纯粹向往。再有就是随着我自身的登山和探险经验的积累，极夜在我眼中也从原先的异次元世界转变成了实际的可探索对象。从书中获得的对极夜的强烈印象，在不知不觉间完成了由负到正的转化，使我对未知的极夜世界充满了渴求与憧憬。

自从打定主意要亲自去极夜里走一遭，我便顺理成章地调查起了斯科特小队以外的探险记录。遗憾的是，再难找到一份像斯科特小队那样在夜色最深之时行走在夜色最深处的记录。就拿探险家植村直己的经历来说吧。植村先生在他著名的"北极圈一万两千公里之旅"的旅途中，曾两次驾驶狗拉的雪橇潜入极夜，但是这两次行程均发生在纬度较低的地区（一次是在1974—1975年，位于北纬70度至73度，一次是在1975—1976年，位于北纬68度至69度），这就使得植村先生对黑暗世界的体验不似斯科特小队那般深入。事实上，在植村先生的著作中，关于黑暗带来的恐惧和不安的记述也是极少的。至于植村先生曾经度过两个冬天的加拿大剑桥湾一带，我也曾在冬至前后于那里进行过为期一个月的徒步旅行。在这一纬度下，日间有四五个小时是明亮的，因此能体验到的"极夜感"老实说并不强。除植村先生以外，拥有类似经历的还有曾创下独自环游北极圈这项壮举的南非探险家迈克·霍恩。迈克·霍恩于2002年12月下旬从位于加拿大境内、北纬73度的北极湾出发，拖着雪橇一路南下，不过，他的冒险舞台作为高纬度地带仍然达不到极致。在2006年冬天，迈克·霍恩协同人称"世界最强极地探险家"的挪威人伯格·奥斯兰德，破天荒地在极夜期间仅靠徒步就成功到达了北极点。哪怕是放眼历史上所有围绕北极点展开的冒险，此举的艰难程度恐怕也是数一数二的。不过，若从挑战极夜的黑暗这一角度看，两人出发时已是 1 月 22 日，等到 3 月 23 日归来时，天色应该已经相当明亮。综上所述，即使与现代冒险活动相比较，《世界上最糟糕的旅行》中斯科特"企鹅分队"的事迹仍然算得上是过往对黑暗空间最深入的体验报告。

那么，这是否说明没有任何一场极夜旅行能够与斯科特小队的经历比肩呢？并非如此。时间进一步上溯至 19 世纪末，以人类史上首次到达北极点而闻名的美国探险家罗伯特·皮尔里曾经留下在极夜中驾驶狗拉雪橇旅行的记录。据记载，皮尔里初访北极点是在 1909 年 4 月（但目前的有力说法是当时他并未成功到达极点），而那次无比深入的极夜之旅发生在十年前的 1898 年至 1899 年年间皮尔里第一次尝试向北极点发起挑战的远征途中。

当时的情况是这样的。

1898 年夏天，皮尔里乘蒸汽船向加拿大最北部的埃尔斯米尔岛进发，在到达北纬 79 度 30 分的多比尔海角时被浮冰阻断了去路，被迫靠岸停船。对实现首次到达北极点怀有强烈野心的皮尔里并未屈服于这点困难。为了尽可能拉近自己与极点的距离，皮尔里利用秋季和初冬时期，命令随行的格陵兰岛出身的因纽特人猎杀麝牛和海象，储备肉类资源。之后在极夜最黑暗的 12 月至 1 月间，皮尔里意图将物资运送至 330 公里前的"贡加基地"——一座由过去的远征队修建的探险小屋，以此实现根据地的北移。

这次行动发生在纬度如此高的地区，时间上又恰好将冬至夹在中间，这就需要皮尔里去采用前人所不曾验证过的行军策略。根据莱尔·迪克撰写的《麝牛的乐土》，此时的皮尔里已经开始尝试应用日后被称为"极地法"的系统化行军策略。他首先在 11 月下旬可以见到月光的时候，命令因纽特人驾驶两台雪橇先行出发，沿途建造因纽特冰屋，并将物资运送至距离多比尔海角 100 公里远的另一座海角。之后，皮尔里将月光消失的黑暗时期用于修理雪橇和整顿装备，待到 12 月 20 日月亮再次现身以后，率领主力部队及 4 名随行的因纽特人从多比尔海角出发。除去终日享受不到一丝阳光的完全极夜环境，沿途险恶的路况也大幅增加了此行的艰难程度。埃尔斯米尔岛的海岸线被陡峭的断崖环绕，与其相接的固定冰不但狭窄而且蜿蜒起伏，在这种地形上前进，途中势必会遇到巨型海冰在潮水作用下冲上固定冰后遮断去路的情况。这样一来便不得不改走海冰。但是固定冰与海冰的中间地带已经在潮起潮落之间变成了碎冰丛生的乱冰带。皮尔里一行便是在这种极度不利于行进的冰面上，借着月光一边用斧头破冰一边前进。

在罗伦斯海角以北，固定冰的状况非常糟，让驾驶雪橇变得难以忍受。冰冷的北风一次又一次阻挡着他们前进。皮尔里决定让两个因纽特人和几条狗留守在德福塞海角附近。眼看食物见底，月亮的亮度急剧衰弱，皮尔里的队伍跟跟跄跄地穿过乱冰带，到达了拜尔德海角。他们在积雪凹陷后形成的洞穴里睡过几个小时，继续向迪·富兰克林湾里犬牙交错的多年冰进发。18 个小时以后，等一行人跨过海湾抵达北侧时，他们已经处死了一条狗充当粮食，并将另外 9 条奄奄一息的狗连同损坏

的雪橇一起留在了身后。（节选自《麝牛的乐土》）

皮尔里虽然于 1 月 6 日成功抵达贡加基地，却要为自己在极夜里的鲁莽行事付出惨痛的代价。他的 10 个脚趾里有 8 个冻成了冰坨，不得不在北纬 81 度 45 分的极北地带于缺乏医疗设备的简陋小木屋里接受切除手术。

不可否认，此行能够完成，完全仰赖于极地生存专家因纽特人。不过，若将目光聚焦于"人类在极夜的黑暗中展开的行动"这一点，皮尔里小队的探险就有着保二争一的历史地位了。此外值得一提的是，皮尔里展开极夜之行的舞台与我眼下徘徊于黑暗中的格陵兰岛西北部，其实只有隔岸相望的距离。换句话说，我几乎是在皮尔里的眼皮底下，在几乎相同的纬度上和几乎相同的时期里，走在和他当年遭遇的几乎相同的黑暗之中。

在皮尔里向多比尔海角进发的 118 年又 6 个月后，我终于突破了漆黑的冰盖，来到了冻土大地上。

*

冰盖毫无先兆地迎来了终点，我悬着的心也放下了大半。望向黑色的虚无天空，那里没有月亮，连一点阳光的残渣也感受不到。眼前的冻土大地上只有深邃无尽的黑暗延伸向远方。

本以为四五天就能跨越的冰盖，走走停停地耗费了 10 天时间，这大大超出了我的意料。在跨越冰盖的过程中，我始终怀疑自己是否走错了方向，如今从忐忑的心情中解脱出来，心里着实踏实了不少。

话虽如此，但那是指在大方向上，在是否对调了南北或者彻底迷失方向的问题上放心了，若往细里说，问自己是否已经切入通往昂纳特小屋的正确路线，我却完全没底。虽然自认为是朝着335度的方位角一路走来，我却无法确信自己的前进方向准确无误。因为不论是走在350度上还是315度上，我都还是成功走出了冰盖，所以我照旧搞不清楚自己到底身在何处。

但徒发感慨是无意义的，我决定只当自己是沿着335度走下了冰盖，以此为前提制定今后的路线。

那么，在到达昂纳特的无人小屋之前，大约还要在冻原上行走30公里。通常情况下，离开冰盖后朝正北方向前进，会看到一片我称为"冻原中央高地"的丘陵地带，那里是第一站。登上"中央高地"的最高处后沿西面的河谷下行，河谷会逐渐变宽并向右弯曲形成一条弧形的通道通往海岸，无人小屋就在那里。鉴于河谷的末端是一道瀑布，需要在临近海岸时翻过左手边的一座小山包，沿支流下到海岸。总的来说是一条颇为复杂的路线。

从地图上看，冻原上的河谷与丘陵交错纵横，地形特征丰富多样；但实际上，那里非常平坦，例如地图上标注为河川的河谷地带，踏入其中就会发现四周并无明显的高低之分。阳光充沛的时候尚且如此，更别说是在月亮沉没后的极夜里，而且是在冬至刚刚过去的现在了。置身地球上最黑暗的这片空间，我不禁认为自己几乎不可能沿着那条复杂的路线走到目的地。何况眼下我对方位一知半解，对于是否该按惯例朝正北方向前进仍有些举棋不定。

但现状容不得我犹豫不决。参照月历，沉下去的月亮要等到来年
1月2日才能再见。尽管在出发前我曾下定决心要像皮尔里那样，遇
到月黑风高的时候就按兵不动，但是面对大幅落后的行程，我不敢再
如此笃定了。

离开冰盖后不久，雪地变得坚硬，像被踩实的雪道。我打亮头
灯，注意到周围的地形正在呈阶梯状小幅升高，于是判断这片如同路
面的雪地应该是某条溪谷的源头。受狂风侵袭的影响，两岸的阶梯状
高地上裸露出布满石砾的地表，在那上面拖拽雪橇的难度可想而知。
相对来说，谷间的河道要好走得多。我很自然地沿河道走起来。河道
宽约5米，走势非常巧合地与我的预定路线重合，是朝正北方向延伸
而去。

我无法不去考虑这条狭长的溪谷将通往哪里，可能的话，当然
希望它能就此把我一路送到目的地。但根据丹麦和格陵兰岛地理测
量局绘制的1:250000的地图，与这条溪谷吻合的南北走向河谷共有
3条。

其中两条是相邻的大型溪流的源头，它们最终都将流入西北方
洋面上的福斯（Force）湾。我过去在光线充足的时期两条路都走过，
无论走哪条都不会大幅偏离正确路线。走进这两条河谷就说明我在翻
越冰盖时确实是按预期沿335度方向前进。如果是这样，我只需继续
沿河道北上，在汇入干流后进入正北方向，就能在不久之后到达作为
标的的"冻原中央高地"。

另一方面，如果误入了剩下的那条河谷，事情就麻烦了。这条河
谷位于东侧，与另外两条相距15公里，是图菲茨（Tufts）河的源头。

图菲茨河的入海口位于昂纳特小屋的东面，那里的地形极为复杂，我敢说如果是在黑暗中沿图菲茨河进入海岸线，自己一定会晕头转向，乱了方寸。不过，既然那里和另外两条正确路线之间存在着 15 公里的偏差，误入图菲茨河的源头就意味着在跨越冰盖时我向东面偏移了 20 度，是走在 355 度上的。很难想象我会在误差如此大的情况下一连走了这么远。然而此时我对方位信心不足，让我无法彻底否定这种可能性的存在。

向正北方向前进一段时间后，河谷开始不断左右曲折，形成一片片散布着沙砾的浅滩，令河道与周围高地之间的界限变得模糊不清，即使用头灯去照也分辨不出河谷的走向。分辨不出河谷的样貌便等于失去了一切分辨地形的手段。我对照地图，自言自语地把各种可能性数了一遍。然而在能见度趋近于零的视野中，我能做的也只有放弃判断，把雪橇强行拉上掺杂着沙砾的阶梯状高地，确保行进方向朝向正北。

泊宿一夜后，我赶在天色最柔和的正午过后走出帐篷，寄希望于阳光赋予大地朦胧的形态，好让我辨别出"冻原中央高地"的轮廓。可是，太阳仅仅在遥远的地平线下方发出虚弱的光芒，就连为南面的冰盖染上一抹颜色都是不足够的，事实上仍是一片漆黑。我所面向的北方就更不用说了，完全是被两眼一抹黑地关在了黑暗里。

气温是零下 35 摄氏度。一连几天低于零下 30 摄氏度的气候让我感觉身体已经适应了严寒，于是在这天，我将毛皮裤子换成了方便活动的戈尔特斯（Gore-Tex）牌的裤子。然而这种裤子终归不够保暖，穿着它，脚趾头怎么也暖不起来。就这样走了一会儿，天上飘起小雪，星辰也消失了。

经过一段下坡路后，地势陡然升高，需要分两次将雪橇拽上陡坡。翻过陡坡后，这天的行程结束在了看似又要迎来下坡路的时候。我钻进帐篷，脱下外衣，把衣服里侧因出汗结出的大量的霜掸落，然后小歇一会儿，重新在地图上研究起了当前的位置。进入冻原后，地势先是由下行转为上行，之后又再次出现下行的趋势。我在地图上寻找与之相符的地形，发现在过去反复利用的正确路线附近就存在着类似的地势起伏。另外，根据我在行进中对身后地形的观察，地势整体呈现出向西方小幅下倾的趋势，这也与正确路线不矛盾。

也许自己就是大致走在正确路线上的……我以此重振信心，钻进了睡袋。

然而翌日出发后，我的信心很快又动摇了。假使前一天推测出的位置是正确的，那么我将在一段短暂的下行后重新进入上行路段，但实际并非如此。不知为什么，这天出发后我一直在走下坡路。奇怪，果然还是偏离路线了？

昨天是下坡连着上坡，今天则是走不完的下坡。

我翻来覆去地查看地图，看那上面有没有类似的地形，但正确路线附近并不存在这样的走势。我尝试在手表上加装高度计，但测出的结果不合常理，派不上用场。高度计的原理是将气压变化换算成表示海拔的数据，因此一旦遇到低气压或高气压天气，立马就失灵。

看不见周围的地形，也无法参考高度计，我在黑暗里点亮头灯，能看清的只有光线打到的地方，并不能把握地形的全貌。在缺少视觉信息的情况下，我对地形高低的判断其实是以脚底的触感和雪橇重量的变化这样的身体感觉为依据的。但是，心里一乱，对这些感觉就不自信了。也许，我的脚底板以为是下坡的时候，其实是在往高处走；或者感觉上是爬坡的地方，其实是下坡路也说不定。而且，既然之前走过的路在正确路线附近是找不到的，或许我是误入了另一条流向西侧福斯湾的河谷。或者还有可能这是另一条附属于东侧图菲茨河的河道。这两条河谷因为流向有别，应该可以根据谷底的拐向加以分辨——这在天亮的时候当然不难办到，但眼下一片漆黑，周围的地形又趋于平面化，试图在这种条件下单靠牵引雪橇的力道和脚底的触感来正确读出河谷的走向几乎是不可能的。这样一来，就算已然深陷那两条错误的河道，我恐怕也意识不到这样的事实。一旦误入歧途就只能一条路走到黑，这要我如何走到小屋呢？

为了尽可能在黑暗中把握地形，我的目光再次回到了地图上。就在我反复盯着地图看的时候，身边所有可见的地貌都好像融化了似的渗透进了黑暗。眼前过于模糊的景象仿佛和地图上的任意场所都契合。

这里究竟是哪里？我感觉自己已经踏入幻境，正在漫无目的地游荡。如今我认为是下坡的地方很可能是上坡，看上去右高左低的地形很可能恰恰相反。月光也消失了，视野前方腾起薄霭，就连距离感也变得捉摸不定。包围着我的世界是不确定的，确凿无疑的东西是不存在的。不管是踩在脚下的还是眼中所见的，一切从外部世界得来的反馈都好像掀开暖帘时落在手上的触感，若有若无，虚幻得犹如攥住一把空气。我好像一个脱离肉体的幽灵，只有魂魄是实在的，外在的皆是幻象。于是我只能紧盯罗盘，面向正北不停迈步。

冻原不似冰盖。在冰盖上，只要沿一定方向前进就好。正因如此，繁星才能发挥出神力。但是在冻原上行走是有必要观察地形的。我在此行开始前曾设想，哪怕再不济，只要按罗盘指示的方向前进就总会有办法，但实际来到这里，我才发现事情没那么简单。譬如，如果打算仅靠罗盘和观星在冻原上沿直线前进，那就势必要离开河床，走到高处的碎石地上去，但是拖着雪橇将会寸步难行。此外，格陵兰岛的海岸线上绵延着高达数百米的断崖，如果在行进中遇到断崖，为了寻找下行的路，就免不了又要彷徨在冻原的碎石地上，其结果很可能是在找到储备物资之前就因食物耗尽而横尸荒野。正因为断崖在海岸线上连绵不断，从内侧平坦的冻原前往海岸的路线才屈指可数。为了进入正确路线，途中必须时刻观察地形，留意自己的方位。

倘若寻路不够谨慎，导致从计划外的路线来到海岸，后果将不堪设想。在黑暗中走一条陌生的路，我恐怕会在到达海边后分不清自己是在昂纳特的西侧还是东侧。这样一来，余下的选项就只有一直向东走，直接前往 50 公里外位于伊奴菲什亚克的储备点。因为即使我的定位再不准，到达海岸后也只可能位于伊奴菲什亚克的西侧，只要沿海岸线一路向东，早晚可以走到那里。但即使走到伊奴菲什亚克，能否找到储备点仍是个问题。在找到物资之前就因为黑暗和食物短缺而被迫中途返程的情况也是大有可能的。毕竟，原计划用两周时间从村子走到昂纳特的这段路，我已经走了 23 天。

我以已然误入歧途为前提，在行进中时刻感受着脚下雪面的坡度。举例来说，我会假设自己已进入附属于图菲茨河的那一系列河谷，并根据行进距离推测自己走在哪一条支流上，然后用脚下感知到的倾角与地图上的数据相对照，从而得出自己并不在那条支流上的结论。倘若不把所有能想到的最坏情况都模拟一遍，在这片黑暗中对地形的所有判断都将失去说服力。

就这样走了一会儿，地面的起伏变得频繁起来，脚下的感觉似乎暗示着我正在横穿几条小型河谷的源头。为了判断雪面的走向，我将注意力集中在脚下，以此让感受力变得更加敏锐。很快，脚下的积雪变少了，砂石变多了，前方的黑暗中出现了一个仿佛由砂石堆积而成的小山尖。

来到小山跟前，雪地上散落着兔子的粪便和脚印。正当这时，有两只兔子从我眼前一闪而过，消失在了黑暗里。

当小山尖与兔子同时映入眼帘时，突然间，我大脑里一个来自过去的记忆被唤醒了。那种感觉仿佛在说，难道我已经来到了"冻原中央高地"吗？在过去明亮的季节里，我曾三度穿越"中央高地"，而眼前的这座砂石堆、这一地的兔子粪便，以及地面上沙砾的感觉，都与我大脑深处的关于"中央高地"的影像记忆高度重合。尽管只是一种直觉，我却对这种感觉很有信心。

我进而在地图上找到了一条线。假使我是沿这条线从冰盖边缘走到"中央高地"一角的，那么此前脚底感受到的地形起伏就变得有据可循了。这条路线比过去利用过的正确路线向西偏移了两公里，但仍在可修正的范围内。

看来有希望。

随着脚底的感觉、记忆和地图这三者达成统一，我的心态也变得积极起来。

好事成双，当我带着好心情支起帐篷时，又有一对兔子出现在了眼前。

此时映在我眼中的无疑是一对猎物。兔子与我相距约 20 米，就狩猎来说是极近的距离。然而这是我有生以来第一次在黑暗中打猎。借着头灯，我让枪管前端的准星与照门重合，进而细微调整枪身，让准星对准前方的兔子。在经验不足的情况下，瞄准本身就是一项巨大的挑战，好在这一路上我并未疏于训练，成果便是此时能够流畅地锁定目标。扣下扳机的瞬间，枪声划破了寂静，在黑暗中回荡。子弹幸运地射入猎物的大腿根部，中弹的兔子好像局部短路的机器人，失控了似的蹦跳着。我重新瞄准向右方逃窜的兔子，再次扣下扳机。这回，子弹命中要害，兔子当场四脚朝天地倒下了。

狗儿闻声而来，它料准能吃到鲜肉了，兴奋地叫着朝兔子的尸体跑去。这条狗在过去的旅行中与我相伴近百天，因此听到枪声后的第一反应就是觉得可能有好肉吃了。我让狗儿安静下来，当场用匕首对猎物进行剥皮和解体，把内脏和脑袋丢给它。黑暗中，狗儿两眼放光地大快朵颐起来。

*

此后的一段时间里，地形的变化始终符合预期。

我从前一天发现的砂石堆右侧继续向北前进，途中在左手边能看到一条不宽的河谷向西延伸。依旧向北前进，我很快在东边隐约看到了另一座小山尖。砂石堆出现得如此频繁，说明这里果然就是"中央高地"。在踏入一片混有沙砾的粗糙雪地后，我的左手边再次出现了一条向西延伸的河谷。假如我对地形的解读没错，这条河谷就是通往昂纳特的最佳路线了。我对这一判断有七成把握，但仍然不敢妄下定论。保险起见，我决定继续北上。不久，混着沙砾的地面变成了广袤的雪地。再往前走，两侧的山脊开始向中间聚拢，形成狭窄的"门洞"。看样子我是走进了某条山谷。

第二天再次上路时，我回身看向南面，只见微弱如印痕的一道阳光由地平线下方渗出来，隐约照出了前一天穿过的门洞的轮廓。

那光景让我感觉似曾相识，可又说不出是在哪里见过。我暂且不去想它，继续赶路。

我继续走在前一天进入的这片形似山谷的雪地里。很快，山谷变成了一片广阔得没有边际的雪域，加之天色昏暗，又下起了雪，我再次对地形失去了把握。在这条夏季可能有雪水流淌的山谷里，我试图沿其河道前进，但山谷太广阔了，我总是不知不觉就走上了岸，然后吭哧吭哧地爬到山脊上去。究其原因，是河岸的坡度太平缓了，以至于走上岸时无知无觉。

被河岸的缓坡蒙蔽太多次以后，我甚至产生了这里已不再是山谷的错觉。

我把头灯的亮度调至最大，总算看清了河床的范围。河床上有水流过的地方雪质坚固，这有别于其他地方相对松散的质地，熟悉这一点后，便不难将它们区分开来。我很怕自己会没头没脑地离开河床，走上陆地，然后走去不知什么地方，直到撞上海岸线的断崖才发觉已经把路走死了，所以我的心里必须对河床一清二楚。我开始在行进中打起十二分精神，并因此听到了背后狗的呼哧呼哧的喘息声。雪在黑暗中下个不停，我注视着雪地上被头灯照亮的一点，附和着狗儿有节律的喘息，脚下不停地做着单调的肢体运动。由黑暗创造出的封闭空间，因头灯有限的照明而导致的狭窄视野，以及持续不断的机械运动——大概是这些因素的共同作用吧，我的意识开始变得高度集中，继而进入了一种类似入定的状态，一如此前铲雪求生时那样。在黑暗中心无杂念地迈开双腿，意外地变成了一件有快感的事。

与此同时，我切实地感到，自己正在一步步踏入极夜世界的深处。

其实早在离开冰盖以前，就有一股空茫的、无法提炼又难以沉淀的感觉始终缠绕着我。那是被黑暗夺去视觉后产生的一种自我存在的根基遭到动摇的感觉；一种正在从平时被我认为理应是稳固的世界中游离出来，变得飘忽不定的感觉；以及从这些感觉中我进一步感受到的生命的虚无缥缈和内心的无可依托。也许所谓极夜的本质正存在于这些感受之中。

我进而想到了人类为何会本能地惧怕黑暗。虽然常有人说那是因为远古时代人类遭受野兽袭击的记忆残留在了集体无意识里，但事情也很可能并不是这样的。人会怕黑，或许单纯是因为丧失视觉会在根本上威胁到人的自我存在感。

一如所有存在于这个现实的经验世界中的事物，人同样需要借助其在时间与空间上的确定感来使自身的存在达到稳定。而在这一过程中，光的存在不可或缺。有了光，人就能将自己的实体与周围的景物相对照，从而意识到自己作为一个客观物体在空间里所处的位置。举例来说，如果能看见周围的山，人便能意识到自己是站在这座山与那座山之间的，如此便能把自己在当下的空间位置当作客观且实在的实体来把握。而在把握了实在空间之后，人便拥有了规划未来的能力：既然自己正处在两山之间，不如今天就沿着山间的河流去海边钓鱼吧。而一旦对未来有了具体规划，至少在按计划行事的这段时间里，人是能够把自己想象成拥有生命的实体的，从而能够在这段时间里从对死亡的焦虑中解脱出来。像这样，只要有光，人的存在根基就能在空间领域里稳定下来，同时也能在时间领域里稳定下来，心里也就有了着落。是光赐予人类预见未来的能力和内心的安定，于是人们称之为希望。光是未来，亦是希望。

如果光消失了，人便会失去曾为内心提供安定感的对空间领域中实在实体的把握能力。因为若看不见山，一个人自然不会清楚此时自己的确切方位，而这又将导致此人在随后的一段时间里可能遭遇走错路或无法回家的危险。作为结果，此人将无法对自己未来的行为进行具体的规划，从而也就无法确切地想象出自己活在明天的样子。换句话说，如果不能明确地知道自己在地图上的位置，一个人就会失去对空间的确定感；随着自己在将来的处境变得无法预测，此人对时间的确定感也将同时瓦解。黑暗就是这样夺取人的未来的。

人会在黑暗里感到对死亡的恐惧，或许就是因为黑暗会使人丧失对未来的预期吧。在人类历史中，黑暗时常与阴间或死亡联系在一起，这种恐惧或许并不源于黑暗本身，而是源于黑暗抹杀了我们在自己内部模糊构建起来的对生存的想象。

自从登上冰盖以来，我始终有一种灵异的体验：我与生活在光明里时被我认为是理所当然的所以忽视了的那个坚实稳定的世界，两者之间的联系仿佛已被切断，我似乎正以某种近乎灵魂出窍的状态漂浮在半空中。我就像断了线的风筝，虽然活着，却感觉自己是个幽灵，感觉自己正在不受意识控制地漂浮着。这种感觉或许才是极夜的本质，也就是"极夜性"。极夜的极夜性并非存在于黑暗这种外部现象中，而是存在于受到外部现象感染后涌起的我们自身的心理状态之中。简而言之，开始对极夜感到切实的恐惧、惶惶不可终日，对月光产生依赖心理，将北极星视为绝无仅有的精神支柱，并开始动用平时绝对感知不到的脚底感觉去判断地形——当你开始孤注一掷，那就是你深入极夜的绝佳证据。

从某种意义上讲，当我意识到这种挥之不去的不安感反而是探险进展顺利的证据的时候，我的心情是既惊悚又激动的。

不可否认，我一度为这次探险设置了"到达北极海"的地理目标，然而，我此行的真正目的却并非到达地图上的某处，而是洞察极夜世界的本质。探险和冒险行为的核心在于脱离体系，换句话说，就是从常识、知识、习俗、法律、科技等诸多要素所构成的人类社会体系这张看不见的大网中跳脱出来。脱离体系才是冒险行为的本质。而所谓探险，指的正是在体系以外的领域里就某一目的展开的探索活动。过去的探险是被地理意义所束缚的探险，人们认可的冒险大抵是以"到达地图上的空白处"或"发现未接触部族"为目标的。所谓地图，其实是一种从空间角度将人类社会体系以视觉形式表达出来的媒介。因此，"抵达地图以外的地方"便等于"离开既有社会体系"，而这无疑是一种探险活动。但是在21世纪已经迎来第16个年头的现在，真正意义上的地图空白处和秘境已濒临灭绝；在百年前属于"不曾被外部世界接触"的部族，如今那里的人们送给孩子们的生日礼物也已经是智能手机了。就连肖拉帕卢克的因纽特人都在使用脸书，他们还会反过来质疑我这个不用的人："这么方便的东西，你居然不用？"在这样的时代里，地理探险已难以为继，就算刻意为之，恐怕也没多大意思吧。倒不是说探险本身没意思，如果实际投入进去，还是能够找到乐趣的。但是对于我这个打着作家和探险家的双重名号，既是行动者又是表现者的人来说，拘泥于古老的探险形式已无法让我在创作时写出新东西——我说地理探险没多大意思，指的就是这层意义。那么，能够取代旧有地理探险的冒险新主题又是什么呢？正是在思考这个问题的时候，我灵光一闪想到了极夜。

现代人的生活，每天朝有阳光，夜有人工照明，无时无刻不被光明所围绕。对于身处这一体系中的我们来说，能够将 24 小时的黑暗持续数十天的极夜是一个超乎想象的世界，一个完美存在于体系之外的领域，一个无法用常理去理解的世界。在极夜的世界里，不仅这片领域本身就是未知的化身，依附于极夜的诸多现象也是现代人无从知晓的。现代人时常处在光照下，时刻享受着依赖于人工能源的文明生活。但也是这种生活，使现代人的感知力和感受性日益钝化，变得不再能够领会到昼夜、光暗、日月星辰等现象和天体的存在意义。搞不好还会觉得就算没有这些东西，生活也能照常运转。然而，正是这些在现代体系中被认为是徒有其表的光暗和天体，在极夜里却是具有实际意义的存在，成为我的旅行能否继续的决定性因素——进一步说，甚至决定我的生命能否存续。假使我能在这次旅行中成功脱离现代体系，深入极夜的世界，我一定能为在现代人眼中业已沦为无用之物的昼夜、太阳、月亮、星辰，以及将它们统合起来的光明与黑暗，找回其原本的意义。

探寻在现代体系内部业已消失的意义是极夜探险本身，也是此行的目的所在。至于体系外的领域，那是一个无理可依，也无所谓正确，只有混沌的世界。事实上，这次的极夜世界的确是一片符合预期的混沌领域，发生在我身上的混沌状态，或者说混乱的精神状态，恰好是对此的最佳诠释。我开始渴望光明，并将天体的光芒视为依靠。开始对现代体系中不具有意义的黑暗和天体的光芒产生心理变化，这无疑说明我已经脱离现代体系，进入到极夜的世界中。从这层意义上讲，这的确是一件令人欣喜的事。我就是依此认为探险正在渐入佳境的。

但是，尽管理念上令人欣喜，现实中的混沌却是令人不安和不快的。何况我作为一个活生生的人，出于本能地想要远离死亡，所以就愿望而言，我希望能够尽快脱离这种极端的混沌状态，来到一个未来可期、适度有序、能令人安心的环境里。一方面，我感慨于自己已深入极夜，在感到手足无措的同时也尝到了极夜的甜头；另一方面，我又期待能尽快把握方位，快一点赶到小屋好让自己安心。我心中充满了矛盾。

*

重新回到未来可期的状态，是在当天的晚些时候。山谷依旧宽广无比，让人不禁怀疑这里是否还是山谷。我用别在腰包上的罗盘去测量河床的走向，得到了大致为真方位角30度的结果。

奇怪，我心想。

根据我的推测，此时我应该正走在通往昂纳特的正确路线的支流河床上，即位于干流东侧约3公里的地方。对此我是相当有信心的。但是，倘若我已进入这条支流的河床，河道应该几乎朝向正北，也就是零度角的方向。我用罗盘测了好几次，每次都是30度。

因为不解，我重新眺望起了周围的样子。在远处，从两侧将山谷围在中间的山脊线已同黑暗融为一体。

看着那光景，大脑里突然过电似的闪过一个念头。这里该不会就是正确路线的那条干流吧？

如果是这样，一切就都能说得通了。30度的真方位角与干流的走向是一致的，而眼前这条在黑暗中若隐若现又无比宽广的山谷的样子，也与过去3次旅行中的记忆相吻合。还有这天早上我转过身时看到的景象。那个狭窄如门洞的场所，正是过去我从昂纳特一侧沿干流逆流而上时，在"中央高地"的入口处一定会看到的一个显著的地形特征。

这下可以盖棺定论了：我已在前一天精准地进入了正确路线所示的山谷。由于多少天来我都默认自己是在连蒙带猜地赶路——行走在冰盖上时是因为角度不清不楚，进入冻原后则是因为没有月光，我为了在完全的黑暗中解读地形已经黔驴技穷——以至于我确信自己已经偏离了正确路线。事实上，我走出了一条近乎完美的轨迹，漂亮地进入了正确路线所示的干流。

接下来，只要最后一步不出差错，这段行程就可以完美收官了。沿这条干流的河床走下去，在即将到达海岸线时山谷将变成瀑布。我在很早以前就听大岛先生说过，那里是走不通的。因此，正确的走法是在临近海岸时向左转，翻过一个小山包后沿支流下行。迄今为止我每回都要走这条路线。通往支流的入口是一处非常显眼的双岔口，天亮的时候肯定不会漏看，只是能否在极夜里找到那个入口……

一夜过后，我从河床上一处雪质松散的设营点出发，开始了新一天的行程。

渐渐地，眼睛适应了黑暗，紫色的天空中开始浮现出干流右侧河岸的轮廓。黑暗中，想找到支流入口的迫切心情和不安使我的注意力高度集中，意识也变得敏锐起来。也许是这个缘故吧，一向记性不好的我在看到河岸的轮廓时，突然有种记忆被唤醒的感觉。我发觉我认识那片山脊。一边对照地图一边回想，我很快在地图上找到了支流的入口，而且我敢肯定那入口就在附近。

我把头灯调到最亮，一边留意着入口所在的左岸一边前进。很快，一处看似入口的雪坡引起了我的注意。我把雪橇和狗留在原地，自己一个人踩着滑雪板爬了上去。走过一段上坡路后，左右两边的岩地开始向中间聚拢形成夹道，夹道画出一条平缓的弧线向右延伸，并在途经一座小山包后变成一条几乎朝向正北的下坡路。现在可以确定了，刚才那处雪坡正是通往昂纳特的支流的入口。

这简直是个奇迹。在极夜里，而且是在没有月光的最黑暗的条件下，这么小的入口就这样被我找到了。我兴冲冲地跑回去找我的狗，然后和它一起拉着雪橇爬上雪坡，翻过小山包，然后顺着坚实的雪坡一口气走了下去。我关掉头灯，等眼睛适应以后，周围的光景开始如显影般微弱地浮现出来。在我的左手边，可以看到远处一面形同冰斗壁的断崖。不过与其说我是"看到"了断崖，不如说我是"认出"了它。不管怎样，那处地形让我觉得熟悉。我越走越热，衣服已被汗浸透，但我无暇顾及，只管往下走。沿途的雪地上到处是被兔子刨开后又冻住的痕迹。支流的末尾是一面陡坡，我卸下脚上的滑雪板，为雪橇安装上制动用的铁网，这才敢沿着陡坡下到岸边。顺着头灯的光，我看到一对兔子在前方跑过。

固定冰已在海岸上修出了一条几乎完全平坦的"沿海高速公路"。我将头灯照向大海，因潮起潮落而丛生的乱冰在黑暗里闪着白光，犹如幽灵。我感觉自己已经好久没有见过海了。再看回陆地，一座圆形的极具标志性的岩山正耸立在平坦的雪原深处。

毫无悬念，那里就是昂纳特了。我敢用性命担保，那里一定、必定、百分之一百就是昂纳特。

固定冰上，几只兔子并排留下的足迹形成了一条小路。与此前内陆松软的雪地不同，这里的冰面坚硬又光滑，走在上面畅快无比。我和狗儿沉浸在喜悦中，踩着阔别已久的坚实地面向东走去。

30分钟后，在远处的黑暗里，一个人工的四角形阴影阴森森地浮现出来。

是无人小屋！望着小屋逐渐清晰的轮廓，我终于抑制不住内心的激动。这真是一段有如神助的寻路之旅啊！

完美，太完美了！我该不会是个天才吧！我甚至有些忘乎所以了，不禁回想起大学时代的经历，那时刚刚加入探险部的我们前往伊豆七岛之一的神津岛参加迎新旅行，在山里进行了三天两夜没有帐篷的定向越野体验。自那以来20年，我始终没有放弃只依靠地图和罗盘的冒险、探险和登山活动，我想，正是这20年来的坚持，使我在这次极夜探险中——在恰逢冬至又没有月光的地球上最险恶的黑暗环境下，在毫无地形特征可言的冰盖和冻土大地上，在手上只有一张25万分之一比例的每隔百米才有一条等高线的地图的情况下——在可以想到的最艰难的条件下，完成了这段神乎其技的寻路之旅。

我太激动了。能够如此完美地找到小屋，我的状态简直如日中天。

当时，我确实是这样想的。

月神的嘲笑

到达昂纳特无人小屋是在新一年的 1 月 1 日。本以为两周就能从村子走到小屋，结果花了 27 天，几乎是计划的两倍。

到达小屋后的第一件事，便是要去检查之前被北极熊捣毁的物资。

昂纳特有新旧两个无人小屋。新的那栋不但大门结实得很，屋里还配备了煤油炉子，至今仍有昂纳特和卡纳克的村民在狩猎北极熊时偶尔居住。另一边是旧的那栋，只用合板和钉子封住了入口，屋子里也是空空荡荡的。

2015 年我乘兽皮艇来这里时，把物资寄放在了旧小屋里。

选择旧小屋是因为前一年发生的一桩惨事：我放在新小屋里的一袋 20 公斤的狗粮被卡纳克的猎人擅自拿走了。

事情的原委是这样。2014 年的二三月间我第一次来格陵兰岛时，曾带着狗展开了一场为期 40 天的侦查之旅，范围从冰盖到伊努菲什亚克、昂纳特一带。当时，尽管极夜已经过去，太阳开始升起来，但那个时期仍是严冬季节里最冷、最难熬的，再加上狗没有拉雪橇的经验，一路上可谓历尽艰辛。不过，我在途经九月湖时成功用来复枪射杀了一头麝牛，因此狗粮在那之后就有了富余。到达昂纳特后，我把余下来的狗粮寄放在了新小屋里，作为正式展开极夜旅行时的储备物资。我还用英文留下了字迹："极夜探险用物资 严禁使用 角幡唯介"。

转年春天，我再次和狗儿拖着物资前往小屋时，在半路的冰盖上偶遇了从肖拉帕卢克前来狩猎北极熊的大岛育雄先生，我从他那里得知了狗粮被盗的消息。虽说只是一袋狗粮，却也有 20 公斤重，足够一条狗吃 25 天。何况那是我在天最冷的时候费了好大力气运过去的。听到这个消息时，我真有种痛心疾首的感觉。

据大岛先生推测，前一年我回国后，有几个卡纳克的年轻人曾外出狩猎北极熊，狗粮很可能就是被那伙人拿走的。到达小屋后我马上清点物资，发现消失的不只是狗粮，还有部分弹药。诚然，我不过是个在当地不拥有身份的外国人，在立场上是需要征求当地人的同意才能使用小屋的。但我曾对外宣称自己是个对因纽特狩猎文化怀有敬意的多文化主义者，也曾借题发挥写过文章，而且时常思考如何与当地人建立友好的关系。但即便是我这样一个思想观念上的自由人，这种时候也不免想对那几个卡纳克人说几句狠话：见鬼去吧！应该让北极熊吃了你们！

　　就因为发生过这种事，在往小屋存放物资时，我的重点防范对象已不再是不请自来的野生动物，而是会擅自使用他人物资的人类。因纽特人是自由狩猎文化的继承者，是瑰宝般的存在，但过度的自由有时也会让他们随手拿走别人的狗粮，在这一点上，就只能靠我自己把事情考虑周全了。于是，转年夏天我和山口兄乘兽皮艇运输物资时，就把东西放在了旧小屋里。那里已少有当地人使用，所谓大门不过是用钉子固定的木板，但因为存放在屋里的东西——当地人留下的黄油和用海豹油浸过的狗粮——是完好的，我就无视了会遭到野生动物袭击的风险。

　　到头来，我还是要为自己的决定买单。就像之前写到的，结束投放物资之旅返回国内以后，我再次收到了大岛先生传来的噩耗：丹麦军队的狗拉雪橇部队"天狼星队"在巡逻时发现小屋遭到了破坏，我的大部分物资已经毁于一旦。据天狼星队报告，小屋入口的木板是被蛮力扯断的，存放食物的袋子统统被拖到了屋外，发现时已被大雪掩埋。他们劝我说这种时候只有认命。

　　这起事故的"最大嫌疑人"应该是北极熊。事后想来，我最大的失策，就是在储备粮里加了太多我在村子里自制的鲸鱼、海豹和海鸟的肉干。因为怕长霉，肉干未经密封就直接放进了透气性较好的旅行包。可想而知，那味道越飘越远，北极熊闻起来就是美食大会的邀请函吧。

　　如上所述，因为经历过这许多波折，我在到达昂纳特后决定先去旧小屋看看。

事到如今，我只想知道有多少煤油幸存下来。在北极探险，燃料是和食物同等重要的生存必需品，搞不好燃料还要更珍贵些。食物的话，只要能猎到兔子和麝牛，人就不会饿死，但一旦燃料用尽，融雪饮水都成问题。

就像天狼星队报告的那样，小屋入口的木板被扒了下来，屋里的食物也被抢夺一空。不过，当我在入口附近的雪地里找到几个散落的塑料桶时，我松了口气。好在北极熊不至于连煤油也吃。我把塑料桶挖了出来，总共还有大约20升的煤油。虽然多少有些变黄，但用在暖炉上应该问题不大。在见不到太阳的极夜世界，用暖炉烘烤衣物是每天的例行工作，所以每天都要消耗掉大约400毫升煤油。有了那20升补给，便相当于多出了50天的用量，再加上从村里带来的那部分，手上的燃料足够维持这趟旅行了。

找回煤油，我又来到了新小屋。这里有天狼星队替我回收的40发来复枪子弹、约100颗用于头灯和单反相机的电池，以及约1.5公斤马铃薯泥。清点过物资，我在小屋里支起帐篷，把暖炉烧到最旺，准备彻底烘干睡袋和衣物。

烘干这件事天天都在做，但不意味着装备能彻底干透。尤其是睡袋，说是被汗液浸透的也不为过。冬季在极地旅行，睡袋如果不加烘烤地一直用下去，最后能生出拳头大小的冰疙瘩。在睡眠期间排出的汗液会在睡袋最外侧与冰冷的空气相遇，并在那里一点点结成冰块。为了避免这种事发生，这次我特意订购了可以轻松将内衬与外罩拆开的睡袋。尽管每天都拆下来烘烤，一个月下来，睡袋的外罩还是吃汗吃得沉甸甸的。除了睡袋，还有大量毛皮手套、毛皮靴和防寒服等着烘干。加之之前一直走在冻原的砂石地上，雪橇需要修补，冰刀也需要打磨，我决定利用月光恢复前的 3 天时间，好好在小屋里休养休养。

看着在帐篷里冒出腾腾热气的睡袋，我打从心底觉得这次探险中最险要的部分已经熬过去了。

这次旅行以到达北极海为目标，计划行程长达 4 个月。若说这当中哪个阶段是最困难的，还是要数从村子到昂纳特这段路，即旅途的前半程。换个角度，若问此行在哪里最可能丧命，首先便是在攀登冰川时。因为可能遭遇由焚风现象引起的强暴风雪，人和帐篷一并被卷到大海里去。其次是在穿越冰盖和冻土时，因为地形缺乏特征，无从判断方位，我可能迷失于这片二次元空间。然而这两处险阻我都已平安通过。虽然在冰川上两次遭遇暴风雪，又是在遗失六分仪的情况下，但我在既没有月光又赶上冬至的最恶劣的黑暗环境中没走弯路就成功到达了小屋。

最暗、最险的部分已经挺过来了，剩下的便是放松心态。接下来的路，沿海岸线走下去便好。天再黑，迷路的可能性也几乎为零。不出四五天，我便将找到伊努菲什亚克的物资据点。等找到那里，我先要吃得饱饱的，然后尽情地烤烤火，如此休养 3 个星期，让体力恢复过来。时间允许的话，还要去狩猎兔子和海豹，然后敞开了吃肉。如不这样使劲地休息，长达 4 个月、折返北极海的旅程将是不可能完成的任务。而且这样不紧不慢地耗到 1 月底的话，虽说仍是极夜期间，但白天就已经亮起来了，正好适合从伊努菲什亚克出发。论距离，后半程更长，但只要天亮了，就和普通的极地探险没有两样。在身临极夜的恐惧和不安消失以后，我打算在体力允许的范围内尽可能北上。虽然路途漫漫，但其实难度不会比平常的旅行高多少。想着想着，我就从此前的紧张感中完全解放了出来，身心都得到了舒展。

我放松下来，在帐篷里晃荡着。之前因为担心卫星移动电话的电池不够用，我只使用过短信功能，现在可以用它和妻子汇报近况了，顺便也能听听女儿的声音。小屋里有一本似乎是大岛育雄先生从肖拉帕卢克带来的 22 年前的《周刊宝石》杂志，我边读那上面刊载的《村山首相，神经性痫疾不见好转》和《野茂选手在大联盟走过的〈挫折〉剧本！》，边感慨时代的变迁。

小屋里的悠闲时光让我找回了在家偷闲的感觉，但仍有一件事让我放心不下：黑暗对这片土地的影响，已经达到了些许反常的地步。

这年冬至是 12 月 22 日，按理说，最暗的那天在 10 天前已经过去。如今就算没有月亮，正午前后也应该有少许阳光让地平线蒙蒙发亮才对。大岛先生也说过，过了圣诞节后天空就会越来越亮。但是现在完全没有这种迹象。来到昂纳特后，我反而觉得黑暗的色调更浓重了，暗得叫人无所适从。

到达昂纳特的第二天，1 月 2 日，这天本该是月亮回归的日子。我期待着月亮的出现能让世界亮堂一些，然而月亮却没有现身，世界仍是漆黑一团。

不过，月亮的不出现反而让我理解了黑暗在昂纳特一反常态的原因。简单地说就是地势问题。在格陵兰岛西北部，由冰盖和冻土组成的陆块居于该地区中央，昂纳特位于其北侧。这样一来，从地平线下方渗出的微明会被南侧的冰盖和冻土拦截，无法到达昂纳特。同理，月亮在升上地平线后也需要过几日，待高度上升了才能越过陆地的阴影显露出来。所以昂纳特现如今的白天才是漆黑的，月亮的出现时间也要晚于月历。可以认为，眼下的昂纳特和伊努菲什亚克的北部地区是远比肖拉帕卢克更黑暗的世界，那种完全无光的状态暂时会延续到冬至以后。

说实话，此前我并未想到，黑暗在同一地区的南北两地竟会有如此大的差异。在极地探险史上被认为曾到达世界最黑暗地带的皮尔里，其冒险舞台位于埃尔斯米尔岛的南岸，那里的黑暗或许比不上这里。可能这里才是世界上最黑暗的地方，我眺望着昂纳特周围那令人窒息的暗夜如此想道。

*

在黑暗笼罩昂纳特的日子里，我任由思维驰骋，想象着曾经在这片土地上艰难求生的因纽特人，想象他们眼中看到的是怎样的景象。

事实上，昂纳特和伊努菲什亚克的小屋成为无人状态是直到最近才出现的事。近年来，随着到这一带打猎的当地人急剧减少，这里正在逐渐由"无人居住"状态向"人迹罕至"的地步发生转变。

就拿近三年（2014—2016）来说吧，拜访这片极北地区次数最多的人非我莫属。自2014年第一次来格陵兰岛，我已三次造访昂纳特和伊努菲什亚克，这次是第四次了。当地人又如何呢？除了2014年那伙前来狩猎北极熊的拿走狗粮的卡纳克人，以及2015年春天与我偶遇的大岛先生，我就没听说还有谁来过了。

在过去，情况当然不是这样的。早在这片北方区域被单纯当作狩猎的前线基地之前，曾有众多因纽特人终年定居于此。证据就是从昂纳特向东一直到百公里外的卡卡伊乔，在这片北方区域的海岸线上至今残存着无数由地苔和岩石搭建的类似竖穴式住宅的旧时居住遗址。被我当作储备据点使用的伊努菲什亚克的古旧小屋，直到20世纪90年代中期为止，也曾是人们为了进行夏季狩猎而举家搬来久居的场所。

除了住宅遗址，先民们坚忍不拔的生存意志还留下了诸多民间传说。作为其中一篇，"伊努菲什亚克"这个地名本身就讲述着一个故事。根据库纳德·拉斯穆森在其探险记《北极海边的格陵兰岛》中的记述，"伊努菲什亚克"在当地语言中意为"Great Blood-Bath Fjord"，翻译过来就是"巨大的血池地狱"。这其实是个骇人听闻的名字。

理所当然的，一个如此吓人的名称背后必然隐藏着一个不负其名的吓人故事。这个故事是这样的。

很久以前，在伊努菲什亚克东边的卡卡伊乔有片村落，住着很多人。某天，有两个孩子起了争执。争执的开端无非是鸡毛蒜皮的小事，但是眼见争执愈演愈烈，其中一边的祖父掺和进来，鞭打了另一个孩子。看到自己的孙子被打得爬不起来，这回轮到被打的孩子的祖父气急败坏了，但令人更不能接受的是，他竟然杀死了对方的孙子。可想而知，死了孙子的祖父气得浑身发抖，发狂似的把对方的孙子也杀死了，只为一报还一报。到此为止，两个成年人互杀孙子的行为已在定居地里引起轩然大波。居民们在这件事上的处境同样尴尬，他们不得不做出选择：自己要和哪个凶手站在一边。结果，只求息事宁人的居民们迫不及待地处死了对无辜孩童痛下狠手的两位祖父。但是，目睹行刑中血雨飞溅的场面后，人群内心的疯狂与错乱便蔓延开了，村里开始三番五次发生无意义的杀戮事件。为了摆脱心中的恐惧和憎恶，人们纷纷逃离卡卡伊乔，头也不回地向南方跑去。然而，内心的疯狂一旦失控便难以抑制，落荒逃窜的人群中仍在不断上演杀与被杀的惨剧。血水将大海染成了红褐色，所有的入海口上都漂浮着尸体。其中，浮尸最多的地方即"巨大的血池地狱"，也就是"伊努菲什亚克"。就像故事里讲的那样，过去曾有大量因纽特人定居在这片北方的土地上，随着历史的变迁，人们相继撤离了这里。待到1917年拉斯穆森探险至此地时，除了在狩猎季节搬来居住的人以外，这里已不剩下任何定居者。

在拉斯穆森的这本书中，就有一篇是写北部地区最后的定居者的，记录了一个名叫"绒鸭"的男人的一段鲜为人知的故事。在探索极夜的途中，我时常想起这个人，大概是因为在他被北极大地反复折磨的人生里，充斥着对极夜发出的号哭吧。

根据书中记述，绒鸭原本居住在昂纳特以南不远的地方，那里猎物充足，是个与饥饿无缘的地方，人人向往。后来，那里来了个不正常的家伙，此人经常对绒鸭漂亮的妻子动手动脚。虽然书里没写这人干了什么，但想必是摸了人家胸部之类的性骚扰吧。为了躲避这个人对妻子的执着纠缠，绒鸭决定举家搬迁，到北方的土地上去生活。

然而就是这个决定，成了他命运的分水岭。从古至今，极地旅行都不是易事。绒鸭一家在旅途中打不到猎物，时常受到饥饿威胁。在当时的因纽特社会，遇到饥荒时首当其冲被牺牲掉的就是孩子。陷入严重的食物短缺后，绒鸭夫妇开始把心爱的孩子一个个留在途经的空屋里，然后用石头堵住门口。孩子在里面推不动门外的大石头，实质上是被活埋了。夫妻二人一个接一个地活埋了亲生骨肉，被活埋的孩子则相继死于饥饿与严寒。最后，绒鸭夫妇身边只剩下一个他们平时最宠爱的孩子了。只有这个孩子是被他们用毛皮裹着，像宝贝一样用雪橇拖着带在身边的。但即使是这个最受宠的孩子，当饥饿达到极限时，夫妻二人也不得不面对将其抛下雪橇并杀害的抉择。

　　向往北方的绒鸭夫妇最终战胜了饥饿，来到昂纳特以西 50 公里外一处名叫阿诺伊托的地方。有许多人幸福地生活在那里。但绒鸭夫妇因自己犯下的滔天罪行——虽说是受饥饿所迫，却也因此亲手葬送了自己的骨肉——已经不可能和其他人打成一片，无法像什么也没发生过一样快乐地生活了。尽管留在猎物充足的阿诺伊托就可以彻底摆脱因挨饿而担惊受怕的日子，绒鸭和妻子还是放弃了那里，继续北上来到了昂纳特。在这里，他们开始了修道院式的与世隔绝的生活。很多年来，他们断绝了与他人的联系，就连去别人家做客都未曾有过。虽然偶尔也有外人来拜访他们，但绒鸭夫妇总是阴沉着脸，从不多说一句话，也没有谁见过他们的笑容。

　　此后不久，当再次有人来访时，发现绒鸭和妻子已经变成了两具尸体。据说来访者发现储藏室里有充裕的肉食储备，于是推测绒鸭夫妇是因为无法承受弑子的深重罪孽，他们是为了追随死去的孩子而活活把自己饿死了。

　　以上便是昂纳特这片土地上最后的定居者悲惨的人生写照。

　　拉斯穆森说绒鸭死于他写作的 50 年前，所以应该是在 1860 年，也就是距今 150 年以前的事。假设绒鸭自杀时 50 岁，他的生存年代便处于 1810 年到 1860 年之间。1818 年时，曾有一位因纽特人这样质问来自外界的第一批访客——约翰·罗斯探险队："你们是来自太阳，还是来自月亮？"由此可知，绒鸭与这位知晓真正月亮和真正太阳的因纽特人是同一时代的人物。

据史料记载，就在绒鸭等人生活过的 19 世纪前半叶，居住在格陵兰岛西北部的因纽特人遭遇了前所未有的巨大危机。不夸张地说，他们被时代逼迫到了濒临灭绝的地步。

给因纽特人带来灭顶之灾的元凶是全球规模的气候变化。15 世纪以后，地球迎来了小冰河期，极北地区的海冰开始陡然增厚，并有大量海冰转变为在夏季也不会融化的多年冰。夏季洋面的冰冻使此前顺海流漂泊至岸边的木材几乎绝迹，而这些材料是因纽特人在打造小屋和兽皮艇的骨架时不可或缺的。他们的造物文化很快断了香火。工艺失传后，19 世纪初的因纽特人已然连弓箭都不会制作，就更别提兽皮艇了。据当时一位探险家的描述，因纽特人在捕猎驯鹿时只会使用简易的投石工具，待石块击中目标并使其丧失行动能力之后，再一拥而上将其杀死，整个过程就和饥饿的原始人所做的没有两样。这样看来，此前定居在伊努菲什亚克和昂纳特的居民会弃巢而去，恐怕也是气候变冷使得在北方的生活无法成立所致吧。

因气候变冷与海冰面积增加而遭受重创的不仅仅是因纽特人的传统造物文化，就连他们赖以生存的猎物也在急剧减少。由于夏季海冰泛滥，失去栖息地的鲸类、海象、海豹，以及以捕食它们为生的北极熊纷纷逃往南方。这些海兽的新居所对于因纽特人来说鞭长莫及。动物在海上畅通无阻，可以自由地前往南方，但失去兽皮艇文化的人类就陷入了悲惨的境地，他们无法顺水南下。而说到格陵兰岛西北部因纽特人的生活区域，那里西临大海，南有梅维尔冰川，其他方向则被冰盖覆盖，实质上是一座被围困在巨大天然屏障里的陆上孤岛。也正是出于这种原因，他们直到 19 世纪中叶才开始被文明世界所知晓。

　　文化衰退，资源枯竭，紧随其后的必然是人口的减少，因纽特人就此掉入了通往灭绝之路的死循环。有种观点认为，在绒鸭生活过的1850 年，这片土地上的因纽特人的数量已经锐减至 150 人。当饥荒来临时，他们就杀掉与自己相依为命的犬类，用狗肉充饥。从这个角度了解了当时的困境后，不难想象选择远离同伴独自生活的绒鸭夫妇的生存状况是何等艰难。

　　然而，即使是在这样一个困难重重、危机四伏的时代，极夜照旧会不遗余力地将因纽特人封闭在黑暗之中。不难想象，在绒鸭忍痛弑子的悲剧背后，必然也少不了来自漫漫长夜的影响。在阳光缺席的冬日里，狩猎途径只会更为受限。为了应对冬季打猎难的问题，当时的因纽特人普遍采取在秋季囤积食物的策略，等极夜到来，人们就串门、聊天、击鼓、跳舞，用尽可能愉快的方式熬过不愉快的冬天。倒不是说在冬天时一定不会外出打猎，但那仅限于北极熊误打误撞进入人类领地，或是人们在远处的洋面上发现了适合捕猎的海冰裂缝的时候。极夜是个令人绝望的季节，如果不能在入冬前储存充足的食物，丧失了工艺传承的因纽特人就只能在没有弓箭也没有兽皮艇的条件下猎取食物了。

　　拉斯穆森在他的另一本探险记《穿越北极与北美》中，就曾借因纽特人之口（严格来讲，他笔下的并不是格陵兰岛的因纽特人，而是住在北美大陆加拿大一侧的不毛之地、使用驯鹿的"爱斯基摩人"），以看似轻描淡写却令人不寒而栗的真实笔触，记录下了因纽特人在没有做好充分准备就迎来极夜以后，经历了极度的饥饿而说出的可怕证言。

拉斯穆森在书中这样写道：

> 在我来到这里的 3 年前，辛普森海峡有 18 人死于饥饿。再往前一年，布里塔尼亚海峡北边饿死了 7 人。25 人并不是个大的数字，但是考虑到总共只有 259 人，由饥饿产生的死亡比例就很可怕了。其实，饿死人这种事在打不到驯鹿的冬天随时都有可能发生。而且据我所知，凡是遇到这种冬天，就连人吃人也不是新鲜事。

之后，拉斯穆森转述了当地一位著名猎人的自白，此人同时也是该地区的萨满。

> 很多人都吃过人肉。但他们不是想吃才吃的，只是为了活命，不得已那么做了。大多数情况下，他们因为自己的所作所为而备受折磨，但同时又无法真正理解自己的罪孽。
>
> 你认识伊其力科（Itqilik）的兄弟图涅克（Tuneq）。你见过他和他妻子，也和他们一起待过，所以你肯定知道那个男人有多开朗，笑的时候有多大声，对他的妻子又有多好。但是很多

年前有一个冬天，外出打猎总是一无所获，有好几个人饿死了，还有好几个是冻死的。剩下的人就算活着，也是命悬一线。就是在那时候，图涅克突然变得疯疯癫癫的。他是这么说的："精灵给我下了旨意，要我吃我妻子的身体。"于是他就把妻子身上的毛皮服装割成小片，吃了起来。他越是割，妻子裸露出来的身体就越多，然后，突然一下子，他把匕首扎进她的身体，刺死了她。他只吃了他需要的那么多，并因此逃过一死。后来，那个男人按照对待死者应有的礼数安葬了妻子。

　　我们也经历过同样的两难境地，所以就算有人做下那样的事，我们也不会用是非去评判。人在能吃饱、能自给自足的时候，也许很难理解别人何以做得出那种事吧。所以我才更要说，一个健康又能果腹的人，何以能够理解饥饿时的疯狂呢？我们能弄懂的唯一一件事，就是我们任何人都对活下去怀有渴望。

有时候，翻腻了《周刊宝石》，无事可做，我就到外面去呼吸空气。狗儿摇着尾巴凑上来，抱住我不放，我就摸摸它，倒给它狗粮。然后，我会凝神看向那个意图用压迫感令我臣服的漆黑宇宙。其实看不到什么，我只是觉得被黑暗紧箍得喘不过气来。雾霭笼罩时，这种感觉尤为强烈。

　　每当这种时候，我就会想起那个叫绒鸭的男人。在面对这异样的黑暗时，那个时代的人们会怀抱怎样的心情呢？

　　我将眼前的景象与绒鸭曾经的处境重叠起来。我想起了曾经提出"你们是来自太阳，还是来自月亮？"的因纽特人，想象着他眼中的风景。他们见过的极夜，是否比此时映在我眼中的还要暗呢？还是并没有不同呢？在亲手结束了孩子的生命后，绒鸭是以怎样的心情在眺望极夜的黑暗呢？又将以怎样的思绪去面对极夜过后初升的太阳呢？

绒鸭所经历的极夜才是真正的极夜。那个极夜与我正在凝视的，会是同一种黑暗吗？还是并非如此呢？

如果不同，又是差在了哪里呢？

*

离开昂纳特小屋是 1 月 5 日的事。气压依旧偏低，天雾蒙蒙的，还下着小雪。在较高的湿度下，零下 18 度不冷不热，有股说不出的难受感。

直到昨天还看不见的月亮，这天终于爬上了南边的丘陵，露出光来。月龄是 6.8 天，换成人类的年纪，便是成长到了 20 岁。

在月光照耀下，沉寂许久的世界一下子恢复了生机。

经历了新月前后约 10 天的死亡潜伏期，月亮终于重获新生，用它柔和的青色光芒照亮了小屋周围的山丘、悬崖和海冰。此前不见月光的那 10 天"真正的极夜"，是既阴暗又凄惨的，世界被死亡的黑暗笼罩，就连小屋跟前的海面是否冰冻都无法用肉眼分辨。那时的我在不知不觉间疑神疑鬼起来，总是忍不住想起绒鸭的悲惨境遇。现在月亮出来了，不但能看见海冰，所有的一切都变得可视了。不过确切地说，我并非真的看到了一切，而是我感觉自己看到了一切。但即便如此，可以看到一切的感觉还是让我的心情分外舒畅，仿佛一切都能如我所想。至于绒鸭的事，我已经无所谓了。

　　我开始重新按照月亮的作息来制定一天的计划，重新围绕着月亮在半夜的中天时刻，采取一天 25 小时行动制。满月将在大约一周后出现，而我多半会在那之前抵达伊努菲什亚克。那里的海岸线地形复杂，我不敢保证自己摸黑也能找到小屋，但若是在满月前后，只要不是严重的阴天，找到小屋应该问题不大。

　　显然，我是在计算了月亮的圆缺之后决定在这天出发的，而这恰好说明，人类在极夜世界里的一切行动都是根据月亮来安排，受月亮支配的。从这层意义上讲，只要还处在这片黑暗中，人类就无法违背月亮的意志。月亮凭借其光芒制约着人类的视觉和行动，是比北极星神地位更高的至高无上的支配者，是天空的神。

　　在我看来，身为极夜统治者的月神与织女星一样只可能是位女性。

　　在我们的神话体系中，大多数时候都是太阳代表男性，月亮代表女性。像日本这样，太阳神天照是女神，月神月读是男神的情况非常少有。月亮从新月开始逐渐成长，日益丰盈，在满月时迎来巅峰，并以此为界日渐消瘦，慢慢衰老，最终沉入黑暗，归于死亡。尔后，在销声匿迹约一周之后，她又将重获新生，再次生长，周而复始。在古代人看来，月亮这种既没有起点也没有终点的无止境的圆周运动，是死亡与再生的象征。人们认为月亮像大地，有着令植物生长枯荣的丰饶属性；月亮又像子宫，容纳死亡、孕育新生，代表着生命所具有的神秘力量。

　　事实上，当我行走在极夜里时，太阳和月亮也分别是以男性和女性的形象出现在我面前的。但是真正让我感到太阳是男性、月亮是女性的原因却不在于死亡与再生的话题，而在于它们各自的运行方式中具有的男性特征与女性特征。

具体来说，就是太阳的运行方式循规蹈矩，月亮的则复杂多变。

只要我们自己的位置不改变，太阳永远会在每天的几乎同一时刻升上中天位置。这种完全规律的运行方式使太阳可以作为各种活动的基准。例如，我们可以根据太阳的角度来知晓时间；或与其相反，在知道时间的情况下根据太阳的位置来辨别方向。太阳就好比一个注重规则、一丝不苟的家伙，办事方式如同公务员和银行职员。因为相当于公务员和银行职员，他言之有理，可以信赖。但是换个角度看，能让人轻易抓住秉性的太阳又是单纯的，是一切按照预定、缺乏变化的。从分秒不差的运行方式可以看出，他的性格必然是理性化的，是重逻辑的。理性化、重逻辑、易读懂，就是这些地方使太阳给人以男性的印象。说得再直白点，就是会让人将它与一根筋又缺乏深度的刻板男性形象联系在一起。

月亮就正相反了。即使你有月历在手，若不能参透月亮的运行规律，就无法准确预测她今后的动向。就像我多次提到的，月亮的中天时刻每日推移，高度也会随日期发生惊人的变化，何况还有阴晴圆缺带来的形态变化。倘若对此一无所知，指望每晚看月亮的脸色行事，一定会被她打个措手不及：昨天这个时候还高挂夜空，怎么今天突然就不见了？或是直到昨天都去向不明，怎么今天突然就回来了，而且还变得光彩照人？由此可见，月亮不被规则束缚，可以心安理得地不按常理出牌。从这层意义上讲，月亮的运行方式是不规则和非理性的，是感性和情绪化的。这种运行方式，恰如男人眼中的女人一样莫名其妙：明明昨天还相安无事，怎么今天突然就提出要分手，从此再也不联系了呢？

再者说，月亮之所以显得有女人味，也单纯是因为月光美丽动人。

太阳的光芒与其说是美的，不如说是让人不敢直视的。太阳会将体内涨满的能量在一瞬间毫无保留地爆发出来，阳光因此才具有了足以照亮世界每个角落的惊人威力。但是反过来说，当一个人的长处只剩下孔武有力的时候，那就和"四肢发达头脑简单"是一回事了。太阳给人的印象，多少像一个身穿白色运动衣、肌肉隆起如大猩猩的男人，挺着阳具发出长啸的样子。简而言之就是没有阴柔之美。相比之下，月光不但美丽，还带着几分妖艳。虽然月亮的光芒没有祛除黑暗的强大力量，却有着只让世界美妙之处朦胧显现的魅惑性，有着让无法洞察一切之人误以为自己能洞察一切的神奇魅力。与此同时，月亮又是纤弱、善感的，是缥缈的，也是怯懦的，会仅仅因为一层薄云就被遮蔽了光彩而暗淡下来。但也正是这些地方增加了月亮的魅惑力和性的神秘感，让人似乎看到了什么又似乎什么都没有看到，于是忍不住要用指尖撩开一层往里窥探。这样的月亮不管怎么看都像女人。

归根结底，黑暗的夜晚是女人统治的世界。

在散发着阴柔光芒的伟大月神的庇护下，我和狗儿准备拖着雪橇上路了。狗儿好几天没有活动筋骨了，显得有些迫不及待，刚戴上雪橇的牵绳就兴奋地跑了出去。我就像被它牵着似的，一路从固定冰来到了海冰上。海湾里，满满一层厚实的新冰在妩媚的月光下熠熠生辉，一眼望去没有边际。我们在海冰上走了一会儿，遇到不好走的地方时就重新回到固定冰上。

走着走着，我意外地在固定冰上发现了一个圆滚滚的雪包。尽管有月光照耀，黑天终归是黑天，等我走近了才意识到，雪包原来是只兔子。我赶紧掏出来复枪。

虽说走到伊努菲什亚克就有东西吃了，但储备粮里的肉食并不多，兔子肉仍然是宝贵的蛋白质来源。更重要的是，在旅途中打到猎物便相当于省下了雪橇上的食物，可以让我在遇到非常事态时从容应对。这样的机会绝对不容错过。

我让头灯的光穿过枪身前端的准星，再设法让那束光对准兔子，然后屏住呼吸。让准星、猎物和灯光处在一条直线上不管做过几次都困难至极。我在黑暗中目不转睛地盯着目标，不一会儿眼睛就累了，兔子的轮廓变得模糊不清。我再定睛一看，枪口正对准的哪里是兔子，分明是一块遍地皆是的覆盖着积雪的岩石。

怎么搞的？原来是看走眼了，我放下了抵在肩膀上的枪。

就在这时，兔子终于注意到了我的存在，警觉地伸长了脖子。大概是它刚才睡得太香，已经化成了静物。我赶紧重整旗鼓，谨慎地瞄准目标，然后小心地扣下扳机。随着一声枪响，兔子翻腾了两下之后死掉了。我靠过去，抓起兔子的耳朵把它拎回雪橇旁。狗儿汪汪地叫着，兴奋地想讨食吃。我让它原地待命，当场将兔子剥皮、解体。把兔子的肉和肝脏当作存粮装上雪橇后，剩下的统统丢给了狗。我因此增加了一天半的食物储备。

次日，天气进一步转好。雾霭消失了，洒满世界的月光照亮了脚下的路。即使熄灭头灯也照样能看清雪地上的凹凸起伏和前方的乱冰，路一下子变得好走起来。

我都快忘记上一次视野如此开阔是在什么时候了。之前在冰盖上，有月亮的日子大都是雾天，所以从登上冰川算起，大约有20天了吧。不夸张地说，周围这么亮，即使是北极熊来了我也看得见。我边想边走，没走多远果真发现了此行开始以来的第一处北极熊足迹。

周围过于阴暗，导致那片足迹真切地出现在眼前时，我还是有些怀疑。我四下看看，哪儿都没有北极熊的气息也没有一丝风，没有半点动静，世界沉浸在无声的黑暗中。我努力让自己镇定下来，然后望着那无边的黑暗，我醒悟了。就算有月光，假如北极熊真靠近了，我也是无知无觉的。

"诶，你没问题吧？万一北极熊出来了，你可不能不叫啊！"我叮嘱狗说。狗不懂日语，默然不应。

事实上，狗儿这天状态欠佳。休息时，我为了翻找工具，把背包里的一小块海豹皮随手丢在了雪地上，狗儿误以为那是给它的吃的，稀里糊涂地吞了下去。在狗的认知里，海豹皮就是好吃的东西，就连村民们用来赶雪橇的皮鞭一不留神也可能被它们吃掉。可是我丢掉的这块海豹皮是用来补鞋的，用化学药剂鞣制过。

果不其然，狗吃下那东西后便开始疯狂地拉肚子。有时候雪橇拉到一半，它突然站住，眼见水一样的稀便从肛门喷出来。半夜里也是，有好几次它痛苦地发出呻吟，那声音仿佛蒸汽船拉响汽笛一般。我从没见过它腹泻得那么严重，也从没听过它叫得那么奇怪。与其说我是担心它，不如说是担惊受怕，生怕它就此变成什么怪物。

离开昂纳特后，气温骤降至零下三四十度，北极的寒冬又故态复萌了。月亮眼见着一天天升得高起来，变大也变亮了，视野随之越来越好。一路上，固定冰的状态好得像溜冰场，又硬又滑，我干脆把两台雪橇暂时都交给狗来拉。

离昂纳特50公里外的伊努菲什亚克越来越近了。

走到那里就有物资了，我恨不得马上就走到那里。只要找回物资，这趟旅行就算完成了七成。

当然就距离而言，从伊努菲什亚克前往北极海的路更长，走到伊努菲什亚克仅相当于消化了总行程的百分之三十。但物资就在那里，只要能顺利找到据点，就可以在帐篷里吃储备物资，点燃燃料烘烤衣服，暖暖和和地过日子了。抽空还能外出捕猎兔子和海豹，简直是梦一样的极夜生活。

我决定在伊努菲什亚克多待些日子的另一个理由，是我必须等到海冰冻结实以后才能上路。按计划，我将从伊努菲什亚克向北行进约200公里，渡过海峡进入加拿大一侧。根据事前对卫星图像的分析，往年海峡里的冰都要等到2月以后才能冻结实，在那之前渡海非常危险。海峡里还有来自北极海的迅猛海流，就算海冰已足够坚固，遇到大潮仍有被冲垮和冲走的可能性。如果打算避开大潮，就必须等到2月中旬，待潮水稳定在小潮的时候再行动。这样一来，安全的渡海时间就只有2月17日以后的那一周。假设从伊努菲什亚克到渡海的预定地点需要20天，那么由此推算出的从伊努菲什亚克出发的时间就在1月下旬。在那之前，不论我意愿如何，闲散度过一段日子都是有必要的。

伊努菲什亚克的物资据点有两处。一处有我亲自用雪橇拖过去的一个月的物资，东西就放在半岛尖端那栋早已残破的小屋里。另一处存放的是英国人投放的物资，距离小屋约 4 公里，位于半岛根部的小海湾里，就在离海岸不远的地方被岩石堆覆盖着。经历了昂纳特小屋遭袭事件后，我知道伊努菲什亚克的物资也不可能百分之百安全，尤其是我运过去的那部分，幸存概率恐怕只有一半。毕竟小屋的门窗已经破旧不堪，就算用钉子加固过，北极熊认真起来也是能轻易扒开的。不过，英国人的物资密封在隔绝气味又结实的塑料桶里，还被一堆石头死死压在下面，遭袭的可能性几乎为零。这样想来，我对物资的预期还是很乐观的。即使小屋那边被捣毁了，我敢说英国队那边也绝对能幸免。我希望能尽快收回物资。不管怎么说，先拿到"可以按计划继续旅行"的通行证，就能使自己放心。

1 月 8 日清晨，我在海岸线的乱冰带中发现了一条勉强可以通过的路，于是由那里从固定冰转移到了海冰上。沿岸的海冰在黑暗中互相挤压，发出阵阵令人心神不宁的刺耳声响。来到这里后，距离伊努菲什亚克半岛就只有十几公里了，可谓胜利在望。

但是半岛周围的海岸线地形复杂，即便是天亮的时候也可能使人迷失方向。眼下虽然能借助月光下判断，亮度却并不足以把握地形的全部细节。能否在昏暗之中顺利发现据点将关系到克服本次极夜之旅中因黑暗产生的最后一道障碍。

我决定先去遭袭概率较大、位于半岛尖端的小屋看看。这天天气晴朗，月亮即将盈满，是寻找小屋的绝佳时机。

实际上，在距离半岛很近的地方，还有一座"拟态半岛"。拟态半岛的真面目是一座不大的海角，就挡在半岛前面，远远望去很难将它们区分开来。万一不慎走去那里，势必要白白浪费很多工夫。我谨慎地用罗盘确认方向，不但把星辰也当作参照物，还叮嘱自己要小心再小心，千万别走到"拟态半岛"上面去。

很快，在月光照耀下，远方的黑暗里模糊地浮现出形似半岛的陆地阴影。

这天的月光是如此充沛，哪怕再冒失的人也不会将路走错。我径直朝那阴影走去，大约4小时后——还比预计的快了些——来到了位于半岛前端这块我期盼已久的陆地上。

可是来到这里以后，周围的样子却不免让人起疑。对照地图，半岛尖端附近本该有一座小岛，我却没有看到。而且在我的记忆中，这里是块更平坦的地方，现在却莫名的坑洼不平，又如刀削般陡峭。半信半疑之间，我沿着海岸线，走进茫茫夜色中。这时，一处洼地进入了视野，那里不管怎么看都和小屋附近的入海口一模一样。我顿时感觉自己那神妙的寻路能力在这晚又一次灵验了，之前的疑虑一扫而光。自己果然没走错路。

太好了。绕过前面那截突出的陆地，就是小屋了。我放下心来走过去，谁知，海岸线在那个转角后延伸向了完全不合理的方向。

这是怎么回事……我又对着罗盘确认了好几次，眼前海岸线的走向的确是地图上不存在的。我糊涂了。这太奇怪了。自己到底走到哪里去了？难道说这里距离半岛前端还有好长一段路？还是说我走到完全不相干的地方去了？

我向远处张望，于是在月光下发现自己被一圈朦胧的丘陵剪影围在了中间。我重新在地图上寻找与之相符的地形，并在多次比对了海岸线与罗盘上的方向之后，终于看出了些眉目。尽管我一再提醒自己不要走去那个存心把真半岛挡在身后的"假半岛"，结果还是大摇大摆地走到那里去了。我还非常笃定，月光这么亮，再不靠谱的人也不至于走错路。统统是错觉。

　　搞清大体方位后，我严格按照罗盘的指示重新向真半岛的前端出发。真半岛与"假半岛"之间隔着一片海湾，那里的海冰会在潮汐作用下全面隆起或下沉，因此海冰表面坑洼不平，上面到处是冰丘和冰脉，而它们之间的低矮部分和冰面上的裂缝则由软雪填充。拜其所赐，在海冰上拉橇极其费劲。我使足了力气，热得汗流如注，汗气在冲锋衣里结成了霜。我听见狗儿在身后喘着粗气，它也在拼命地拉呢。

　　黑暗里，我徘徊在冰丘与冰脉之间，时上时下，时左时右，没过多久就丧失了方向感。我一次次爬上冰丘，希望能看清正确的方向。在这过程中，前方一座巨大的雪山映入眼帘。雪山在月光下犹如亡灵般漂浮着，恰好耸立在我正要前往的半岛方向上。我断定雪山就是半岛的一部分，索性朝那个方向走去。

　　随着我越走越近，雪山变得越来越大。我眼见它从一座大雪山变成了异常巨大的雪山，进而又变成了大得离谱的雪山。

　　不会吧，这也大得太过分了，我心想，甚至觉得那座山大得有点可笑。看起来有北阿尔卑斯山那么大呢，而且显得特别遥远。但问题是，半岛附近并没有这样一座大山。该不会是我早就路过了伊努菲什亚克半岛，已经快走到远处的另一座海角了吧……

　　我彻底糊涂了，什么都想不明白。但不管怎样，我想我应该跟着罗盘，把路走下去。结果走出不远我就发现，那座看似遥远又大得过分的雪山其实就近在眼前。等我意识到这一点时，脚下踩的已不再是冰面，而是砂石地了。我已经不知不觉走上了雪山脚下的陆地。再仔细一看，雪山根本不大。那不过是一座20米高的岩丘，是黑暗与月光营造出的全息影像般的错觉，使它直到刚才都显得巨大无比。

　　绕过岩丘，眼前出现了地图上的小岛，我由此判断这里位于半岛的西侧。我开始像徒步绘制地图那样如实地沿岸边前进。这一次，海岸线伸向了地图所示的方向，我也终于搞清了自己在半岛上的位置。

　　出发后历经十余个小时的探索，我终于来到了小屋所在的这片小海湾里。我和狗儿都已筋疲力尽，可我实在按捺不住想要立刻去确认物资是否平安的急切心情。不管怎么说，自1月9日离开村子后，现在已是第35天，从村子带来的食物和狗粮都已告急。眼下最要紧的就是让自己了解到物资平安，然后让那一个月的食物确确实实地落在手里，让自己放心。

　　谨慎起见，我把雪橇留在原地，只背起来复枪，穿过沿岸茂密的乱冰上了陆。来到这里，风景一下子变得熟悉起来。过去村民们使用的老旧雪橇的残骸掩埋在雪里，我从旁边的斜坡爬上去，便看到了小屋覆盖着积雪的屋顶。我快步直奔小屋的入口。

　　现在小屋就在眼前了。一眼望去，哪里都没有被动物入侵过的痕迹。

　　我转而看向屋门。小屋的入口呈隧道状，里面有一扇小门，上次留下物资以后，我曾用细绳将屋门捆住。现在看来，门是紧闭的，门上的绳子也一如我离开时的样子。

"好！很好！"

我随口念道，心里彻底踏实下来。不管怎么说，一个月的食物到手了。虽然可能性不高，但假使英国队的物资也被毁掉了，最糟的情况下，从这里回收的食物也足够我活着返回村子了。

既然知道东西安全了，明天再取也不迟，不过姑且还是进去看看吧。我怀着轻松的心情解开绳子，打开了门。

*

小屋里空荡荡的，一片漆黑。

打开头灯，地上净是之前住在这里的人留下的垃圾。

随后，我看到一张落单的"辛拉面"包装袋躺在地上。我本能地感到事情不妙。这种人气颇高的韩国方便面是我当作早餐存放在这里的。

物资都是装在呢绒袋子里的，若不是有谁来过，不可能唯独有一张包装袋落在外面。我旋即看向左侧放物资的地方。那一刻，我真是当场愣住：本该在那里的红黑相间的呢绒袋子消失得无影无踪。

难道这里也没能幸免？

再仔细一看，地上不但有辛拉面的包装袋，还散落着即食大米的包装盒和备用的保温杯。我一下子糊涂了。门关得好好的，分明没有一点被动物入侵的迹象。

这是怎么回事？

我用头灯把屋子照了个遍，这下子不管我接不接受，其中的缘由都不容分说地摆在了眼前：房顶被不知什么东西开了个大洞。

竟有北极熊不惜破坏屋顶也要闯进小屋来这种事？到头来，储备粮还是被北极熊糟蹋了。

面对这突如其来的沉痛打击，我一时间缓不过气来，傻傻地看着房顶上的大洞。在月光的映衬下，夜空呈现出淡淡的紫色。

现在放弃还太早，说不定有什么逃过了一劫。我重新振作起来，开始像蟑螂一样趴在满地的垃圾上，窸窸窣窣地向里面爬去。很快，我找到了一个 5 升的装煤油的塑料桶，可惜已经被利爪划破，燃料流光了。我又找到了一个 2 升的桶，也是破的，里面虽然还有燃料，但是进了雪，已经不能用了。

窟窿的正下方是一大块原本用来铺设房顶的地苔，我扒开地苔，想看看下面是否还有什么，但是一无所获。满地的罐子和旧杂志下面也找过了，同样颗粒无收。于是我又把放物资的地方重新找了一遍，这次奇迹般地发现了唯一一个密封的塑料容器，里面是 800 克牛油。除此以外的东西消失得一干二净。

等我返回雪橇时，狗已经睡了。本来想用小屋里的 20 公斤狗粮让它饱饱吃一顿的，这下没戏了。

因为打击太大，我一夜没合眼。

我的确做好了心理准备，事先也曾预料过小屋里的东西有一半概率被毁。但是在心里我并不当真。不管嘴上怎么说，心里还是觉得东西一准会没事。所以当我目睹事发现场时，那种无助感超乎想象。

看到房顶上被暴力撕开的大洞时，不夸张地说，我震惊到了失语的地步。怎么会呢？我眼前浮现出一头饿得发疯的北极熊，像金刚一样挥舞着双臂砸毁了屋顶。但是冷静下来想想，事情也许没有那么过激。房顶上的洞不一定是北极熊蓄意破坏的。它可能是在附近闻到了小屋里飘出来的狗粮味，于是来到门口，却发现隧道的部分太窄，进不去。后来在围着小屋打转时，它偶然爬上屋顶，不巧踩到了因腐朽而变脆弱的部分，于是踩塌屋顶，咣当一下栽到了地上。它一边在心里喊疼一边抬起头来，惊喜地发现宝藏就在眼前，于是抱着因祸得福的心态狼吞虎咽地吃起来。我觉得这种可能性更大。

　　但转念一想，这头北极熊无疑是个不达目的决不罢休的家伙，它一定曾锲而不舍地在小屋附近徘徊。想到这里，我突然担心起了英国队的物资。我一直乐观地认为那批物资至少有九成概率是安全的，但是在目睹了小屋里的惨状后，我的信心崩塌了，九成的乐观预期瞬间跌到了六点五成。

　　说不定那边的物资也已经被毁了……我躺在睡袋里，心中的不安一夜未平。虽然在心情平静以后，我重新倾向于认为英国队的物资遭袭的可能性极低，但是比起这种可能性，萦绕在心头的是这次探险自立项以来就摆脱不掉的厄运。不管我付出多少，最后总是会血本无归。

　　我在2014年寄放于昂纳特的狗粮就是厄运的开端。我拼死拼活运过去的东西，转眼就被卡纳克的猎人拿走了。转年乘兽皮艇运送物资时，我原本计划将物资分别投放在加拿大一侧和伊努菲什亚克，途中却因为看错了潮汐线而遗失狗粮，又因为风向不佳而被困于浮冰上，最终只能止步于昂纳特。这还不算完，其实若按计划，当年冬天我就已经踏上极夜之旅了，谁知节外生枝，我被丹麦政府以签证逾期为由强制驱逐出境，导致正式的探险不得不推迟一年进行。就是在那之后的归国期间，我接到了昂纳特物资遭袭的沉痛消息。老实说，在经历了如此多的波折后，知难而退才是人之常情，可我却不想放弃，凭着连自己都觉得不可理喻的执着信念硬是把这件事推进了下去。结果，正式旅程才刚刚开始，我又猝不及防地被狂风刮走六分仪，再次霉运上身。

紧接着，便是这天在小屋里看到的惨状。

眼见曾经的努力化成泡影，我既气馁，又对英国队的物资也失去了信心。我反复思索着那批物资的状态，希望能借此缓和心中的情绪。

这次探险固然百般不顺，但英国队的物资应该是固若金汤的。我的物资里有干肉、猪油、牛油和萨拉米等食材，这些东西散发出的气味是北极熊喜欢的，会受到袭击也在情理之中。但英国队的物资里没有这类东西，他们的储备是用铝制包装袋密封的冻干食品和巧克力棒之类的甜食，不但绝大部分是北极熊不感兴趣的东西，还都装在不会泄露气味的密封桶里。要说有什么是我不放心的，那就是狗粮了。不过，一来狗粮都是未开封的，二来狗粮外面还罩着好几层野生动物不喜欢的黑色塑料袋。在此基础上，狗粮被刻意埋在了所有物资的最下面，物资表面则被形同堡垒的岩石堆覆盖着，绝非三两下能轻易刨开的。最关键的是，在英国队投放物资的两年后，我曾在2015年夏天徒步前往他们的投放点，亲眼确认过物资的平安。换句话说，他们的"防御工事"有连续两年成功御敌的实绩。虽然在那之后又过去了一年半，但既然头两年都没问题，随后这一年半按理说也应该没问题吧！

现在唯有一件事还是让我放心不下。2015 年走访英国队的投放点时，为了方便自己在极夜的黑暗里识别地形，我曾将一枚红旗插在投放点的岩石缝里。当时我认为此举万无一失，甚至有些沾沾自喜，现在想来真是多此一举。不知道那头吃空了小屋物资的北极熊看到红旗会作何感想。这些北极熊无疑是有学习能力的，能够明白有人类建筑的地方很可能隐藏着美味的食物。因此，就算没闻到食物的气味，当一面红旗从远处映入眼帘——啊，那该不会是人类留下的东西吧？——北极熊恐怕也是有所感触的，而这种感触说不定就触动了它曾经贪食人类储备粮的美好回忆。

不管怎么样，此事到了明天自有分晓。十之八九是没问题的。但如果当真节外生枝，我将被一气逼上绝境。毕竟食物已开始见底。

我怀着紧张的心情一夜未眠，就这样迎来了清晨。

*

翌日，因为心神不宁，我比平时起得要早，下午 5 点就钻出了睡袋，8 点时已上路。

一轮圆月正在我的头顶散发出冰冷的美丽光芒，将夜空照得通明，仿佛极夜已不再是极夜一般。

英国队的物资位于半岛根部的小海湾里，需沿海岸线向东南偏南方向行进约 4 公里。我和狗儿绕过半岛尖端，一边眺望着右手边的海岸线，一边向既定方向缓步前进。

我以为很快就能走完短短 4 公里路，那片海湾却迟迟没有进入视野。月光下，海冰上出现了一片参差不齐的乱冰。为了避开乱冰，我决定从右侧迂回前进。但走着走着，那片密集的乱冰不但没有向我靠近，反而在平坦的新冰上不断拉开彼此间的距离，变成了零星的冰面突起。原来在这里也一样，在黑暗与月光营造出的立体成像效果下，物体间失去了应有的距离感，原本相距甚远的冰面突起仿佛凝缩了似的簇拥在一起，构成了迷幻的视觉世界。可能就是因为这个原因，4 公里的路走起来比想象中费时。每当海岸线向半岛内侧倾斜，我便以为要走到海湾了，心率随之变得七上八下，可是到头来不过是另一处不甚宽阔的入海口，这种事发生了好几回。

在这个由黑暗、海冰和月光交织形成的迷幻世界里，我已经走了两个小时。一块巨冰在前方被月光照亮的海冰上拔地而起，不久前我还在以它为目标前进。可等我走近一看，那哪里是块冰，分明是一面巨大的积雪岩壁。啊？是这样吗？我心里不免再次一惊。但惊讶之余，我意识到那块岩壁正是物资所在的海湾里的岩壁，于是猛地向右看去。果不其然，海岸线由此急剧向内侧弯曲，和白光闪烁的海冰一起延伸向半岛根部的海湾深处。就像被海冰指引着，我也随之向右转。借着黄色的月光，隐约能看到海岸上的黑色岩地正在逐级升高。物资应该就在这一带吧？不，不对……难道是在那边吗？……我注视着岩地上的情况不断前进，但所见之处哪里都没有标志性的红旗。可是按理说，物资应该就在眼前了。每向海湾深处迈出一步，我的心脏都在异样的紧张中跳得更剧烈。找到物资，旅行就能如期进行下去，但是万一找不到的话……

终于，我来到了海湾的最深处，红旗却依然不见踪影。我把雪橇和狗留在海冰上，一个人穿过沿岸因潮汐形成的乱冰带。上岸后，周围的地形在月光下清晰可见。我径直向记忆中物资所在的方位走去。每当有巨大的岩石闯入视野，我便心想："有了！就是那里！"可是等我跑过去一看，哪一块都不是镇压着物资的岩山，都只是普通的巨石。

随后，在翻过了一面雪坡后，我来到一处可以看到冻结池水的空地。毫无疑问，这里正是2015年我造访此地时扎营的地方。我还清晰地记得由此前往物资投放点的路线，于是就顺着方向再去找。结果还是没找到，也没看到红旗。这下我的心里真的开始打鼓了。奇怪，该不会是搞错海湾了吧……

我重新拿出地图，考虑误入其他海湾的可能性。但意料之中的，这种可能性恐怕并不存在。不，没有"恐怕"，而是根本不存在。不论是远处朦胧的山丘，还是海湾里海岸线的走向，又或是身后冰冻的池水，所有地形要素都显示我百分之百地找对了地方。既然如此，为什么找不到呢？太匪夷所思了。就算物资被毁了，那也是8个60升容量的蓝色大桶，不可能连半点残留物都见不到。既然找不到物资被毁的证据，那么只可能是我记错了，找错了地方。事已至此，我仍然不愿相信物资有可能真的被毁。

悬着一颗心，我重新踩着雪地向岸边走去。就在这时，我终于发现了决定性的证据。

那是一个盖着黑盖子的半透明的塑料桶，它就躺在眼前的雪地里。我认出那是英国队用来装汽油的塑料桶，一个本该封存在岩石下面的东西。我走过去拎起它，发现里面是空的。至于原因，北极熊的爪痕说明了一切。

"啊……"

我不禁发出了失魂落魄的一声长叹。环顾四周，这里俨然就是一片十几二十厘米见方的岩块的集散地。从岩块的缝隙里显露出来的是数量惊人的黑色塑料袋的碎片。我蹲在地上，哀怨地把岩块拨来拨去。

"啊……这下完了……全完了……"

不管怎样翻找，找到的都只有塑料袋的碎片和巧克力棒的包装纸。60升容量的蓝色大桶全体下落不明，只剩下贴着一枚赞助商标签的黑色桶盖，仍在不遗余力地诉说这里曾是物资投放点的事实。

我仰天跪倒在地上。

"结束了……"

旅行结束了。彻底结束了。全都结束了。

想不到结局竟是徒劳一场，一股前所未有的虚无感袭上心头。一次次拖着雪橇走访极地，顶着被海象袭击、被浮冰困住的风险用兽皮艇运送物资，先后投入了四五百万日元的资金——而且我这个人秉承"无赞助主义"，全部旅行开销都是我自己挣出来的，花的是我自己的钱。若把挣钱的工夫也算进去，我为这趟旅行已经准备了整整4年。如今，这些全白费了。

不开玩笑地说，我觉得自己这辈子算是完了。在我看来，在人短暂的一生中，35岁到40岁这个阶段是最特别的。不论是从体力和感受力层面，还是从格局上讲，这个年龄段的人都最能发挥出实力。人这一生中最重要的工作应该是在这个时期完成的。如果没在此时抓住机遇完成最完美的作品，就意味着他将与此生的伟业乃至人生的意义失之交臂。至少我是这样认为的。正因如此，我才选择将极夜探险作为我此生中最想奋力一搏的目标。至于原因，"踏遍极夜并最终见到初升的太阳"——只有以此为目标的极夜探险才有可能建立取代旧有地理探险模式的现代探险新格局，也只有这样的探险才能让我秉承的"脱离体系"的理念以举世瞩目的形式得到实现。事实上，在着手准备探险的那段时间里，我确实曾强烈地感到自己的身心都正处在人生的巅峰。随着启程日期的临近，我同时也感到巅峰期正在缓慢但又切实地迎来尾声。纵观历史，若将人生的这种起伏比作王朝的兴衰，类似的情况比比皆是。以中国的历代王朝为例，一个朝代的明君通常是第二任或第三任皇帝。他们顺天道，施仁政，创盛世，而在他们之后，往往是昏君继位，宦官当道，朝政腐败，苛政似虎，民不聊生，怨声载道，直至最后国破人亡。历朝历代皆是如此盛极而衰的。对我来说，本次探险正式开始的时候我的人生大约正处在第三、第四任皇帝的更替之际。正因为时不我待，我才无论如何都想把这次冒险打造成我心目中的最高杰作。然而，这个朴素的愿望如今也随着英国队物资的被毁而破灭了。我已经无法再复制同等规模的探险。我已经40岁了，而且不是满打满算刚刚40岁，是还差不到一个月就41岁的40岁。我不认为今后自己还有魄力花同等的精力和资金做同样的事。何况我的感受力也会就此衰退，很难在同一件事中找出如此丰富的意义。我已经失去了借由探险来表达自我的绝佳机会。无法留下最高杰作的人生又有何意义呢？我只觉得想哭，于是尝试让自己哭出来，但过分的是连流泪也不能如愿，因为身体缺水，眼泪也干涸了。

可恶，就算是北极熊也总该有吃剩下的东西吧！我抓起地上的石块抛出去，发泄般地在石堆里挖了好久。忽然，从岩石缝里露出的硬纸箱让我看到了一丝光明。然而，纸箱里有的只是汽油，希望被浇灭了。随后我又挖出了一个塑料袋，无奈里面装的还是汽油。将那一带挖了个底朝天后，我一共找回20升汽油，而食物和狗粮终归被北极熊吃光了。

"燃料再多又有什么用！"

我嘶吼着，一脚踹翻了油桶。这趟旅行一定是被诅咒了！我再次陷入抑郁的情绪，然后抬头望向天空。

一轮明月正挂在幽暗的夜空中央，闪耀着令人神往的美丽光芒。那种美犹如沾染了无数鲜血的日本刀的美，因残忍和冷酷而刺眼。

凝视着那轮沁入夜空的黄晕，我恍然意识到这一切似乎都出自极夜的意志。

物资是北极熊破坏的，这是不争的事实，但真相是极夜的意志"附身"于北极熊并驱使它那样做的。极夜才是整起事件实质上的执行者。

皓月当空，威光普照。身为极夜主宰的月神仿佛正借由光芒向我发出旨意——

"呵呵……你口口声声说要来极夜一探究竟，到头来却想依赖他人的物资，抱着闲游的心态浑浑噩噩度日，没那么容易。没错，东西是我下令让白熊破坏的。你若心有不甘，就放下脸面，从极夜的谷底拼出一条活路吧。整天好吃懒做，又如何去得了极夜的最深处呢？靠你自己活下去吧，然后前往黑暗最深、最远的地方。否则，如何对得起你口中的极夜探险？哈哈哈哈！"

看来月亮是在嘲笑我了。

那么我该怎么办呢？失去储备粮后，我已不可能再以北极海为目标了。话虽如此，返回村子同样是不现实的。原因在于我曾连续两次遭遇暴风雪的梅罕冰川，由那里下到地面的路线非常隐蔽。

梅罕冰川的下行路线的入口不但狭窄，还被另一座更为巨大的冰川夹在中间，稍有不慎就可能迷失方向，被困于另一座冰川上。尽管我曾两次在春季明朗的时节里走下梅罕冰川，但每次我都要绕上许久才能成功到达地面。此外，假使一定要选在这个黑暗的时期返回村子，首先我必须和来的时候一样，仅靠一枚罗盘突破冻原和冰盖的二次元平面空间。然而归途不似前来的路径，来的时候我能找到通往昂纳特的山谷就算成功，至于进入山谷的时机则无关紧要；但在返程时，我必须精准无误地在梅罕冰川上找到那个极端狭窄的入口，难度比来的时候高出五到十倍，不，说不定要高出30倍呢。但问题是即使找到了入口，我也不敢保证自己在下行途中不会误入相邻的巨大冰川。何况在如此黑暗的环境里，我根本无法判断找到的入口是否正确。无法判断入口的位置，自然就无法判断自己的位置。既无法返回昂纳特的小屋，也无法返回村子，在进退两难之间我只能抱着赌一把的心态不管不顾地往下走。幸运的话我将顺利到达海岸，但更大的概率是坠入某个冰川裂隙一命呜呼。但在所有能想到的出路中，返回村子是最危险的，我无论如何都不会去做如此可怕的事情。换句话说，返回村子这条路自我登上冰川的那一刻起就被锁死了。因此在任何情况下，返程都只能等到极夜过去、四周重现光明的时候才能进行。

那就要等到 2 月中旬以后。今天是 1 月 10 日，出发后的第 36 天。虽说途中捕到的兔子多少节约了消耗，但从村子带来的食物只有两个月的量，余下的只够吃不到一个月，很难说是否足够我返回村子。

不过比起我要怎么吃饭，狗粮的问题更严峻。因为计划在伊努菲什亚克取得大量物资，我只准备了 40 天的狗粮。

重新清点了一遍狗粮后我发现，由于之前一直是能少喂就少喂，所以如果省着点吃，应该还够吃 10 天。但是回想起这一路上狗儿总是无精打采，那或许并非由于什么极夜病的缘故，而单纯是因为吃不饱饭。不管怎么样，剩下的狗粮都不够它走回村子。

这样下去狗必死无疑。一想到它会被饿死，而且是死在这荒野里，我的心情顿时沉重起来。我绝不能让这种事发生。

这其中当然有感情因素。过去旅行中的长久陪伴，已经让我和狗儿之间建立起近乎骨肉亲情的深厚感情。然而还有更深层的原因，那就是除了这条狗以外，我已经一无所有了。为了这次探险，我曾做过许许多多的准备，譬如手把手训练这条狗，譬如三番五次前往伊努菲什亚克，譬如制作各种道具，譬如练习观测天象。在从事这些活动的过程中，我发觉自己的内在世界也在随着体验的增加而不断扩张。就好像我把自己的"存在形式"延伸到了狗儿身上，延伸到了伊努菲什亚克这片土地上，延伸到了六分仪上，延伸到了我制作的各种道具上，与它们融为一体，那些土地、道具和生物也因此成了我身体的一部分。就是在这种"自我正在不断扩张"的感受中，我正式启动了对极夜的探索，梦想着通过与外部世界的进一步相融来实现内部世界的爆炸性增长。然而现实想要展现给我的却是六分仪被刮走和物资被毁，我原本充盈的内在世界因此崩塌了。等我意识到时，那个被我构建起来，从我延伸出去并等同于我的存在的世界，只剩下一条狗了。狗要是死了，一切都将不复存在。绝不能让狗死，也是为了防止我自己的坍塌。

但不论我怎么想，食物都是短缺的。为了让狗活下去，我必须打到猎物。与其破釜沉舟返回村子，不如去寻找猎物，确切地把食物搞到手，这样更保险。但如果打到的只有兔子和狐狸这样的小型猎物，那就并不能从根本上解决问题。猎物的个头至少要大过海豹，可能的话最好是北极熊和麝牛这种级别的大块头。猎杀大型野兽对外国人来说是违法的，但我决定把这件事放到一边。若当真打到了大型猎物，那分量足够我和狗儿吃一个多月，这样即使抵达北极海有困难，继续北上还是不成问题的。事态很可能就此逆转，毕竟手上的燃料多到消费不完。

打到猎物，救活了狗，旅途就能继续下去，这于我而言也是自救。我向天地发誓，向月亮发誓，不逮到猎物绝不罢休。我绝不能让这趟旅行就此无果而终。

我开始考虑应该去哪里狩猎哪种动物。在这个问题上，麝牛是不二之选。北极熊为了捕食海豹，常年在海冰上居无定所，若非占尽天时地利，我连该去哪里寻找它们都不清楚。但麝牛不同。首先，麝牛的栖息数量远超北极熊；其次，近年来我频繁游走于昂纳特和伊努菲什亚克，不但熟悉麝牛会在哪里聚集，还能推测出什么样的土地有可能让它们聚集起来。

在"九月湖"一定能碰到它们，我想。

九月湖是 2014 年我第一次和这条狗一起旅行时途经的湖泊，曾有成群麝牛出没在那里的湖畔和丘陵上。我目击过五六次 10 头左右的规模。现在回想起来，说那里是麝牛的牧场也不为过。当时，在反常的严寒里瑟瑟发抖的我正是在那里射杀了一头麝牛。吃了那头牛的脂肪我才暖和过来，旅行能继续下去也要归功于它。因为猎杀了那头麝牛，狗粮的储备才一下子增多了，多余的部分被我存放在了昂纳特。虽说后来狗粮被卡纳克的猎人拿走了，但追根溯源，能有富余的狗粮是因九月湖的麝牛而起。只要回到那里，我想我一定能把肉搞到手。我仿佛又看见了当年那里麝牛三两成群的情景。

留给我的时间不多了。我仰望天空，圆圆的月亮正绽放出仿佛幻想世界中才有的黄色光芒。那是月神意味深长的无声微笑。这天的月龄是 11.8 天。随着盈满之时的到来，月亮即将达到此轮重生的巅峰，并在随后的五六天里放射出最强的光芒。那之后，月光就将衰败，远处的猎物也会变得无法识别。在极夜的世界里，没有月亮就不能狩猎，因此不论我自己如何不屈不挠，从现在算起的一周以后都将是最后期限。

没时间了，我越想越急，索性整理起了随行物品。为了尽可能加快脚程，我决定把一台备用雪橇和多余的煤油及装备留在英国队的据点。然后，我一刻也不愿耽搁地对狗儿大声鼓劲儿说"无论如何都要将麝牛拿下！"，之后便上了路。

我在路上越走越远，月亮也在升得更高、变得更亮。不难想象，等一轮满月升上中天时，眼前的一切都将清晰可见。麝牛毛色骏黑，体态浑圆，走起路来一拱一拱的，哪怕是春天天色明亮的时候，也很难将它们与大块岩石区分开。但只要明月当空就一定行，我想。有好几次，我都在边走边看向月光下勉强可见的海岸时将岩石阴影设想成麝牛，然后鼓励自己：没问题的，那样的东西你看得见。

由于被时间追赶着，脑垂体迸发出的肾上腺素使我的专注力异常集中，我只用了一小时就来到了九月河（因源自九月湖而得名）河口附近的海角。

然而，刚才还像是从拧开的水龙头里喷流而出的肾上腺素这时却像流干了似的，突然没了后劲。

随着兴奋度的下降，我开始停下脚步并反思自己是否太过冲动。这计划当真可行吗？

我回想起2014年从九月湖顺河而下的情形。当时，整条河的河床上布满了大颗圆石，石子表面被软雪覆盖，状况非常糟糕。行进中不是雪橇的冰刀被石头绊住，就是雪橇整体发生侧翻，导致不过25公里的下坡路一走就花了4天。因为那里实在不是人拖着雪橇能行走的地方，我还曾经发誓别想让我再走一遍这条路线。如果眼下一定要去九月湖，那就不可避免地要顺着河床逆行而上。

冷静下来，理智一点，我告诫自己。天亮的时候顺河而下尚且需要4天，现在换成在黑暗中逆行而上，恐怕少则需要5天，多则一周。我重新看向巨石林立的海岸。在5天后将会变得黯淡的月光下，我真的能将麝牛的黑影与岩石区分开吗？另外，天气也是个问题。眼下视野虽好，一旦遇到此前在冰盖上遇到的阴天，那就什么也别想看清了。而且现实就是抵达湖边时未必能赶上理想的好天气。或者说，我越发觉得碰上坏天气的概率更大。再往下想，便觉得彻底不可行了。或许是肾上腺素告竭的关系吧，我的情绪瞬间萎靡了下来。把希望全部寄托在月光上终归是不现实的。万一去了九月湖却没有打到麝牛，到时候我只能顺着河床原路返回。那么，是否还有其他更好的狩猎场所呢……

于是我临时改了主意，认为还是应该趁现在就把事情考虑周全。就这样，我又花了近两小时，拖着沉重的脚步沿来时的路走了回去，然后在离英国队据点不远的地方搭起了帐篷。

极夜的内院

帐篷内的顶棚上，皮手套和皮裤子等衣物正拥挤地吊在那里烘干。

我废寝忘食地思考到底该去哪里捕获哪种猎物，对今后的行程犹豫不决。

既然手上的食物是有限的，就有必要为狩猎预设一个期限。如果我空手而归，到时候就只能靠现有的食物往回走了。我又把食物清点了一遍，发现还剩不到一个月的量。

不过，除了肉眼可见的食物外，我身边其实还存在着"隐形的"食物。这件事是我在得知物资被毁以后意识到的。

那种隐形的食物便是狗肉。

发现英国队的物资已被北极熊吞食殆尽后，我曾发誓无论如何都要让狗活下去。但在另一方面，如果狩猎失败了，"吃掉死去的爱犬使自己生还"便成了我仅有的出路——在纯粹理性的层面，我已经想得很清楚了。如果打不到猎物，狗必然会在途中力尽而亡。等事情发展到那个地步，吃狗肉将是我唯一的选择，我的食物会因此自动增加。据我所知，在早先的极地探险中——以阿蒙森的南极之旅为例，随行的犬类从一开始便是被列在"食品管理"名目下的。只不过，我可以想象把自己的狗当作存粮这种事，却从不当真。有时在报告会上有人问我："如果遇难了，食物耗尽了，你会不会吃狗肉？""哈哈哈，我会努力不让那种事发生的。"每次被问到这个问题，我都只是付之一笑，从不予以正面回应。然而此时我所面对的，却是有可能发生的情况。

就算不去触及实际上吃还是不吃狗的问题，考虑到打不到猎物的情况，也有必要将狗肉计算在内。假设狗的正常体重为35公斤，死于饥饿后会只剩下20公斤，包括内脏，有10公斤是可食用的部分，因此，死后的狗可以被视为10天的口粮。将狗肉与现有的食物合起来应该够我吃35到40天了。今天是1月10日，即使狩猎失败了，这些食物仍可供我维持到2月15日至20日前后。等到那时，天就已经亮了，想必就能看清冰川的入口了，因此在最糟的情况下我自己仍有希望生还。我决定把2月15日视为底线，在此基础之上推算出狩猎的可行期限。

从昂纳特返回村子的路与来时的一样，必须穿过冻原和冰盖上的二次元平面空间。如果等到 2 月白天变亮以后再启程，基本无须担心会像来时那样迷路。但是在那之前的严冬期不同，冰盖上方有时连续一周都刮着暴风雪，在时间紧迫的情况下，贸然前行十分危险。算上途中可能耽搁的时间，我认为至少需要两周才能从昂纳特抵达村子。如果打算 2 月 15 日抵达村子，2 月 2 日就得从昂纳特的小屋出发。此外，从伊努菲什亚克返回昂纳特还需要 4 到 5 天，所以离开伊努菲什亚克的最后期限需要定在 1 月 27 日前后。今天是 1 月 10 日，能够用来狩猎的时间大致为两周。

　　明确了两周的时限，接着便要根据月亮的变化周期来决定狩猎的场所和猎物的种类。现实地说，我能够捕猎的只有麝牛和海豹，而将这两者作为狩猎对象又有着各自的优势和劣势。麝牛的情况是，我已将它们的栖息地锁定在了一定范围内，只要能发现目标，接近它并使其进入有效射程就不会太困难。在过去，我就曾如此成功地射杀过不止一头麝牛。但是，若想在黑暗里分辨出麝牛的身影，月光必不可少。而且，其实即便进入了有效射程，我并没有自信一定能在黑暗中施展绝技，将头灯、准星、照门和猎物连成一线并最终将其击毙。此前能在黑暗中击毙两只兔子全是距离极近的缘故，一般来讲是打不中的，更大概率是猎物被头灯吓走。而海豹的情况是，只要能找到它们的呼吸孔，便可以"守株待兔"，即使没有月光也能展开捕猎，这是优势。不过，一来，能否发现呼吸孔由运气左右；二来，也是最关键的，就是我并不具备用这种方法捕猎海豹的经验。再有一点，能利用呼吸孔捕捉的仅限带纹海豹，这种海豹不但身子小，身上的肉更是少，打算靠它的肉继续旅行的话就得捕猎好几头才行。

　　按常识，这时候我应该做的决定是返回昂纳特。道理我懂，毕竟食物已不充裕。回到昂纳特便离村子更近了一步，这对我的身心而言都是最安全的选择。而且那一带的野兔资源非常丰富，麝牛也时常出没，说不定还能打到最近数量有所增加的狼。最重要的是，我可以把多余的东西留在小屋，自己轻装上阵，如此耗上 10 天，想必能打到不少肉吧。

　　"返回昂纳特吧，可以保证你旅途平安！"我感觉有恶魔的低语在耳边回荡。每次那声音出现，我都要把它赶出大脑。我有种模糊的感觉：如果现在回昂纳特，这趟旅行在我心里就算结束了。我并非在替自己找理由，只是在这类探险中，一旦打起退堂鼓，就不必考虑重整旗鼓的事了。因此，我决定放弃返回昂纳特，铤而走险继续北上。我必须尽可能地远离村子，远离人类社会的疆界，义无反顾地走向极夜与黑暗的深处。这样能为当前的境遇打开活路也未可知。哪怕最终无果而归，只要能向北挺进，我便无悔于此时的选择。

　　我打开地图，开始研究北方是否存在潜在的麝牛狩猎点，并在北边 50 公里外发现了一处名叫达拉斯湾的地方。那是一片广阔的内陆湿地，不论怎么看都是麝牛眼中绝佳的觅食场所。不仅如此，湿地南侧还与九月湖的麝牛"牧场"相通。2014 年途经九月湖时，我曾看到一群麝牛翻过山脉向北方跑去，它们一定曾往返于湿地与九月湖之间。我会觉得达拉斯湾可行还有另一个理由。据我所知，麝牛在内陆的出没概率要大过沿岸，然而，格陵兰岛的海岸被峭壁包围，能允许我拖着雪橇前往内陆的途径十分有限。从地图上看，达拉斯湾以非常平缓的地势向内陆延伸，这就为我的长驱直入提供了方便。

方针姑且定下了。我将以达拉斯湾为目标向北行进，若能在途中的冰面上发现合适的裂缝，还可以尝试寻找海豹的呼吸孔。海豹易于捕捉的话我就专注于此，否则就尽快将目标转向达拉斯湾的麝牛。

一觉醒来，月色清朗，一如昨日。晚上9点半，我以北边一处海角为目标离开了英国队的据点。在零下35摄氏度的低温环境下，拖着雪橇的我依然汗流浃背，身体已经完全适应了严寒。考虑到零下四五十摄氏度将是此行的家常便饭，临行前我做足了心理建设，并以此为标准置办了全身的装备，但是坦白地说，这里的严寒并不及想象中可怕。

接近海角后，我发现了一道此前不存在的宽约40厘米的裂缝，一直延伸向伊努菲什亚克半岛的尖端。受潮水影响，这一带的海冰上相对容易形成裂缝。多数情况下，海豹便是在这样的裂缝上制造呼吸孔的。我把雪橇留在原地，背上来复枪和捕捉海豹用的钩棍，沿裂缝找起来。在潮水挤压下，裂缝被延绵起伏的冰丘和乱冰夹在中间，光是沿着它走下去都是件费力的事。走了500米后，我确实找到了一个"不能说不像"海豹呼吸孔的孔洞。通常，呼吸孔周围会因海豹的呼气被冻住而高出一小截，这个孔洞周围却没有这种明显的凸起，只是略微鼓起了一点，但这也可能是因为它刚刚形成。我姑且把雪橇拖到孔洞附近，穿好防寒服，端起来复枪，守在一旁等海豹过来换气。

四周没有风也没有声音，有的只是月光、黑暗和沉默。我一动不动地等了一个小时，孔洞那边却连一点动静也没有。虽说身体适应了寒冷，然而一旦停下来不动，寒气便会穿透衣物，侵入皮肤、沁入骨髓。

在无法辨别真伪的呼吸孔旁死守太没有效率，于是我拖起雪橇，重新开始移动。后来我又发现了一道裂缝，也沿着它走了 500 米，但终归没有找到呼吸孔。天色已晚，我回到之前那个貌似呼吸孔的孔洞前，把钩子支成三叉形，做成简易的陷阱从孔洞口垂下去，然后在一旁支起了帐篷。

要是能如愿使海豹上钩就好了，可我总觉得希望不大。或者说这个孔洞怎么看都不像呼吸孔。

经过这一天的实践，我痛彻心扉地体会到捕捉海豹的效率之低。光是沿裂缝寻找呼吸孔，一不留神就过去了几个小时。话说回来，一边靠人力拖动雪橇一边观察冰面，这做法本身就不现实。据说因纽特人在旅途中寻找呼吸孔时，会让狗拉着雪橇沿裂缝跑上几公里，但如果同样的工作让人来做，不但会因为雪橇在乱冰中颠簸而耗尽体力，能够行走的距离也非常有限。所以就不得不把雪橇留在身后，一个人轻装上阵。但是这样一来，又会开始担心雪橇是不是会遭到北极熊的袭击。如果有海豹的呼吸孔，以海豹为食的北极熊会在附近出没不足为奇。如果雪橇被毁，等着我的只有一死，所以我不敢走出太远。如果我有同伴，还可以让他看着雪橇，但我是只身来到这里的，就不可能了。另一方面，自从来到昂纳特，我还不曾看到一点北极熊的影子，这同样让我放心不下。虽然我曾看到过北极熊早先留下的足迹，但也只有那一回。说不定海豹早已游去别的海域，而北极熊也跟了过去，所以才见不到它们的踪影。想到这里，我又觉得把时间耗费在希望不大的海豹身上并非明智之举。

我第三次改变计划，决定将麝牛视为唯一的狩猎对象。这里距离达拉斯湾约 45 公里，如果能在两天之内赶到那里，我便有近一周时间在月光下展开狩猎。而且就算打不到麝牛，三两只兔子还是能逮到的。

翌日收起帐篷后，狗儿迫不及待地大口吃起了我的粪便。我可喜欢看狗吃东西了，因为它们吃得实在是太香了，那样子看多久都不嫌腻。看着一条饥肠辘辘的狗吧唧吧唧地吃得津津有味，哪怕吃的是人粪，我都会觉得那东西渐渐有了滋味，非常不可思议。以前每逢赶路的日子，我都会喂给它三四罐狗粮（狗粮装在村子里卖的番茄罐头的空罐里），但是从前天起，从三罐减到了两罐。我想它一定饿坏了。

吃过早饭，狗儿自己跑到远处，望向远方，一脸陶醉地拉起了粑粑。别看它是半野生的动物，却比我这个人类还讲究体面呢。

"来吧，项圈，该上路了！你要是死了，这趟旅行就走不下去了……"

话音刚落，我就差点被自己的感慨刺激得落下泪来。"一定要让狗活下去"的决心随之高涨起来，我的肾上腺素也迎来了又一次井喷。我再次坚定决心，无论如何都要赶在月明之际将麝牛拿下。

在脑内分泌物的推波助澜下，我和狗儿开始以飞奔之势向达拉斯湾全速前进。在行进中，我始终不忘凝神搜索北极熊的踪影，只要有一头北极熊靠近，所有的问题都将迎刃而解。我看向狗儿，它也在以激烈的动作拉着雪橇。拉塞尔海角周围乱冰丛生，我们在那里耽搁了些时间，不过在离开入海口以后，光滑的新冰带一口气加快了我们的步伐。

我和狗儿以狂奔之势拉动雪橇，周围则是由冰雪与黑暗组成的一望无际的壮美景象。

在我左手边，反射出朦胧白光的冰雪绒毯一路铺向远方，直到消失在视野尽头，被吸入黑暗空间，与黑色的天空融为一体。右手边，高达 200 米的峭壁拔地而起，延绵不绝，一轮满月在其上方绽放出母神般的光辉，用她慈蔼的光芒将世界轻轻搂在怀里。时而还有灵媒般的白绿色发光气体像雾霭一样漫布在悬崖上方，仿佛是已故祖母的身形在半空中摇曳着徐徐上升。我想那应该是极光。极光是名为太阳风的带电粒子流受到地球磁场阻拦后产生的发光现象，从理论上来说，北纬 67 度附近的极光最美。这次探险的地域纬度偏高，但姑且仍有极光发生。至于那片说不清是云还是极光的"发光气体"，从它奇异的摆动方式来看，多半还是极光吧，是尽管光芒微弱，但姿态依旧妖娆的极光。

在黑夜中的月光之下，梦幻一般的银白色光景缥缥缈缈地浮现在眼前，我行走其间，全身心沉浸于感官世界中，仿佛正在宇宙中探险。

这里没有声音，也没有风，连光也只有那么零星点点。那里只有我、冰雪、星辰、明月，以及我的狗。鉴于冰川上方与村子相连的通道已被黑暗封锁，我实质上是被幽闭在了这个宛如太空的与人间隔绝的世界里，至少在感受上是这样。无处可逃的我已然成为这片同宇宙无异的风景里的一部分，并逐渐与之相融合一。月亮、星辰、黑暗，风与犬，每个围绕着我的要素都掌握着我的命运，仿佛有一条条看不见的细线将我和这些要素直接相连（唯独和狗之间是通过绳索实际相连的）。我想，眼中的风景之所以如此美丽，不单是因为我作为一名游客正置身于美景中，也是因为我作为一名凡人正力图从这片美景中幸存下来。那些围绕着我的黑暗、星辰、月亮也不单纯是为了令人赏心悦目而存在的，它们是与我的存亡密切相关的物体和现象。我仰赖于天体继续旅行，黑暗则将我玩弄于股掌之中。我因此完全融入了这个与各要素相因相生的环形封闭世界里。我一边前进，一边体会着存在其中的感觉。自己正在被宇宙所接纳，自己正在融入环形的世界，自己正在以破竹之势从人类社会的体系中跳脱出来。我应接不暇地体验着接踵而至的新鲜感受，如此行走在通往达拉斯湾的路上。

历史上究竟有多少人曾有幸将如此雄壮绝美的景色尽收眼底？我不禁思索起来。

说到底，地球不过是漂泊在宇宙中的一个天体罢了，只是文明世界的生活时常让我们淡忘这一点。此时此刻，我被黑暗、冰雪，以及能够冻结一切的低温围困，遵照月光与星光的引导在其中前行。我的探险行为——或者说我的存在本身——是依靠在黑暗与严寒中同星月的连接才得以成立的。或许正因如此，我才感到自己并非单纯地存在于地球上，而是行走在作为宇宙的一部分而存在的地球的表面。换句话说，此时我脚下踩的并非地球，而是宇宙的一隅，正是这种感觉为我带来了仿佛在宇宙中探险的体验。我开始切实地感到自己正逐步踏入由宇宙幻化而成的极夜深处。有那么一瞬间，我想起了狩猎的事并因此感到不安，但同时心中又有一种奇怪的期待感在逐渐变得强烈：自己盼望已久的这场冒险或许才正要迎来高潮呢。"从现在起，你将踏入真正的未知世界。"仿佛有声音对我如此说道。

这世上的未知分为两种：表面的和本质的。例如在登山界，截至目前都尚未被人类踏入的山峰——各种处女峰便属于表面的未知。由于从未被人类攀登，这些存在至今的处女峰上必然有着一片未知的空间。不过，登山运动作为举世瞩目的领域，多年来已有被逐渐开拓殆尽的趋势，即使存在着未被人类踏足的山峰——以喜马拉雅山脉和安第斯山脉为例——它们所处的地域也已不再是陌生的。从这个角度讲，虽然山峰是未知的，但由于其周边地区都是已知区域，山峰的未知性被极大地削减了，只剩下一条通往山顶的路线是真正未知的部分。相对而言，本质的未知则是指围绕着某个探索对象的所有状况，乃至其所处的整个世界都是不可知的情况。自然环境也好，可能遇到的状况也好，用于探索的方法论也好，一切都是"未开封的"，就连在探索中我们应该观察什么、领悟什么都不甚明朗，这种整个空间都不可知的情况便属于本质的未知。换句话说，即是存在于我们平时生活的社会体系外侧的世界。在前往达拉斯湾的途中，我越发强烈地感到自己正置身于本质的未知状况中。

讽刺的是，若不是因为物资悉数被毁，像这样的状况不会得以实现。

如果物资安然无恙，事情将会是怎样的？我应该会按照原计划，在伊努菲什亚克被大量冻干食品和汽油燃料守护着，惬意地在帐篷里混日子吧。就在我悠然自得的时候，太阳渐渐向地平线靠拢，天色一点点亮起来，等到实质上已经结束极夜期的 1 月底或 2 月初，我会离开据点向北方的北极海进发。然后，不管能否到达北极海，总之走到差不多的时候，太阳升起来了，我见状感叹一声，"啊，太阳终于出来了"，以此获得一些预料之中的感动，然后再从那不知名的地方踏上归途。就这样，在离开村子约 4 个月后，我将像英雄一样凯旋，并祝贺自己安分守己地完成了任务。

然而这当真是我所追求的极夜探险吗？这样的经历真的能成为取代地理探险的探险新格局吗？

如果严格按照计划行事，我的行程的确贯穿了整个极夜，"极夜探险"货真价实。但若扒开这层外衣，便会发现里面净是欺瞒。因为在计划里，在真正暗不见光的极夜的后半段，我是要全程窝在据点里混日子的。然而光靠在帐篷里游手好闲不可能洞悉极夜的本质。通过长期不断地在黑暗中游荡，了解长夜对人类精神产生的影响，领悟黑暗的本质，并在随后重见天日之时理解阳光的意义——这才是探索极夜的意图所在。然而在事前准备阶段，这一目标被我从现实性的角度出发进行了修正，旅程的后半段变成了以卧床和闲游为主。

事情为何会变成这样？原因就在于我为此行设置了北极海这个目的地。尽管我反复强调探索极夜才是此行的最大目的，但既然旅行是一种移动行为，为了方便，就势必要形式化地制定一个具有地理意义的目标场所。譬如说，假如我公开表示要以到达华盛顿半岛 [1] 的北端为目标，就会因为一来这地方没人知道，二来如果被问到这样做的意义何在时我自己也会词穷而行不通。我会渐渐地自己也开始怀疑，何必要前往一个没有意义的地方呢？考虑到目的地的缺失可能会削弱我在旅途中的前进动力，为了避免由此引起恶性循环，哪怕只是个噱头，我也希望这次探险能有一个名正言顺的目的地。而北极海就是肖

---

[1]　格陵兰岛西北角的一个半岛。

拉帕卢克以北符合标准的那个地方了。就这样，我在形式上将此行的目标定为了到达北极海。结果，现在我被这个意义挟持了。"到达北极海"这个地理目标反而自己"生出双脚"跑了起来。原本的真正目的在于探索极夜，北极海不过是个不去也罢的地方，但是终点的存在使我产生了"不走到终点就好像登山半途而废"一样的不甘心理，以至于在制定计划时，我开始将"无论如何都要到达北极海"视为此行的首要目标。进而，在综合了潮水与海冰的状况后，我得出了若想渡海前往加拿大一侧，只有等到 2 月中旬以后的结论。正是这个结论，成了我必须在据点里闲散整整 3 周的理论依据。为了到达地理上的终点，我甘愿接受在极夜探索上无所建树。尽管我提出了取代地理探险的探险新命题，并宣称此行的真正目的并非到达地理上的某一地点，而是洞察极夜的本质，但现实中的探险计划却被北极海这个地理标的淹没了。

我当然意识到了计划中潜藏的不实部分，但同时我也拿它无可奈何。这种程度的矛盾，只要我自己不说，别人是不可能发现的。而且不管怎么样，到伊努菲亚什亚克为止的前半段探险确实是在冬至前后的"极夜中的极夜"里度过的，即使后半程松懈下来，"极夜探险"这块招牌仍然并非名不副实。纵使松懈会令探险失去大部分的意义，但只要能走完全程，世人自然会被"跨越整个极夜期间"或是"长达 4 个月的北极之旅"这样的规模征服，我也能顺理成章地收获赞誉，运气好的话连获得植村直己冒险奖也不在话下。所以，只要不把在计划里注水的事告诉任何人，我自己心知肚明就可以了，我还曾为此在心里偷笑。不知不觉间，我已经打算对这个问题视而不见，瞒天过海了。

可是，我的如意算盘终归没有逃过极夜——或者说极夜的主宰月神——的眼睛。她下令让北极熊把我的欺瞒连同物资一起撕成了碎片，使我悠然度日的计划和抵达北极海的目标一起化为泡影。为了获取食物，我别无选择地顶着黑夜，仅仅依靠月光向达拉斯湾赶去。随着以北极海为目标的古典意义上的地理到达成为废案，我的旅程被不由分说的极其强制的形式拉回到了"探索极夜的本质"这个原本的正确方向上，我自己也被重新拽上了黑暗的舞台。

事到如今，此行的前景已然成了未知数。自己真的能成功猎到麝牛，再次获得向北极海进发的机会吗？还是将一无所获地返回村子呢？我感觉自己被抛进了一个能将一切搅得不清不楚的混沌旋涡，其中的混沌不仅源于黑暗，还有预定方案被打破后产生的新的混沌。

预定好的剧本现已崩盘，这对身为写手的我来说无疑是件尴尬的事。书的主题早已定好，旅行的路线也是在此基础上事先规划好的，现在突然不清楚能写什么，我有种骑虎难下的感觉。但是对于身为冒险者的我来说，若说旅途前方的不确定性丝毫没有激起我的兴致，那是假话。

这就是极夜，这就是纪实创作。尽管身处绝境，我仍然因兴奋而颤抖着，走在前往达拉斯湾的路上。

*

到达达拉斯湾是在 1 月 13 日上午，也就是发现英国队的物资被毁后的第三天。

　　因为吃不饱肚子，再加上一口气走了这么远，狗儿眼见着瘦了。再耐寒的血统也禁不住在零下 30 几度的天气里干重体力活儿。它的肋骨突了出来，腰腹的那一圈也变得细瘦，大腿和臀部的肉仿佛被什么剔光了。每当我抚摸它的身子，想看看它是不是又瘦了的时候，都心疼得要掉眼泪。狗粮眼看着只能再撑五六天，万一续不上，我打算把自己的海豹脂肪和培根分给它，至少让它多活几天。

　　相比之下，月光给人的感觉似乎取之不尽。在对狗儿满怀怜悯的同时，我心里产生了一种近乎确信的期待：只要月光尚存，达拉斯湾内陆的猎物就势在必得。距离月光消失还有一周，我不可能整整一周都在冻原上碰不到一头麝牛。像麝牛这种庞然大物，人发现之后必定会射中一枪的。就算碰不到麝牛，这里还有遍地的兔子。过去在明亮的季节里旅行时，有好几次遇到食物匮乏，我就外出去打兔子。只要认真对待，轻轻松松就能收获三四只。照这样狩猎一整天，10 只应该是个保守的数字。哪怕一天只打到一只，也够我和狗儿吃上一天了。哪怕只靠打兔子过活，也能耗上十天半个月，然后耗到天亮一些了再去打麝牛也不迟。那时的我当真是这样想的。满月的光芒让已然病态乐观的我变得更加忘乎所以。

　　在潮水的挤压下，达拉斯湾的海冰上处处是拱起三四米高的冰丘，冰丘与冰丘之间则被软雪覆盖。前进受阻后，我和狗儿转而向海岸走去，一晃神的工夫已来到固定冰上。

　　从固定冰上看到的是一片喜人的景象。

　　在白雪覆盖的海岸上，到处是兔子踩出的交错的小路。仔细一看，就连固定冰上也到处都是兔子的脚印。看到这一幕时我不禁想大喊一声，摆出旗开得胜的造型。这里果然是一片丰饶的土地。"不如现在就去打几只兔子吧！"我临时起意，于是放下雪橇，在附近溜达起来。我满怀保不齐第一天就能逮到3只的期待，两眼放光，到处转悠，心里别提多美了。我沿着固定冰上兔子踩出的小路，爬上岸边的小雪丘，向对面张望。为了不被兔子发现，从岩石背后探出头时我格外小心。就这样，我在兔子常走的路上转了半天，却连一只兔子的影子都没见到。

可能是天色太暗的缘故吧，兔子的身影意外难寻。不过，就冲这许多的脚印，即使我不主动出击，它们迟早也会送上门来。想到这里，我决定继续向内陆前进，寻找我的头号目标麝牛。在固定冰上没走多久，形似河口的空间从海湾深处显现了出来。对照地图，只要顺着那条河谷往上游走就能抵达与九月湖相通的湿地，于是我从固定冰转移到陆地，开始顺河道逆流而上。河道坡度平缓，雪面坚实，虽说是爬坡，却让人感到轻松惬意。一小时后，我拖着雪橇登上一面陡坡，一片平坦的雪原出现在眼前。我决定当天就在那里设营。

第二天，我和狗儿继续向上游前进。从现在起，麝牛随时可能出现。月光下的雪原闪着薄薄的白光，不用头灯也能大致把握地形。很快，空旷的雪原变成了宽阔的河床，蜿蜒地向南面延伸而去。在这几乎无风的内陆地区，河床上覆盖着松软的雪，积雪下隐藏着类似河滩石的圆形石子。每当雪橇陷进雪中被石子卡住，对我的体力而言都是一场考验。但同时，我也在河床上积雪较厚的地方发现了许多麝牛刨过的痕迹。这些痕迹散布在河床各处，表明是麝牛的觅食点。一想到自己就要进入它们的栖息地了，我的心情就紧张得不得了。

我睁大已在月光下适应黑暗的双眼，开始更专注地去看周围的动向。

满月前后，极夜进入了月亮24小时不落的状态，受其影响，雪原终日反射月光，好似一面微光朦胧的巨型LED发光板。光线极其微弱，却能令整片雪原从黑暗中浮现出来，放眼望去，仿佛很远以外的物体也能看得清。但我知道那是错觉，只有走到跟前才能拿准实际上怎样。我已经在这次旅行中受到过太多次同样的教训了。可是，一旦被能看得很远的感觉抓住，我还是会真的以为自己能看得很远。在明亮的月光下，我已然是可以看到很远以外的心情了。

我的精神被光学现象迷惑了，但令我陷入错觉的不只是光学现象，还有周围的地形：雪原上遍布着和麝牛同样大小、同样颜色的岩石。

距离很近的岩石我自然不会看错，但若是一二百米以外的黑影，我就很难分清那是岩石还是麝牛了。话虽如此，其实我连黑影与我之间的距离也判断不清，感觉在200米以外，实际上可能只有100米远，或者远到500米也未可知。每当看到一个圆咕隆咚的可疑黑影，我就会想那是不是麝牛，然后会转而去问狗儿："那是麝牛吗？"我还催促它看向那边。会去问狗，是因为它吃过几次麝牛的肉，知道麝牛的味道，也喜欢那种味道，而且它现在饥肠辘辘，如果真是麝牛，我想它一定会喷出口水来，然后爆发出惊人的力量，拖着雪橇朝那边冲过去吧。可狗儿不但不吭声，还爱答不理地躺下了。这样看来，那黑影应该不是麝牛，而是麝牛的拟态岩石——"麝石"。可在我眼里，那东西怎么看都更像麝牛。于是我停下雪橇，穿上防寒服，背起来复枪，满怀期待地开始向黑影靠近。

"前方 200 米处，发现落单的雄性麝牛的黑影。"

"收到！"

我会像这样在心里把气氛搞起来，然后小心翼翼、一步一个脚印地踏着雪往前走。我不紧不慢，不慌不忙，一边消除自己的气息一边靠近目标。就这样走出了 50 米、100 米，目测的 200 米的距离却没有缩短的迹象。不应该啊，我想，于是放弃了求稳的走法，毫无顾忌地快步走了过去。结果，我以为是麝牛的黑影果然是"麝石"，而我们之间的距离也远不止 200 米，走出 300 米后还远远够不到它呢。总之，那是一块离我相当远，看似麝牛实际上又不像麝牛的巨大岩石。

后来，我又在雪原上看见过不少麝牛般大小的黑黢黢的"麝石"。有时距离太远，我看不清楚，但又不死心，于是死性不改地凑过去，结果发现果然还是"麝石"。类似发现了一个像麝牛的黑影然后悄悄走过去的事，我前后干了三四次，可到头来每次找到的都不是麝牛，而是大石头。我感觉我冒出的傻气越来越多，徒劳感也越来越重。不只是麝牛，还有足迹成行的兔子，它们的踪影我都没看见。

找不到猎物，我在河谷里越走越深，不久便感觉接近了源头。

就在这时，一声毛骨悚然的"咕哇——"尖叫划破了寂静，在暗夜里回荡。

我循声望去，那个方向上什么也没有，只有黑暗和月光下隐隐发亮的无尽雪原。下一秒，被尖叫声划破的寂静已经恢复此前的状态，并化作漆黑的空间，将世界排挤在外。可是，听到尖叫声是不争的事实。那声音仿佛被放大的鸟鸣，又带着一股令人丧胆的凄惨感。我从未听过那样的声音，但那尖锐的声调令我想象起了生息在白垩纪的史上最大的飞行动物——风神翼龙。也许是幻听吧，我想，可就幻听来说，那声音又过于清晰和真切了。说不定是驯鹿的幼崽或别的什么动物遭到了狼群的袭击。近年来，邻邦加拿大的埃尔斯米尔岛上狼的数量过度膨胀，那里的狼群为了觅食来到格陵兰岛，使这里的狼群数量急剧增长。一定是有狼群正在附近狩猎。

忽然间，狼的存在成了一个现实性问题横在我面前。

翌日走出帐篷时，月亮还藏在后山的阴影里，四下一片漆黑。

眼见满月过去了，月亮悬挂的高度开始下降，我心里有股说不出的悲凉感。行走在极夜里时我一向如此，这天也不例外。月亮正在刻不容缓地下沉，而且它还会日益暗淡下去，当这个事实摆在面前，我的心情一下子沉重起来。剩下的时间不多了。

按理说，进入内陆后就是时候搭起帐篷，把东西放下，去附近寻找麝牛的大部队了。拖着雪橇打猎总不是办法，对体力的消耗也太大。与其漫无目的地乱转，不如守在麝牛的觅食点附近等牛群主动靠近。停止赶路也是为了能让狗儿喘一口气。不光是狗，最近几天，我自己也感觉体力亏空得厉害。不管怎么说，从旅行开始到现在，我已经拖着雪橇走了 40 天。特别是从达拉斯湾到内陆的这段路，不但要爬坡，还要不断把雪橇从河滩石、岩石、软雪里拽出来。我能感到肉体的疲劳度正在迅速上升。加之连日来低于零下 40 摄氏度的极寒天气，我躺在睡袋里时常常因为一阵从里往外的发冷而抽搐不止。

尽管如此，前一天听到的那声尖叫让我改变了主意。一想到狼群会趁我外出狩猎时偷袭帐篷，我就吓得不敢留下帐篷出门了。而且从前天开始搜索猎物到现在，别说麝牛，连一只兔子都没看见。也许这一带还不是动物们经常出没的场所。如果是这样，也许我应该趁着月明，尽快转移到它们最可能成群出现的湿地，这才是明智的做法。

从地图上看，广阔的内陆湿地与九月湖相通。我再次想起了2014年在旅途中见到的麝牛的队伍，当时队伍中有一群是向湿地方向跑去的。这样想来，前方的湿地无疑就是它们的一大栖息地，也就是麝牛的牧场、牛儿们的乐园了。不管怎样，前往内陆都将增大我与牛群相遇的概率。

我决定继续顺着河谷向高处走，前往那片想必是乐园的湿地。前一天，我在行进中走错了路，不慎从干流误入支流，直到生生拖着雪橇穿过右手边的一片河滩，才回到了看似是干流的宽阔河床上。在那之后，我严格遵照地图和罗盘所示方向前进，即使看见了形似麝牛的黑影，也只当那是岩石，不会再像之前那样一一辨认。还是加快步伐，进入乐园后再狩猎更有效率。

"项圈，你还好吧？有没有发现麝牛啊？"

和狗儿走在宽阔的河谷里时，我时而停下脚步，像这样和它搭话。狗儿越发消瘦后，拉橇的力气已大不如前。

清晨时分，躲在山后的月亮升上了天空，正散发出黄色的光芒，将世界照得妩媚动人。月亮虽已残缺不全，但仍保留着将慈光洒满世界的力量。周围的地形因月光而变得易于把握，但随着向上游走去，我发现这里的地形意外的复杂。河床上遍布着细小的分叉，特别是进入上游后，河床的特征逐渐消失，干流与支流的界线同黑暗融在了一起。我又不知道该往哪里走了。

在月光的指引下，我半信半疑地走进了一条看似是正确路线的狭窄河谷，并在那里发现了遍地的麝牛和兔子的脚印。这条河谷似乎是野生动物的必经之路，它们经由这里在对面的湿地和这边的干流之间穿行。遍地的脚印无疑是通往乐园的证明。我瞪大了眼睛，惊讶与兴奋之情难以言表。我颤抖着，想象着即将到来的与兽群的相遇，然后取出龟川和折笠托付给我的单反相机，准备记录下这激动人心的时刻。

可是，不管我怎么瞪大眼睛四处张望，或是把敏锐的目光投向远方的黑暗中，都没有一头麝牛或一只兔子肯出来见我。明明有无数的脚印，却没有一丝动物的气息，只有像海绵的软雪不断吸收着我的体力。找不到猎物，我越发急躁起来。

结果，不但没找到猎物，路也没走对，原来那里是条支流。我们只好重返干流，顺着另一条狭窄的河谷走上去，这次很快来到了源头。说是源头，其实是一面自下至上都布满圆石的陡坡。望着逐级升高的陡坡，我不禁露出苦笑：我又不是亚历山大·卡列林[1]，怎么可能拖着雪橇爬上去？可若是不能跨过这道难关，通往乐园的大门就不会为我敞开。我咆哮着，使出令自己浑身暴出青筋的解数，不惜代价地把雪橇往坡上拽。狗儿也配合着我的咆哮，一边急促地喘息一边在四条腿上使足力气一通乱蹬。等我们结束了和圆石陡坡的搏斗，脚下

---

[1] 著名俄罗斯古典摔跤运动员，三获奥运金牌，并曾在欧锦赛中取得过 12 连胜。卡列林身形高大壮硕，也是电子游戏《街头霸王》中的角色桑吉尔夫的原型，其形象在日本十分深入人心。

的坡度缓和下来，连接对面河谷的山脊进入了视野。

翻过山脊，一片苍茫的景象从脚下映入眼帘。

薄薄的月光在黑夜中从天而降，照射在白雪皑皑的广袤湿地上，令山谷里的雪原显现出来。雪原闪着白光，向湿地深处无限延伸，直至隐隐消失在远方的黑暗里。实在太美了。那是一种壮阔之美，一道像八户市议员[1]一样美得过分而简直不现实的风景，如梦如幻，令观者无法自拔。那风景显然超越了地球上应有的模样，说是天外星辰上的景象恐怕也不会有人反对。那副光景更像来自木星，或是木卫三或半人马座 α 星等经常出现在科幻电影里的样子，像那些因远离太阳而冰冻的天体上的样子。若隐若现于黑暗和月光中的冰雪美景让我更强烈地感到自己仿佛已脱离地球的框架，正置身于宇宙的一角。罗伯特·皮尔里，还有曾问出"你们是来自月亮，还是来自太阳？"的19 世纪的因纽特人，他们是否也曾注视过类似的风景呢？

看着这样的风景，我感觉自己已进入平行世界。那是存在于我们熟知的地球背面的另一个地球，一个存在于太阳恒在的社会体系之外的不为人知的异度空间。

那里是极夜的内院。

而这片相当于极夜内院的山谷，正是我推测中的麝牛牧场，牛儿们的乐园。向东南方平缓延伸的"乐园谷"消失在了黑暗的彼方，再

---

[1] 指日本青森县八户市的市议员藤川优里。2007 年，27 岁的藤川在破格当选八户市议员时因过于美貌而引起轰动，"美得过分"（美人すぎる）这个形容也从此成为一个大众惯用语。

往前就是九月湖了。

来到这里时我已疲惫不堪，可月光下的景色实在太美，我仿佛被那道风景吸了进去，径直朝内院的更深处走去。我甚至觉得就这样一路走到九月湖也无所谓。但我很清楚，如果下到谷底，雪橇一定会被隐藏在软雪下的河滩石卡住，于是决定利用左侧山腰上的平台地带做横向移动。然而松软的雪地导致雪橇一个劲儿地下陷，走不多远我便感觉两条腿被又湿又重的疲劳感拖拽着，迈不开步子。狗儿也因消瘦而变得虚弱，拖着雪橇但使不出力气。我们都筋疲力尽了，但是对猎物的期待驱使着我们继续向前。软雪缠住了我的双脚，消耗着我的体力，所幸前方不远处已经能看到坚实的雪地。我期待着和牛群相遇，还有月光许诺给我的好走的雪地，于是满不在乎地蹚着软雪越走越远。体力不支的时候，是月亮在向我们招手，用诱人的笑声催促我们继续前进。我毫不迟疑地接受了她的邀请，跟着雪地上的微光向山谷的更深处走去。

可是，不论我走出多远，前方都没有新的风景。原以为"走到那里就是坚实雪地"的地方，结果仍是一成不变、寸步难行的软雪。

极目远眺之处，肃穆的山谷景色依旧如八户市议员一样美轮美奂，只是不论我怎样前进，我的处境始终未变。脚下依旧是软雪，雪橇依旧会下陷，体力则被无止境地消耗着。我真的已经筋疲力尽了。又往前走出不远，伴随着大量的脚印，雪地上再次出现了被麝牛肆意刨开的痕迹。显然就像我推测的那样，湿地附近是有大群麝牛经过的，可为何就是看不到它们的身影呢？走了这么远也没见到猎物，这天我决定就在觅食点旁边落脚。但愿宿营时会有牛群出现。至少在过去的旅行中，紧挨觅食点扎营的时候，曾不止一次有麝牛来到帐篷附近。

搭好帐篷，也吃过晚饭，我钻进睡袋，熄灭了头灯。

从旅行开始到现在，可以睡个好觉的日子几乎没有。月亮当空时，我要配合月亮的作息展开行动；月亮消失了，我又要回到以太阳为基准的24小时时间制。因为持续过着这种日子，旅行期间我总是备受日月"时差"的困扰。特别是最近几天，昼夜颠倒的问题比以前更为严重，就寝后我仍然瞪大眼睛，在脑海里没边没际、翻来覆去地琢磨一些没有必要多考虑的事。

话说回来，为何猎物还不出现呢……冷静地想想，像我这种连正经射击训练都没有接受过的半吊子，又怎么可能轻易在从前因纽特人都要为之犯难的冬季狩猎中取得成功呢？要是随随便便就能在黑暗中打到猎物，那个叫绒鸭的男人就不必杀死自己的孩子了。说到底，迄今为止我之所以能在明亮的季节打到猎物，全是靠猎物自己送上门来。一旦我想要主动寻觅猎物了，事情就没那么容易了……躺在睡袋里，我的脑海中翻来覆去尽是这些想法在来回打转。

睡不好的另一个原因是冷。躺下五六个小时以后，晚饭摄入的能量就见底了，我的身体会因此而突然抖得停不下来。旅行业已开始40天。和以往的每一次极地旅行一样，我为此行制定的摄食计划同样是以每天5000千卡为标准的。不过，前半程时因为空腹感不明显，我对肉类和脂肪的摄入量是低于规定量的，后来，又因为了解到物资被毁，我开始更加有意无意地量入为出。结果，能量不足的问题这时显现了出来。再加上疲劳的积累、进入达拉斯湾后令人抓狂的地形——由河滩石和软雪组成的内陆特有的雪地状况——以及直逼零下40摄氏度的真正的冬季严寒，当这些状况叠加起来，我感觉体力被瞬间掏空了。

"啊，好冷……"

每当寒气翻腾着从体内往外涌，我都蜷缩在睡袋里，只有发抖的份。那种感觉与其说是冷，不如说是害怕。在极地探险中感受到的寒冷向来与对死亡的恐惧直接相连。极地太广袤了，返回人类世界的路程将要花费另一个几十天的时间。在那几十天里自己是否会因寒冷和体力不支而倒下？这种不安总是挥之不去。

我第一次在极夜里感到了恐惧。但并非因为寒冷或饥饿，而是因为黑暗本身：自己是否已在黑暗里走得太深了呢？真的能活着走回村子吗？我的内心顿时被扰动得不安起来。

一夜过后，我走出帐篷，令人生畏的黑暗与沉默依旧像黑色的能量波一样紧紧箍在我身上。大气里没有风也没有声音，却似乎充斥着肉眼不可见的黑暗粉末，空气凝结在粉末上，变得格外沉重。天地之间，唯有月亮散发出兼具慈爱与威慑力的光芒，宛如圣母一般高高在上，只是和昨日相比，她身形渐衰，位置偏低，失去了过往的光辉。我不禁认为可用来狩猎的时间已所剩无几。

紧接着前一天的行程，我继续南下向乐园谷深处走去。鉴于谷底的软雪下方暗藏着会令雪橇搁浅的圆石，这天我仍要利用斜坡上的平台地带做横向移动。

从月光下的情形看，前方不远处就是易走又省力的雪地了。可是等我下定决心走近一看，那里竟是一面向下的陡坡，只要雪橇从那里滑下去就不可能再沿原路拖上来。"可恶，这和说好的完全不一样嘛！"我暗暗骂道。就在这时，我在陡坡上发现了一串麝牛留下的脚印。眼前是有去无回的下坡路，但另寻他路只会更费周折。而且从这一带的地形看，下到谷底恐怕是迟早的事。这样想来，不如跟着麝牛的足迹往下走。不过实际开始下行后，雪橇还是不免会被斜坡上的岩石绊到，发生了两三次侧翻。每当这种时候，我都要大喊一声，使出浑身力气，把躺倒的雪橇扶起来。但是每经历一次这样的事故，我都感觉体内的疲劳就像黏稠得无法去除的油污，紧紧附着在脏器、血管和关节间的缝隙里。我怎么在不知不觉间把自己累成了这样？几天前我还有大把大把的肾上腺素，能神清气爽地朝向达拉斯湾一路狂奔，如今状态却急转直下，这样的变化令我震惊不已。

等我好歹下到谷底，却发现这里的雪地同样又软又深，蓬松得好似用柔顺剂洗过的浴巾，而且雪底布满了直径达数十厘米的圆石，每走一步，雪橇的冰刀都会卡在圆石之间动弹不得。

"可恨的东西！怎么又是这样！混蛋！"

我像个疯子一样大吼起来。我脱下滑雪板，呐喊一声使出浑身力气，打算将雪橇抬出石滩，可就在这时，我一脚踩在雪底光滑的圆石上跌倒了。我骂骂咧咧地站起来，没承想不曾站稳就又摔了一跤。

"什么意思啊！混账！开什么玩笑啊！去死吧——！啊——！"

我大脑里仿佛有个螺丝崩开了。我任由自己被愤怒摆布，无意义地挥舞着滑雪杖大声狂吼。狗儿见我把滑雪杖甩得嚯嚯作响，吓得连连后退。

不过，如此发泄一通后，我倒忽然清醒了。

　　我突然意识到，如果再往前走，恐怕凶多吉少。之前是因为光线太暗，看不清楚，像这种圆石遍地的山谷根本不是人拖着雪橇能行走的地方。照这样走下去，等到真想回头的时候，恐怕体力已经耗尽。

　　我突然感觉浑身的汗毛都竖了起来。原来黑暗本身就是可以要人命的。

　　进而——可恶，原来自己一直都被月亮蒙在鼓里。我终于醒悟了。

　　我之所以会落到现在这步田地，是因为我相信月光能照亮一切，相信这片山谷一如月光展现给我的那样，宛如乐园一样美丽。结果这里除了足迹什么也没有，麝牛就像是从一开始就没半点想要现身的意思。但又何止牛呢，这里连一只兔子都没有，不是吗？是啊，月光下的世界终归只可能是虚构的世界。这片犹如天外行星上才有的幻想天地，事实上也只存在于幻想之中。我得意忘形地以为世界在向我敞开大门，于是满心欢喜地走上前去，可凑近一看，却发现那些无一是真实的，无一是真切的。

　　月亮蒙人的把戏简直和夜店里的女人如出一辙。说得再具体一点，就是和十年前我在群马县太田市遇到的某夜店"O俱乐部"的头牌A小姐是一个路数。

　　10年前，我还在太田市隔壁的埼玉县熊谷市做新闻记者。某天，一位和我要好的另一家新闻社的记者被派到了太田市，于是我们相约一起喝酒，结果对方不胜酒力，几杯过后便醉得不省人事。我将他送回家后，仍觉得不尽兴，于是随便走进了车站前的一家"O俱乐部"。喝了一个小时后，我见店里快打烊了，便准备起身离去。就是在这节骨眼上，A小姐作为店主派来的"秘密武器"出现在我面前。

　　店主大概是想借A小姐这最后一杯酒，让我死心塌地地做冤大头吧。证据就是A小姐的美貌可谓惊为天人：妩媚的双眼、热情的双唇，简直是把上户彩和井上和香加起来再除以二还除不尽的美貌。那给人的惊艳感，就连八户市议员也要甘拜下风。身材也是，明明瘦瘦高高，胸部却特别丰满。简而言之，A小姐是个集男人的欲望于一身的、犹如最终兵器的姑娘。不过是坐在她旁边说了最后十分钟的话，我就已经被她浑身散发出的芳香搞得头晕目眩。那次见面后不出几天，我自然而然满心期待地重返O俱乐部，指名A小姐作陪了。然而A小姐是万人迷，就算翻了她的牌，等上1小时，她也只能来桌上聊5分钟。鉴于这种情况，我抱着"得之我幸"的心态斗胆约A小姐在打烊后见面。结果奇迹般地A小姐竟给出了"OK"的回应。

　　走在深夜的太田站前，A小姐这样说道：

　　"今天有27个人点名要我作陪，好多人都想等打烊以后约我，原则上我是不会答应的，可是不知为什么，今天就来见你了……"

　　那一瞬间，我仿佛看到一位女神在金黄色的光芒中从天而降。我敢肯定，我在A小姐眼中就是那个与众不同的男人。太田市光怪陆离的夜晚让我对此深信不疑。从那一刻起，我成了A小姐的俘虏。有时候，A小姐甚至会主动打电话给我：

　　"我正躺在浴缸里呢。"

　　A小姐用她那迷人的声音对我轻轻说道。为了证明自己口无戏言，她还会把洗澡水啪嗒啪嗒地滴在话筒上。那一瞬间，我的脑海里充满了对A小姐的妄想，仿佛她那没有一根多余汗毛、宛如牛奶香皂般顺滑的身体就在眼前。霎时间，海量的雄性激素流遍全身，令我整个人激动不已。现在回想起来，那些电话无疑是 A 小姐为了营业才打来的，当时的我却愚蠢地相信那是我们私交甚好的表现，并甘愿为她不厌其烦地流连于 O 俱乐部。我会从公司驱车 30 分钟到达俱乐部，在店里泡上两个小时，然后在车里挨过一宿，次日早上再返回熊谷上班，如此没完没了地折腾。原本，为了应对突发事件和火灾，我们新闻记者是不能离开职场半步的，"跨境"前往太田市无疑是玩忽职守，只是当时我已无暇顾及这些小细节。说得再严重点，即使过了一晚，酒劲也不可能全消，万一撞上酒精检测，我肯定会被当场逮捕，然后因为"新闻记者酒驾被捕"的新闻而搞得满城风雨，最后落得个被公司除名、自毁前程的结局。但一想到 A 小姐的美貌，我就别无选择地甘愿接受这种程度的风险了。

然而盲目的激情迟早会消退。见的次数多了，我便感觉 A 小姐的言行中有着无法自圆其说的部分。尽管她一再暗示我是那个独一无二的男人——至少从她的言行和态度来看这点毋庸置疑——她却从不会私下与我见面，约好了某月某日一起出来，她一定会临时放我鸽子。相识一段时间后，就连打烊后的见面她也不愿赴约了。冷静下来想想，她的言行中确实有诸多疑点。本来嘛，像她这样的绝世美女竟会在舞厅上班，背后一定有着无可奈何的原因。对此，她曾给过我一个极具说服力的理由：她在交通事故中撞坏了父亲的车，而修车需要一大笔钱。刚开始去店里那阵子，听她说起这件事的时候，我边听边哭，边哭边劝。为了给父亲修车，在夜店里忍辱负重出卖肉体，这得是心灵多么美的一个人啊！她的容姿简直是相由心生，她简直就是圣母玛利亚的化身——我在当时可以说是确确实实地对她崇拜有加。可是仔细想想，这种故事不是胡诌出来的还能是什么呢？她可是一晚就能被指名 27 次的女人啊（对此我倒毫不怀疑），修车那点钱早该付清了才对。再加上除此以外诸多言行上的矛盾，我终于醒悟了。是啊，原来我被她给骗了。

栖身于夜晚的女人貌美惊人，是因为店里的光线被调暗到了恰到好处，女人的容貌不像在日光下那样清晰可见。何况男人被酒精蒙蔽了判断力，这种时候，只要女人再稍稍使出酒桌上磨炼出的话术技巧——啊，这女人太美了！是我想要搞定的那种！就冲今天这架势，我一定能做到！——想不上套都不可能。

月亮的套路其实如出一辙。

极夜里的黑暗空间实质上是尚未被语言定义的未开化的世界。举例来说，在一个有阳光照射的通常的空间里，因为椅子和桌子等物体被打上了阳光，我们才可能了解到这些物体是椅子和桌子。光线赋予物体明确的轮廓，我们才第一次意识到"那原来是把椅子"或"那原来是张桌子"，这些物体才第一次拥有了名为"椅子"和"桌子"的固有属性。与此相同，现实世界里的万物也是因为接触到了光，才拥有了各自明确的轮廓，确立了各自固有的位置，实现了彼此间的互不侵犯。正因如此，才不会发生桌椅的轮廓相互混淆、相互融合、化成模糊一团的情况。

但是与极夜相仿的黑暗世界则不然，由于没有阳光照射，那里的所有物体都失去了轮廓。一旦轮廓消失，物体所具有的名为"椅子"或"桌子"的固有属性便消失了，它们作为桌椅而存在的固有意义也将失去依据。这样一来，用于指示物体的词语也就不复存在了。

长久以来，我们不断通过命名的方式令事物具有意义，同时毫无遗漏地让这些借由语言获得特性的事物遍及我们所处的空间。将事物堆砌在四周，令自己置身其中——这便是我们构建世界的方式。然而在光线无法到达的黑暗空间，随着用于指示事物的词语的消失，曾经作为我们存在的基石而存在的世界也溶成了一团。之所以说黑暗的世界是未开化的世界，原因就在于此。黑暗空间是语言形成之前的世界，是世界因语言而成形之前的世界，所有的物体在这里都将退回到被赋予固有属性和固有意义之前的状态。在这个蛮荒的世界里，物体不具备明确的轮廓，椅子和桌子的边界可以相互交融，平常不可能的状况也有可能发生。在阳光下，万物原本井然有序，各得其所，现在阳光消失了，万物不再有边界，不再有位置，也不再有形态，变成了彼此不分的混沌。

正是在这片混沌中，月亮投下了被她拿捏到极致的光芒。不可否认，月光确实可以缓和黑暗空间的混沌属性。在月光照耀之下，物体开始朦胧地浮现出轮廓，固有性质也随之缓缓复苏。完全混沌的世界因此获得了微妙的秩序，其中的景象也变得能够被微弱地识别出来。哦，原来那里有一块岩石，那边是一片雪坡。特别是在极夜这种极端的黑暗空间里，随着月亮的从无到有，置身其中的人对世界的印象会产生翻天覆地的变化。月光普照而令万物显现的感觉，让世界仿佛恢复如初。但那不过是被错认的现实。月亮不像太阳具有无穷的能量，即使月光能够修复世界，其功力也只有太阳的一成，那未被修复的九成依旧是轮廓相融、混沌不分的一元世界。可于我而言，那份震撼已足够让我误以为世界复活了八成，这种错觉又让我不由自主地认为，被月光照亮的世界是真实可信的。由此招致的便是被月亮欺骗的结局。

我到底被月亮骗了多少次呢？在冰川上，我遗失了雪橇，险些令旅行终止；在伊努菲什亚克，我误入了拟态半岛；因为月光的投影效果，我把小型岩山错看成北阿尔卑斯山大小的雪山，又把相距甚远的冰面凸起错看成密集的乱冰。其实这一路走来，我本该对不可尽信月光的道理深有体会。之前仗着体力充沛，加之就算上当也不过是在由冰丘构建的迷宫里稍许迷失方向，所以不至于酿成大错。但是从达拉斯湾进入内陆以后，事态骤然严峻起来。在月光的诱惑下，"那里不陡，能走""再往前走一定能遇到麝牛""这片山谷犹如乐园一样美丽"——这些想法让我像着魔似的在极夜里越陷越深。然而就和被 A 小姐迷住时一样，我在月光下看到的不过是由昏暗的环境和被蒙蔽的判断力营造出来的幻象罢了。现实是前方只有层出不穷的披着软雪的河滩石，那里没有麝牛，却会让雪橇被卡得动弹不得；我像落入流沙陷阱的蚂蚁，无谓地消耗着体力。现实是我被人像薅羊毛一样薅光了身上的钱财，我是别人眼中的肥羊，被人随心所欲地玩弄于股掌之中。等我醒悟过来，人已来到不确定是否还能回头的绝境边缘。

我的心中充满了绝望。

此时此刻，我感觉自己正站在距离名为"极夜"的深渊仅一步之遥的地方，探望着脚下深不见底的黑暗。再踏出一步，就将坠落于无底黑洞。这样的极夜恐怕已无比接近绒鸭目睹过的极夜。这里已没有令我兴奋的东西了，只剩下恐惧。在我的前方，极夜化成了更深的黑暗，张开无底沼泽般的大口。倘若我执意走向黑暗的更深处，结局很可能是被雪底不可见的河滩石耗尽体力，有去无回。

这里就是极限了。我没有勇气再往前走了。

意识到这一点后，我就地搭起了帐篷。今后就以这里为据点，在附近搜索猎物吧。鉴于兔子的脚印在附近的雪地上纵横交错，我设好3处陷阱后就结束了这天的行程。

*

因为丧失了时间感，第二天是几点醒来的我也不清楚。醒来以后，我隔着帐篷就察觉到狗在发抖。大概是消瘦以后不如以前耐寒了吧，为了能蹭点热气，它最近总要倚着帐篷睡。可若我跟它说"进来吧"，它又不愿意。我到外面去检查它的粪便，发现排便量反而增加了。考虑到现在每天只喂给它200克狗粮，排泄量明显多过进食量。或许它是在靠消耗自身所剩不多的肌肉来御寒吧……

我准备出发去检查捕兔陷阱的时候，狗拼命地拉起雪橇，想跟上来，但雪橇拴在帐篷上，拉不动。我想它是害怕被我抛下。当我抚摸它的身子时，它露出了享受的样子，但两眼无神，昔日目光中的霸气已荡然无存。

捕兔陷阱没什么变化，我决定爬上山，去前一天设营的觅食点附近看看。月龄在这天达到了19天，先前的满月如今已残缺得接近半月形，不过在中天时刻前后，月光似乎仍能照得很远。但若不出意外，那恐怕还是月神流派的障眼法，实际视野一定非常有限。结果我既没有找到麝牛，也没有看到兔子。

离开帐篷的时间久了，我不免担心起狼的问题。不过说实话，事到如今我更担心食物被狗吃掉。狗儿肯定已经饿得发慌了。失去理性后它很可能会咬破袋子，把属于我的肉和脂肪一扫而光。植村直己在他那长达 12000 公里的北极圈之旅中，就曾多次因被自己养的狗吃掉食料而陷入绝境。我的狗性格温顺，想必不会那么做，我本来是愿意信任它的，但遗憾的是，此时的我已经无法全盘相信狗的忠诚。离开帐篷一小时后我就开始担心食物被狗吃掉，并因此感到忐忑不安，觉得无论如何都得往回赶。等我回到帐篷里，看到食物平安无事，这才放下心来，于是喝了点茶，小憩一会儿，又重新出发去找猎物。

既然山里一无所获，就要搜索乐园谷那空旷的谷底了。尽管山谷两侧的岩地上满是兔子脚印，会动的身影却一个也没见到。我穿过圆石遍地的河滩向下游走去，眼前出现了一片大湖。

站在湖边放眼望去，广阔的雪地在月光下隐隐发亮，从黑暗的脚下浮现出来。只见雪地上有一大片不连贯的阴影，那是被麝牛刨得乱糟糟的觅食痕迹。从旅行开始到现在，我还从未见过如此大规模又如此集中的麝牛觅食痕迹。太厉害了，这里果然是乐园！我的情绪一下子被调动了起来。但是激动感很快就被失望所取代，因为尽管痕迹如此密集，麝牛的踪影却依然无处可寻。

这里没有风，也没有一点动静，黑暗的能量充斥着每个角落，一切都处在黑压压的寂静的支配下。明明有脚印却见不到任何动物的情形更是赋予这片寂静不寻常的诡异气氛。那种让人发毛的感觉就像走进了一栋一家人突然人间蒸发的空宅。屋里的灶台上烧着锅，读到一半的书摊开着，孩子的玩具散落一地——仿佛前一秒还有人居住的生活痕迹和浓郁的生活气息仍残留在室内，唯独住在这里的人不知所踪。就仿佛这家人因为惹上麻烦而遭到绑架，使本该有人居住的房子变成了徒有生活气息的空宅。与此相仿的诡异氛围也弥漫在这片山谷里。

看到这片光景时，我认命了。尽管这里分明就是它们的固定栖息地，但我恐怕永远都无法在这里找到麝牛了。迄今为止的旅行中，我曾在格陵兰岛广阔的西北部与麝牛相遇过太多次。它们有时会单独出现，好像在独自流浪，有时则成群生活在某个特定场所，就像在九月湖那样，有复数族群聚集在同一个场所。眼前的山谷明显属于后者，但麝牛的身影却无处可寻。结论只有一个，麝牛恐怕的确就在这山谷里的某处，此时的它们也许正站在 500 米外的地方将我看在眼里，只是我无从知晓它们的所在。

回到营地，强烈的徒劳感袭上心头。看一眼表，上午 8 点了。折腾了半天，我想先歇一会儿，再去刚才的觅食点重新巡视一次。但是，多少天来一直绷在心头的那根弦——打不到猎物誓不罢休的决心——在这天断了。钻进睡袋的那一刻，我忽然觉得什么都无所谓了。

反正别想找到猎物了。

狗再过一周也就要死了。

已经厌倦在黑暗里东奔西跑了，想快点见到太阳的光芒。

遭遇悬浮发光体

后来，我一觉睡了 11 个小时，睡得很熟。

等我在睡袋里醒过来，想起回程的事，心里那根弦自然而然又紧紧地绷了起来。食物已所剩不多，现在到了必须将回程纳入视野的紧要关头，可是我能在这片黑暗里找到冰盖上正确的路并顺利抵达冰川吗？之后又能否分辨出冰川的入口？话说回来，剩下的体力够我走完回程吗？我越想越觉得心里没底。最近几天，腹中空空的感觉一天比一天严重。吃下去的东西转眼就被消化吸收了，我总觉得吃不饱。肚子一饿，身上就更冷了。

唯有一件事是毋庸置疑的：既然打不到猎物，我就不该在黑暗的腹地久留。这天是 1 月 18 日，考虑到在冰盖上遭遇暴风雪的可能性，从昂纳特小屋出发后，至少需要两周时间才能返回村子。再考虑到我还要在小屋里待上几天，如果等天亮动身，时间就更紧迫了。我甚至有些后悔当初为何要在山谷里走这么深。

只不过，虽然我对回程的事担心得要命，这种不安里却并不包含明确的对死亡的恐惧。

至于原因，吃狗肉的事已被我正式提上日程。回程势必要消耗近一个月的物资，而我手上的食物根本不够。既然狩猎一无所获，狗的死就不可避免。狗死后，它的肉至少能让我延命 10 天，节省着吃，说不定能维持两周。这样就足够我返回村子了。我曾经怀抱绝对要让狗活下去、绝对不能让旅行就此结束的信念走过来，但是在打不到猎物和体力消耗殆尽的现实面前，我渐渐觉得狗的生死和我自己的旅行都变得无足轻重。我开始盘算如何利用狗死后的肉，并通过假设狗一定会死来帮助自己逃离对死亡的恐惧。

总之，先撤退到昂纳特，这是眼下唯一的出路。途中说不定有机会遇到大型猎物或是成功捕获海豹。并不是说现在就要返回村子，运气好的话，没准我还是能重新北上的。

等我做好准备走出帐篷，月光的亮度已是一落千丈，世界比前一天昏暗了许多。不过一天时间就发生了如此大的变化，月光衰败的速度实在惊人。此时月亮恰好升上中天，按理说正是一天中最亮的时候，然而亮度却只能够勉强看到山的轮廓，想看清脚下的雪地都不可能。在月历上，月龄已达到 20 天，中天时刻的高度角仅为 8 度。这样罗列数字可能不够直观，简单地说，即三日后月亮便将沉入地平线以下，之后 8 天都无法再相见。这就是目前的状况。满月时那让人叹为观止的青春面庞已经消失无踪，如今的月亮变得像文艺酒吧的老板娘，只能在昏暗的灯光下展现魅力。受月光衰败的影响，我在出发后几次迷失路向，不是误闯圆石河滩，就是走了无谓的上坡路，无谓地大量流失体力令我再次大动肝火。或许是因为之前没少受月亮的蒙蔽吧，在她派不上用场以后，哪怕只是挂在天上都会让我莫名火大，每次看见她都感觉心烦意乱。

离开营地后，我向乐园谷的谷底前进，穿过了前一天发现的那片广阔的麝牛觅食点。我心里多少期待着能遇到牛群，结果不出意外，再度扑了空。参考地图，我发现在地势更低的地方有一条支流，由那里爬上去便能回到进入乐园谷之前的山脊。我爬上高地侦察地形，下游方向确实有一条类似的支流清晰可辨。支流里的积雪久经风吹，坚实易走，我畅快地走了一个小时便接近了支流的顶部，但是再往前，软雪地狱又回来了，雪地上照旧到处是麝牛留下的足迹。我再次看到了形似麝牛的黑影，于是迈着久违的轻快步伐凑上前去，但果然又是一块巨石。继续穿过一片觅食点后登上山脊，来时的河谷就在眼前。

在光线如此昏暗的情况下还能找到正确的路，我颇感欣慰。

站在山脊向身后望去，月亮已经早早消失不见，世界沉入了没有日月光芒的真正的黑夜中。这样一来，顺河谷而下前往达拉斯湾的路就只能在压抑的黑暗中前行了。

然而，就在下山途中，我目睹了此行中第一次让我体会到何为希望的光景。

上午 11 点前后，南方的天空开始蒙蒙发亮，并迅速被染出了一道红色。那是一道无法称之为曙光，仅能算是曙光前兆的微明，然而它的出现却预示着太阳的回归。想来这天已是 1 月 18 日，迎来冬至是一个月前的事了。从昂纳特启程后，我始终配合着月亮的运行在夜间行动，在我察觉不到的地方，天空正在一点点亮起来。

从遥远的地平线下方溢出的阳光染红了天边后，依序变幻着橙、绿、浅蓝、蓝的光谱被吸入到夜空之中。下午 1 点前后，大约有半个小时，我甚至可以在熄灭头灯的情况下前进。这太令人难以置信，也太令人惊讶了。仅仅是感受到太阳的存在，我的心里就充满了喜悦。随着欣喜的火焰在体内点燃，一直以来陷落在黑暗里的阴郁心情也恢复了明朗。我第一次在这回的探险里找到了乐观向上的感觉。我想连蹦带跳地走路，可是脚上还穿着滑雪板呢，只好大喊一声"呀吼！"聊表兴奋之情。从今往后，世界会一天亮过一天，明天亮过今天，后天还会更亮。这太美妙了，想不到真有这种事发生！这已经不是能用语言表达的喜悦了，再没有什么比这更让人高兴的了。打心底里涌起的满满的解脱感让我的脸上自然而然地绽放出笑容。

发觉太阳重现之后，我决定从翌日起转为在白天行动。这样就不必再受制于行将就木的月亮了，也不必再为那点虚情假意的好处和她钩心斗角了。从今往后，就有太阳照顾我了。

"赶紧有多远滚多远吧！别再让我看见你了！"

到昨天为止都迫使我对她百依百顺的月亮，在曙光降临的瞬间立刻沦为用过即弃的东西，被我骂得狗血淋头。

因为预感到可以重见天日，我的期待感一下子被拔得很高，但当我在第二天走出帐篷看向天空时，心情再次跌入了绝望的黑暗谷底。

厚厚的云层把头顶的天空遮得严严实实，漏不出一丝阳光，让人心灰意冷。

月光已经消失，如果再见不到太阳，我就注定要在伸手不见五指的黑暗中行动了。所谓期望越大失望越大，好不容易看到逃出黑暗牢笼的征兆，结果一夜过后又回到了黎明之前，世界依旧沦陷在黑暗之中。

我顶着头灯，摸黑前进，心情沉重得简直难以忍受。

不出所料，黑暗加大了寻路的难度。刚上路时我还能沿着来时的路线往回走，可是没过多久，我就把路走丢了。头灯能照亮脚下的雪地，却无法让我看清地形的走势。宽阔的河谷开始变得狭窄，向两侧弯曲，原来不知从何时起我偏离了河道，爬上了河岸，走进了另一条明显与来时不同的河谷。河谷两侧是布满麝牛脚印的麝牛牧场，数量之多让我不禁认为即使在黑暗中也有可能与牛群撞个正着。事实上，在春夏两季确实有过不少这样的经历，但是这次我觉得自己不知为何被运气抛弃了。偶尔有几次发现了形同麝牛的岩石，我都目不转睛地打量一番，结果也都只是牛形的麝石。后来，我走进了一片雾气中，彻底迷失了方向。等我顺着河道走下去，地形突然宽阔起来时，还以为终于要走到海边而松了口气，但是河谷很快变成了瀑布，瀑布下面则连着另一条河谷。罗盘显示河道朝向300度方位角，可是在地图上却找不到与之相符的河谷。我再去看高度计，竟然显示为-73米，简直匪夷所思。考虑到抵达海岸线后只需一路向西，我便不再多想，只管往前走，谁知一不留神又走上了河道两旁的砂石地，被困在了那里。我向右走，又发现河道在左边，积蓄已久的压力和烦躁终于在这一瞬间达到了爆发边缘。已经几十天了，我却连 50 米外的河道的走向都看不明白，实在快要崩溃。一想到还要在黑暗里行动，我就打心底里觉得难以忍受。

终于抵达海岸时，我和狗儿的体力都已经耗尽。在我们游荡于内陆的这段时间里，洋面上似乎迎来过大潮，固定冰因此披上了一层新冻结的海水，变得又光又滑。尽管冰面状态胜过来时，我们却提不起速度，在海岸上像残兵败将一样跟跟跄跄地挪动着步子。

*

第二天，我窝在睡袋里起不来。一想到又要顶着头灯摸黑行动，就觉得一阵反胃。自从离开昂纳特，没有一天不是在不知停歇和不计后果的奔走中度过的，身体已经经受不住了。反正打不到猎物，狗过不多久也会死，今天就算了吧。就这样，我因为心灰意冷而在帐篷里闲散了一整天。

白天的时候来到户外，狗儿正在伸腿抻背。"啊，好无聊啊，还是快点出发吧，老爷。"狗儿一副百无聊赖的样子，冲我摇着尾巴。等我开始在附近排便，它凑了过来，非常亲昵地舔我的脸，并在我完事以后立马绕到了我的屁股右边，迫不及待地朝粪便扑上去，一边发出津津有味的声音，一边狼吞虎咽地吃起来。

看着这样的狗，我多希望能把它平安领回村子啊，我边想边欲落泪。

狗已经瘦脱了相，惨不忍睹。和前一天相比，它腰上的肉就跟被剔掉了似的。我眼看着它一天天瘦下去，曾经勇猛如狼的神态如今变成了饥肠辘辘又卑微的狐相。

不只是那副身子骨，狗的行为也发生了破天荒的变化：它开始向我乞讨了。

前一天半路上想休息，我就坐在雪橇上，打开了装行军粮的袋子。这时候，狗慢悠悠地站起来，缓缓走到我身旁，然后保持着坐姿，用那双深陷的、缺少生气的眼睛直勾勾地盯着我塞了满嘴的卡路里伴侣、巧克力和坚果。

"求你了，那么好吃的东西，能不能也分我一点啊？真的只要一点就好，拜托了……"

狗凝视着我的眼神仿佛在这样表达。因为从未被它这样乞求过，我有些不知所措，甚至在那一刻产生了分一截卡路里伴侣给它的冲动，但我抑制住了。毕竟我自己的体力也透支得很厉害，能否平安返回村子仍是未知数。经过一番激烈的思想斗争，我毅然将两粒葡萄干丢在了脚旁。那绝对是值得被称为大义凛然的英雄行为。狗瞬间吞下了两粒葡萄干，一副"啊，好吃"的表情，用舌头舔着嘴唇，但紧接着，它又坐直了身子，再次用仿佛在哀求"求你了，刚才那点根本不够啊，老爷……"的眼神盯着我看。

"你干什么？别那样看我。"

我不禁抱怨起来。别看只是两粒葡萄干，于我而言已经是对自己下了狠心。

每到歇脚的时候，我和狗之间的这种心理对抗就会重演。但即便如此，我也没想过要给它多于两粒葡萄干的口粮。此前在前往达拉斯湾的路上，我确实曾考虑过如果狗粮吃光了，就把自己的海豹脂肪、培根或是兔子的肋肉分给它，好让它多活几天。当时的我确实怀有这种可歌可泣的想法，然而现在我甚至难以相信自己还有过如此洒脱的时候。竟然想着把吃的分给狗，我那时候到底是怎么想的？我又不是耶稣。我感觉那已经是遥远过去的事了。

为了检查狗的消瘦状况，我会频繁抚摸它的身体。我的狗特别喜欢被人触碰身体，手刚一碰到它，它就和往常一样神情恍惚了，眯着眼，一副"好舒服啊，老爷，还要……"的表情。然而与那股陶醉感形成鲜明反差的，是它那干瘪得毫无丰韵可言的臀部和后背。

想不到它都瘦成这样了，可怜啊……

对于一个年过四十、有了女儿的男人来说，泪腺早就松弛了，每当这种时候我都会因为狗的悲惨命运而眼眶湿润。但是，尽管对狗充满怜悯，我仍然坚守着不感情用事的理性的一面，知道"最终还是要靠吃狗肉生还的"。每当我摩挲着它的身子，意识到"能吃的肉就只剩下这么点了……"，心情就变得灰暗起来。而且考虑到它吃了太多我的粪便，我甚至担心它的肉会因此发臭变得难吃。

大概是因为整天想着狗的事吧，夜里钻进睡袋以后，狗死去的场面便开始在大脑里没完没了地回放。我的精神因此异常亢奋，两只眼睛瞪得溜圆，没有一丝睡意，天天如此。

不，正确地说，那并非狗死去的场面，而是我将狗杀死的场面。

为什么要杀狗？举例来说，假如狗是在 10 天后我在帐篷里睡觉时力尽而亡，由于连日处在零下 35 度的严寒中，等到第二天早上我走出帐篷时，尸体肯定已经冻成了冰块。这样一来，剥皮和分解工作将无法顺利进行。但如果是在拉橇的时候自然死亡的，就不存在这个问题了，但它不一定会死得那么赶巧。不管怎么样，既然狗的生还概率是零，为了不辜负狗的牺牲，为了确保它的肉能够转化成食物，我就有必要在狗粮耗尽以后，在狗奄奄一息的时候亲手结束它的生命。若是少了狗的肉，食物便不足以让我生还，因此我必须从死去的狗身上回收包括内脏在内的所有可食用部分。

　　出于这个原因，我每晚都在睡袋里想象着杀狗的场面。作为一名写手，我的最终目的是将自己的经历转化成文章，因此那场面一定会被优先处理成文字，再在大脑里一遍遍浮现。

　　"狗一步也走不动了。3天前断粮后，它便从拉橇的职责中解脱了出来，但即便如此，也无力再随我向前了。终于，决断的时刻到了。我唯有将狗杀死。来复枪就握在我手中。但片刻后，我改变了主意。射穿头颅无疑是最省事的，但如果是为了不弄脏自己的手而那样做，我将无法原谅自己的轻佻。这条狗不得不死，是因为我将它选为了旅行的搭档。狗的死，我难辞其咎。既然如此，我便有责任用这双手去切身感受狗的痛苦和它最后的挣扎，以此在我身上刻下罪恶的印记。我放下枪，决定用绳子绞死它。我将绳子绕过狗的脖子，一端用脚踩实，另一端由双手紧握。狗用始终如一的顺从眼神望着我。我跟狗道了别，然后毫不迟疑地勒紧了手上的绳子。就在那个瞬间，狗的喉咙里发出了像是被卡住了的闷声哀号，并以惊人的力量扑打着四肢。尖锐的獠牙从我眼前掠过，白色的泡沫由淡紫色的唇缘喷涌而出。'咕呜……'狗哽咽一声，不再动弹。我精疲力竭地跪倒在地，凝视着自己的双手。那是一双杀死了狗的手。事情本不该是这样的。

还有无数旅行在等着我们。我还想在极夜结束以后远渡加拿大，管它一千公里还是两千公里，再和它一起展开宏伟的冒险。可是狗已经不动了。灵魂已从它的双眸中逝去。我的心境宛如杀人者一般。"

我就像职业病发作，哪怕不情愿，文字也会不受控制地每晚从大脑里往外冒，简直让人无法忍受。不仅如此，那些文字还在经历了一遍遍推敲和加入新要素后，最终蜕变成一篇情节惊悚又充满自怜自艾之情的文章。在这篇文章的感染下，我时而激动，时而伤感，异常亢奋的情绪使我睡意全无。如此一连几个晚上，每到快要就寝的时候，一想到又要整夜想象狗死去的场面而睡不着觉，我的心情就无比沉重。

怀着沉重的心情上路，怀着沉重的心情入睡，等到要起床时，心情还会变得更加沉重。我几乎没怎么睡就到了要起床的时候，于是赖在睡袋里，按亮手表查看时间。在一片漆黑中，只有手表的背板散发着青色的光。差不多该起来了。我睁开眼，但眼前只有令人备感孤独和绝望的黑暗，压得我喘不过气来。我点亮头灯，光线所及之处，帐篷里宛如冰窖结满白霜，寒气逼人。在我决心起床的瞬间，能够冻结一切的无情寒气、方圆几百公里内没有其他人类生存的孤独感和身处黑暗中的绝望释放出全部的重量，将我压倒在地。于是，我重新在头灯的光亮中认清了今天也会又冷又暗的严酷现实。我开始顺理成章地纠结要不要外出。为了爬出睡袋，我必须调动起所有的意志力，想象着如果今天止步不前就可能再也无法返回村子，用这一更为严酷的现实去制衡绝望的重压。如此日复一日地与黑暗、寒冷和孤独搏斗并度过一天中最初的时光，我开始对这样的现实感到由衷的厌恶。

因黑暗而产生的抑郁情绪并不会因为新一天的到来而清零，它只会越积越多。旅行刚开始时，我还对摸黑起床这件事并没有太大抵触，反倒是不能干透、带着潮气的衣服更令我心烦。但是在过去的三四十天里，消化不掉的抑郁情绪在我未曾察觉的时候化成了大量残渣沉积在体内。特别是在旅行进展不顺利的时候，挫败感会成为抑郁沉积物求之不得的催化剂，使其迅速腐败成散发着恶臭、长满绿藻——或者说黑藻——的淤泥。此时，我的精神状态就像即将被沉重的暗沉淤泥挤垮的水坝，已处在决堤边缘。

随后那天，尽管我依然打从心里不愿意动弹，现状却容不得我再这样继续下去了。然而一想到今天也得顶着头灯赶路，心里就郁闷得发疯。

出发之后，我们在固定冰上走了好一阵子。途中，狗儿停了下来，一边向背后张望一边使劲吸气。

"是发现什么了吗？"

能够在海上遇到的多半是北极熊。我立刻警惕起来，把头灯开到最大并照向身后，但那里只有与黑暗融为一体的海冰，没有会动的黑影。

尽管我早已做好了遇到北极熊就将其射杀的准备，但是在被黑暗封闭了视野的现实面前，我胆怯了。天这么黑，等我能依靠视觉辨认出北极熊的时候，它已经跑到我眼前了。看似蠢笨的北极熊其实行动非常敏捷，老实说，如果有一头北极熊向我冲来，我不认为自己能及时利用头灯瞄准目标。实际遇到这种场面的话，我肯定会慌了手脚。

这天天气晴朗，正午前后从地平线溢出的阳光再次令天边泛起淡白。仅仅是感受到太阳的存在，淤积在我内心深处的淤泥便有了脱落的迹象，我感觉心里亮堂多了。可惜那缕微光稍纵即逝，很快，天边再次被夜幕笼罩。

在我们的行进方向上，数百米高的岩壁好似僧院的外墙连成一排。更远处，勉强能看到一座犹如巨大船头的海角雄伟地伸向大海。岩壁一直延伸到海角前，在那里中断后形成一条通往内陆的宽阔山谷。

就在快要到达山谷的时候，黑暗中有两个可疑的绿色光点引起了我的注意。光点摇摇摆摆地蠕动着，紧贴固定冰右侧的边缘缓缓向这边靠近。

"有什么东西过来了……"

毫无疑问，那两个光点是经动物眼睛反射的头灯光芒。终于有猎物送上门了。我瞬间想到，这会是狼吗？但四周太暗了，头灯的光线照不到目标，只能看见绿色的光点悬浮在黑暗中。从光点缓慢的移动速度来判断，可能是狐狸。一只狐狸只够一条狗吃几天，不过有总比没有强。我卸下肩上的来复枪，蹲下身去。这时，疑似狐狸的光点在20米以外的地方停住了，不知是否在窥探这边的情形。由于受旺盛的好奇心驱使，肉食动物在发现可疑物体后总要凑近查看，光点应该还会继续靠近吧。不管怎么样，狐狸这样的目标还是太小了，在一片漆黑中是不可能从这个距离命中的。我决定按兵不动，静待那双发光的眼睛主动进入极近距离内。

可是，当我以为光点将要开始加速运动的时候，它却忽地消失了，逃到固定冰下面的海冰上去了。我赶紧追到固定冰的边缘，把头灯的光打到海上，只见那对绿色的光点已经混入乱冰中，消失在了苍茫的夜色里。

"可恶！怎么跑了……"

我满腹牢骚地回到雪橇旁，狗儿对我的沮丧却显得无动于衷。我们很快又拉起了雪橇，但这毕竟是我将狩猎作为探索目标后第一次遇到活生生的动物，没能得手让我颇感懊恼。但出人意料的是，走出不过百米我就再次于左侧山谷里看到了摇曳的绿光。

这次是 4 个光点，也就是有两只。

"哇！"我心里惊叹着。之前拼上性命也找不到猎物，今天却突然像上天开恩，不断有光点降临在我面前。想必是近海上有北极熊吃剩的海豹尸体，引得附近的狐狸们一批接一批地下山觅食。越冬期间的狐狸会盯上北极熊的残羹剩饭，因此海冰上到处都是它们密密麻麻的脚印连成的小路。无论如何，既然这次是两只一起送上门来，绝不能再让它们跑掉。我当即解开雪橇的牵绳，卸下了肩上的枪。

那 4 颗绿眼珠像 4 个小鬼魂，晃晃悠悠地从山谷里飘下来，然后在相距 50 米的地方突然停住了。也许是在观察我的动向吧。我刚才失手，是因为过于想引狐狸靠近了。虽然从这个距离射中目标的难度极大，但与其再让它们跑掉，不如先下手为强。我单膝跪地，端起来复枪，让头灯的光穿过准星和照门，然后细微调节枪身，尽力将绿色的光点送入准星。但是不得不承认，距离太远，实在太勉强了。除非枪法如神，否则不管怎么想都不可能打中，于是我抱着九成九听天由命的心态，一边祈祷可以歪打正着，一边扣下扳机。

一声巨响从 30 口径的枪膛里爆发出来，4 个绿色光点一反此前的悠然步调，瞬间在黑暗里画出极具动感的浮游轨迹，流水般向山谷深处跑去，风一样地消失了。

看到光点行动如流水的那一刻，我后悔不已。不该轻举妄动的，我想。那种风驰电掣的感觉怎么看都不是狐狸，分明是狼。

我连滑雪板也顾不上脱，朝着光点逃走的方向冲进了黑暗里。

"见鬼！那些是狼！是狼！这下功亏一篑了！"我追赶着消失的光点，心中充满悔恨。后悔是因为依照狼的习性，就算不理睬，它们也只会越凑越近。过去在加拿大的北极圈内长期徒步旅行时，我曾多次与狼不期而遇，它们每次都毫无悬念地要凑过来打探。有时狼甚至会凑到帐篷跟前，近得让你以为可以伸手摸它们的头。如果绿光真的是狼，只需按兵不动就能等着它们自己来到 10 米开外的地方。就算光线再差，10 米距离我也不会射偏。换句话说，如果我沉得住气，刚才已经得手了。狼的个头比狐狸大得多，体重约有 50 公斤，若能打到，至少返回村子的狗粮就不用愁了。可是我都干了些什么？哎！我恨得咬牙切齿。

我拼命追赶着那两双发光的眼睛。幸运的是，4 个光点在悬浮移动了近百米后停住了。我又向前走了几米，再次单膝跪地，扣下扳机。枪声响起后，光点应声再次向山谷深处游荡。那轨迹优雅而流畅，令人入迷，完全不是中弹的样子。我去雪地上寻找血迹，果然无处不是纯白的。哎！又射偏了！我拔起腿来，重新开始追击。我已经感觉不到恐惧，被狼群反攻的可能性也被抛诸脑后。肾上腺素从脑垂体奔流而出，让我一心想着将猎物击毙，忘我地追逐着在黑暗中通行无阻的 4 个发光体。我听到背后远远传来狗的号叫声，那是狗听到枪声后以为我打到了猎物，要求我带上它，把到手的肉分给它吃的信号。

4个悬浮发光体宛如幽浮一般，划破空气画出顺滑的曲线，沿右侧的岩壁开始向上攀升。那不寻常的动作大概是狼正在岩山上如履平地似的在爬坡吧。随后，发光体悬浮在夜空中，或者说驻足在半山腰上，像是观察起了我的动向。

这恐怕是最后的机会了。我单膝跪地，第三次架起了枪。目测相距约50米。我谨慎地将准星对准悬浮发光体，然后凭感觉略微下移枪身，射出了这一枪。枪声第三次轰然响起，然而枪声未落，发光体就再次在夜空中开始了游荡，并在画出一条富有机械质感的直线轨迹后，转瞬消失在了山谷深处。

这次当真消失得无影无踪，再也没有回来。无力回天了，我想。在这种条件下根本不可能射中。然而这也意味着我没能抓住极夜的统治者给予我的唯一希望。我拖着两条腿，垂头丧气地向雪橇走去。

一路上，狗的低嚎声不绝于耳。那是它将气息闷在喉咙里打转的声音，震颤中流露出异常的兴奋。等我返回雪橇时，坚信我捕到了猎物的狗儿已经几近癫狂地拖着沉重的雪橇挪动了约50米，直至雪橇结结实实地被卡在雪坑里。

想不到它体内还蕴藏着如此巨大的能量……这显然比它拖动了雪橇的事实更令我感到震惊。

"抱歉，让你失望了。"

听我这样说，狗儿眼睛里的光芒顿时暗淡下来，嘴里哼唧着表示不满。我这个做主人的真是没用，狗在拉橇和防范北极熊的工作上已经尽到职责，我却无法给予它对等的酬劳。

我和狗重新拖起雪橇上路了。走在固定冰上，我反复回头望向曾有狼出没的山谷，期待着悬浮发光体会再度出现，并尾随在我们身后。然而，此时我的愿望就如同扣下扳机时的那份期待，只是一厢情愿罢了。

不过，这天的事情并未就此结束。

经过山谷后大约一公里，狗又开始用力吸气了，这次它边闻边往偏离正路的方向走去。我想它可能是发现了什么，就随它去了。于是，狗在来来回回嗅了一圈后开始向岩壁靠近，并在那里发现了一件奇妙的白色物体。它上前咬了一口，又用牙齿磨了两下，然后哼哼唧唧地呼唤我过去。

走近一看，原来是一颗麝牛头骨。那东西不知被遗弃了多久，表面已经脱水发白，变得像干尸一样，而且有一半是陷在固定冰里的。

尽管所有的狩猎行动都以失败告终，不过好歹在最后有了这意想不到的发现，我也替狗儿感到高兴。然而麝牛的头骨不是狗牙能咬碎的，于是我用带尖的铁棍去戳头骨周围的积雪，一边小心着不伤到狗的脸，一边把牛骨击碎。麝牛的头骨是雄性之间一决高下时用于冲撞的部分，极端的厚和硬，不过在我的全力敲打下，头骨还是裂开了，露出了不知是肉还是髓的已经被冻住的软组织。我用铁棒的尖端把那东西剔下来，狗儿"哈哈"地喘着气，朝冻肉扑了上去。

黑暗里，我和狗像饿鬼一样围着麝牛的残骸。我把头盖骨整个刨了出来，用锯子锯成 10 厘米左右的小块。牛角里也有骨髓，我先把它锯断，再用铁棍捣碎了给狗吃。狗用两只前脚按住锯断的骨片，用咬的方式把皮揭下来，然后用牙齿薅掉茶色的毛，把暴露出来的组织用舌头舔化，啃着吃。除了皮肉的残留物和骨髓，连骨头也咔嚓咔嚓地嚼碎吞了。

我们花了 3 个小时处理那颗头骨，所以当天就在那里扎了营。鉴于狗已经吃了将近 500 克头骨，当天的狗粮就被我存下了。省下一天的粮，狗就能多活一天。

第二天我去检查狗的粪便，发现是纯白色的。那堆排泄物与其说是粪便，不如说是粪便形状的骨头。本以为它昨天吃足了肉、髓和皮，但其实吃的净是骨头。那些骨头被消化器官碾成粉末后在肠道里形成粪便，由肛门排泄了出来。

这天走在半路上，狗突然咿哈咿哈地喘起粗气不走了。

"你怎么了？还好吧？"

我担心地问。这时，只听见狗的肚子咕噜噜地响起了低沉又诡异的声音。紧接着，它就像异形产卵时那样，发出极其引人作呕的声音，把一团暗棕色的东西哗地吐了出来。

呕吐物被胃液包裹着，夹杂着黑色的毛发，散发出刺鼻的恶臭。

"你……吃什么了？"

我以为它又在半路上瞎吃了什么奇怪的东西，很是担心。但仔细一看，那些还是昨天吞下去的麝牛头骨。尽管看上去就像消化不良的人类粪便，但确实是骨头。想必是因为太硬了，无法被完全消化，只好吐出来。我一脸好奇地凑过去，可是狗大概误以为我要抢它的东西，竟然震颤着喉咙，向平时绝对不敢忤逆的主人发出了恐吓。我被狗的这一举动吓得心里一颤，这才意识到它已经饿得不惜跟我翻脸了。狗对着那滩无异于秽物的东西露出了视若珍宝的表情，又是舔又是咬，然后，一边侧眼留意着我的动向，一边发出嘎嘣嘎嘣的声音，非常意犹未尽地把那滩东西又吞了回去。

*

天气再次变糟了，一副要下雪的样子。随着气压的下降，气温回升了20度，达到零下17摄氏度，大气中弥漫着反常的温热感。但上空阴云密布，正午时依然感受不到阳光的眷顾，仿佛冬至期间又逢新月的全天黑暗又死灰复燃了。

我们从固定冰转移到海冰上，发现这里到处是来时几乎不曾见到的北极熊的足迹。海上的生态系统似乎在我们游荡于达拉斯湾内陆时发生了变化。或许是近海的海冰裂开了，形成了一片水域，于是海豹在那里聚集，北极熊也闻风而至。

人类和北极熊虽属不同物种，但是在极地的荒野里求生时，两者的行为准则却出奇相似。例如当海冰上多处存在轻微的乱冰带时，人类通常会绕开这些地方，选择好走的路线，而在相同情况下，北极熊也是"哪里好走走哪里"。这就导致我和狗儿的所到之处必然存在着北极熊的足迹。前方的冰面不平整了，我们决定改道向左，北极熊的足迹果然也是拐向左边的。这样想来，假使此时正有北极熊走在附近，我们狭路相逢的概率将非常高。这些足迹大都是单独行动的北极熊留下的，不过其中也有大小并行的脚印，也就是说有母熊携带幼崽从这里经过。携带幼崽的母熊一般情绪敏感，在北极熊之中被视为最危险的一类。不管怎样，和北极熊同道而行都不是什么令人愉快的事。

　　一想到可能正有北极熊在周围游荡，我就感觉浑身的汗毛都炸了起来。如果像来时那样有月光照耀，还有可能发现它们的身影，但是在月光消失的现在，我不可能在一片漆黑中察觉到有北极熊靠近。就算打着头灯，恐怕也只能感知到 20 米以内的范围，前提还得是北极熊出现在光照的方向上，从别处接近的话我是一点胜算都没有的。对于主要依靠视觉来感知黑暗的现代人（homo sapiens）来说，想察觉一头饥饿的北极熊正在逼近在事实上是不可能的。

　　于是，狗成了我在危急时刻的唯一指望。狗不但能在行进中嗅出北极熊的气味，还能通过吼叫向我发出警告……至少在理论上是这样的。那么，万一北极熊从下风侧接近，狗的嗅觉会不会失灵？尽管对此抱有疑问，我依然决定相信狗的能力——只要有这根心灵支柱在，恐惧就消失了大半。本来嘛，我就是为了这个才选这条狗做旅伴的。从地上足迹的数量看，恐怕在到达昂纳特的小屋之前，我们都要在大群北极熊中间穿行了。到达昂纳特至少需要 5 天，在那之前，无论如何都要靠仅有的一点狗粮让狗活下去。发觉北极熊的脚印增多以后，我满脑子想的都是这个。

　　狗儿因为瘦成了皮包骨，已经没力气拉橇了。虽然在刚刚缓过劲来的时候活蹦乱跳的，但是走不过 5 分钟，它的力气就又耗尽了。尽管如此，它似乎依然保留着对我——或者说刻在 DNA 里的对全体人类的忠心，依然卖力地拉着雪橇。如果起了念，它不是没有可能吃掉雪橇上本属于我的口粮，但它没有那样做，而是选择誓死为人类效忠。

看到这样的狗儿，我无论如何都会痛彻地感到，自己和它是相依为命的。并非只有狗在食物上依赖于我，我也要仰赖狗才能完成旅行。如果没有狗，别说旅行了，就连通过这片漆黑的北极熊主题关卡都希望渺茫。

归根结底，我之所以想要和狗一起旅行，除了因为它可以充当防范北极熊的哨兵，也是因为我想要弄清，在这种人与狗的相互依存关系中，究竟蕴含着怎样的深意。

同时，这也是我对探索人类与犬类的原初关系的一种尝试。长久以来，学术界似乎一直没有就狼如何进化成狗这个问题得出定论，不过近期的研究表明，该进化过程与旧石器时代晚期出现的一种名为狼犬的动物，以及狼犬与人类的共同行动，有着密切的关系。在当时的欧亚大陆上，由尼安德特人、穴居熊、穴居鬣狗等物种组成的强大的捕食者集团，与智人之间存在着激烈的生存竞争。在残酷的环境下，部分狼类为了获得更大的生存优势，选择主动向智人靠拢。它们在狩猎等方面给予智人辅助，与智人共同生活，以此获得智人的庇护。正是基于这样的选择，狼开始了向狼犬及犬的进化。另一方面，智人在这一过程中驯服了生存竞争中最强的对手——狼，并发现狼的某些能力可以为己所用，使狩猎（即生存）高效化，于是将狼驯养成了家畜。这种跨物种的联盟关系使智人与狼战胜了其他敌手，从旧石器时代晚期危机四伏的荒野中存活了下来。那么，在这一时期的人类与狼以及犬之间，究竟衍生出了怎样的关系呢？以下完全是我个人的推测：由于必须依赖对方才能得以生存，在当时，这两种生物应该是共同处于一种远比"盟友"更为深刻的融合状态之中的。换句话说，生物学上"智人"与"犬"之间的阻隔消失了，取而代之的是一种没有明确边界的一体化状态。因此，当我在极夜里和一条狗踏上漫长的旅程，并将彼此的命运坦诚交予对方的时候，我会想象自己正在经历的正是旧石器时代的智人与第一批狼犬之间达成的赤裸裸的异物种融合状态。

旅行得越久，我就越觉得自己离不开狗。那种害怕分离的程度超出了我的想象。我不仅指望它能在黑暗中成为我的眼睛，在北极熊出现时发出吼叫提醒我，我也无法割舍它拖动雪橇的能力。而除去这些务实的功能，它给予我更多的是精神上的陪伴，治愈了我在暗夜里的孤独感。坦白地说，如果要我在没有狗的情况下独自一人长期在黑暗里旅行，那无疑是办不到的。只要狗在，我的内心就会得到平静。因为对此心知肚明，旅途中我时常关注狗的状态。我会留意它的精神好不好，身体好不好，脚底肉球的伤好了没有。每天早上走出帐篷，我一定会去看看狗的大便，了解它的健康状况。每次它的脚和后背受伤了，我也会给它涂抹外伤软膏。虽然在它不好好拉橇的时候，我也会气急败坏地骂它、打它，但只要还有一个可以让你在意的他者，孤独感就会因此得到抚慰。每当我在帐篷里听见狗把雪地踩得吱吱作响，便知道自己不是一个人，心里也就安稳了。而且一想到最终还能在它死去之后靠吃它的肉让自己幸存，我便能从对死亡的不安中解脱出来。我就是如此把自己的存续和狗绑在一起的。

通过吃狗的死肉为自己续命，从现代人普遍认同的情感角度出发，这样的依存形态必然是扭曲的。但是，我所寻求的人与狗在共存亡时展现出的原始融合状态，或许正是如此吧。

　　过去每次造访肖拉帕卢克村，我都有种感觉，这里的因纽特人与狗的关系是建立在与现代人相左的道德观之上的，他们似乎依然延续着旧石器时代晚期的那种——当狼决定与人类共存并开始向狗进化时的那种——智人与犬类之间的相互依存关系。过去我对此疑惑不解，如今在这趟我与狗相依为命的旅行中，疑惑似乎解开了。我会借由肖拉帕卢克人与狗之间的关系感受到旧石器时代晚期的遗风，是因为在他们两者的关系中没有一丝一毫的欺瞒。

　　在当代发达国家，狗的存在一直以来都是人类虚伪的象征。表面上，狗作为宠物集人类的百般宠爱于一身，但在暗地里，不被人类需要的狗就在保健所被人类处死，或者在被人类宠爱的同时也成为人类欲望的对象，被施以无益的育种后诞生出了种种只能被称为畸形的犬种。归根结底，不论怎样表达爱狗的意愿，人类对待狗的方式始终是恣意的，只是视情况而定、灵活运动的不同面具罢了。如果将发达国家的人与狗之间关系的层层外衣剥去，最终剩下的只有人类阴暗的欺瞒。肖拉帕卢克人与狗之间就没有这虚伪的一面。诚然，村民们会毫不留情地殴打不听话的狗，也会不眨眼地绞死衰老后无法拉橇的狗，从发达国家的价值观出发，这些无疑都是残酷而扭曲的行为，但是他们对待狗的态度中却没有用于粉饰自己的恣意性与正当性的伪善成分。乍一看，他们与狗的关系是建立在虐待之上的，但实际上是为了在北极严酷的大地上生存下去所采取的不得已而为之的做法，是恶劣的自然环境不容许人与狗之间留有滋生欺瞒的余地。人类离开了狗就无法生存，狗没有人类也活不下去。为了生存，人类既会养狗也会杀狗，他们对于自己深重的罪孽是毫不避讳的。他们遵循的是野生的法则，是将生存视为最高德行的生与死的道德观，于是欺瞒无法乘虚而入，也没有发达国家那种见风使舵的虚伪面具。

人类与犬类最早开始共存时所拥有的那种原始关系恐怕也是建立在没有欺瞒的赤裸裸的生与死的道德观之上的吧。而当我开始考虑靠吃狗肉维生时——哪怕这并非我的本意——我必然也已经陷入不得不遵循生与死的道德观来求生的绝境之中。

"我将你选为同伴，但在危难之际，我会以你为食。"

被现代社会体系视为扭曲而被否定的生与死的道德观，以暴露本性为前提建立起来的没有欺瞒的关系——毫无疑问，这些才是早已被遗忘的人类与犬类之间达成的最初的密约。此时此刻，是我的狗，把我从名为现代人的冠冕堂皇的外衣里头，将我不惜杀狗也要保全自己的扭曲心性揪了出来。尽管一直当它是伙伴，并扬言说从未想过要吃掉这条狗，最终我还是抱着"该吃就吃"的态度，居高临下地站在了狗面前。这种以"生者"自居的充满罪恶又扭曲的心性才是在极端情况下彰显出来的我生而为人无可辩驳的本性。而作为我本性的揭示者，狗始终在我左右。从这层意义上讲，狗对我来说也是不可或缺的存在。

随后两天一直在下雪。从天而降的雪片打散了头灯的光，令视野比来时更为恶劣，我又一次不明不白地踏入了软雪地带，白白消耗了体力。日历上已显示是 1 月 24 日，我却仍在极夜深邃的黑暗里苦苦挣扎。终于，我回到了面向伊努菲什亚克的海湾，但由于看不见陆地的影子，我无法判断自己的方位。能确定的只有北极熊的足迹不曾间断过。昨天下了一整天雪，脚印分明是不久前才留下的。一想到北极熊可能就在附近，我便不敢有任何懈怠。

正午过后，云层散开了少许，借着南天恢复的一点亮光，我终于对方位有了确切把握。为了回收放置在英国队据点里的燃料，我逐渐向海湾深处走去。来到据点附近后，我首先爬上雪坡，找回了备用雪橇和雪橇上面的燃料。之后，在选定了这天的设营地后，我决定重新去往被北极熊破坏的据点看看。

不可思议的是，时隔两周再次被头灯照亮的这片"遗迹"，与我记忆中的画面多少有些不符。

印象中，这里的每一寸都被我翻过了，遍地石块，一片狼藉，但这次再看，仍有一个角落是规整的。可能是因为当时慌了神，自认为全部翻找过了但其实并没有。说不定还有更多汽油被保存了下来，我边想边伸手去挪动石块。

果不其然，很快就有套着黑色塑料袋的汽油容器露了出来。一共两罐：一罐 5 升，一罐 10 升。其实燃料足够用了，这些不要也罢，但我姑且进行了回收。我继续去翻石块，想看看是否还有什么，很快又有黑色塑料袋露了出来。原来还有啊，到底还有多少啊？我十分不解地上手去抓，没想到那袋子一碰就瘪了。嗯？汽油容器是塑料的，不该是这种触感。难道……我按捺着迫切的心情把石头一块块往外抛，埋头挖起来。袋子露出的部分越来越多，我又抓了一把，果然是软的，手感不实。而且这个袋子和装汽油的不同，被黑色的胶带封得很严实。这该不会……是在做梦吧？呼吸不由得急促起来的我兴冲冲地扒开所有石块，把袋子整个刨了出来。

从石堆里裸露出来的是一个四角形的大袋子，摇一摇，里面哗啦哗啦直响。错不了了。

"噢——！噢！噢——！"

我紧握双拳，发出了三声赫剌克勒斯式的呐喊，好让心中的喜悦如维苏威火山爆发一般发泄出来。

我感到整个宇宙都在呐喊声中与我共鸣。

"太好了！项圈！是狗粮！"

我再次呐喊道，然后冲向我的狗，一把抱住了它。

"太好了，太好了，这下你死不了了！噢——！"

我又是咆哮又是尖叫，激动地跳着，在狗的脸上蹭着，不由感到热泪盈眶。虽然不是靠自己的力量打到的猎物，在面子上不那么好看，但那些都不重要了。虽然狗的幸存意味着我将不再有狗肉可吃，返回村子的食物会有不足，但即便如此，还是这样更好。总之，狗不用死了，这是一种超乎想象的足以将我淹没的喜悦。我不用再杀这条狗了，不需要再杀我自己的狗了。我满心都是这种喜悦。

很显然，狗并不明白我为何欣喜若狂，它始终不做反应地愣头愣脑地看着我。

"来，快吃吧！"

我当即把狗粮撒了一地。除了身上剩的那点，又从新发现的袋子里掏出了 2 公斤，总共足有 3 公斤。见到狗粮以后，这次换成狗被狂喜的大浪吞没了。它一边大口吞咽一边狂吸氧气，像猪一样发出仿佛过度呼吸的鼻息声，不过几分钟就把全部狗粮吃得一干二净，然后心醉神迷地打了个饱嗝。

这种一袋 20 公斤的狗粮，英国队总共储备了 4 袋。想到有可能再找到一些狗粮，我再次对据点展开了地毯式搜索，但最终找到的只有那一袋，从别处挖出来的都是被撕碎的袋子的残骸。换句话说，其余 3 袋均被袭击据点的北极熊吃得一干二净，唯有那一袋不知为何逃过了一劫。

这一定是奇迹，我想。这只可能是奇迹。

事后平静下来再想，或许事实只是我在两周前没能发现被北极熊吃剩的狗粮罢了，仅此而已。但是现在，此时此刻，在这个节骨眼上发现狗粮必定是命运的安排。如果狗粮是在两周前发现的，我恐怕就不会拼死拼活地去寻找猎物了。这样一来，前往达拉斯湾、深入内陆、在极夜的深渊里游荡的事也都不会发生。就结果而言，我将失去那次深刻洞察极夜的经历。我无法不认为这前前后后经历的一切全部是出于极夜的意志。是极夜驱使北极熊将物资破坏掉，却在暗中留下了一袋狗粮；是极夜妨碍我在第一时间发现狗粮，以此迫使我去内陆探索真正的极夜；也是极夜令狩猎屡屡失败，将我逐入绝望的深渊，并在我稍稍触及极夜的本质之后再告知其实还有狗粮，让我得偿所愿。面对这种明显不是纪实文学该有的展开——"角幡口口声声说他写的是纪实文学，可他干的净是些只有他自己清楚、无法被第三人验证的事，那些赶巧的地方该不会都是他写的小说吧？"——即使有人在亚马逊网站的书评里如此指摘，我也无言以对，除了能说那些全部是出于极夜的意志，还能说些什么呢？我不由得这样想道。

我仰望天空，向着极夜的主人月亮说道：

"你这家伙，其实还挺有人情味儿的嘛！"

只可惜她此时并不在那里。

曙
光

从各种意义上讲，找到狗粮都让探险的局面发生了极大转变。其中最显著的自然是狗的营养状况。

找到狗粮后，我决定原地休整一天。翌日早上走出帐篷时，狗正躺着，它见了我就跟没看见似的一动不动，对我的粪便也完全没有了如饥似渴的热情，表现得了无兴致。那态度仿佛在说，现在我肚子里有满满的狗粮，你的屎已经丁点儿都没了。丁点儿用都没了——想不到它已经阔气得可以嘲讽我了。卑微感从狗身上消失了，没过几天它就来了精神，几乎每晚都要趾高气扬地围着帐篷踱步，踩出嘎吱嘎吱的声音，然后还用我不曾听过的不痛快的调子发出"嗯——"的声音，拉出大便故意恶心躺在帐篷里的我。

以这天为界，极夜里的风景也大有改变。中午，我去查看前一天设下的兔子陷阱时，恰好目睹微光在地平线上一点点扩散的景象。

时隔多日，我再次感受到了太阳的能量。

几天前在达拉斯湾见到的那缕微光是此行开始以来我第一次感受到太阳的存在。之后几天阴云密布，加之赶上了新月前后月亮的空档期，世界始终被黑暗能量占据，太阳的归来一度变得仿佛遥不可及。所幸时隔数日，极夜再次迎来了万里无云的好天气。几天不见，太阳在天空中的影响力确有增强，世界感觉明亮了一大截。

站在伊努菲什亚克半岛上向南方眺望，地平线上燃起的橙色光芒势不可当地染红了四周。不难想象，太阳就在那下方，正在像一座天然的矿石熔炉一样猛烈地散发着能量，再过不久，充满慈爱的光芒便将照亮世界的每个角落。我对这可以说已经一目了然的事情深信不疑。漆黑的幕布终于要被揭去了，不久，长夜就将迎来黎明。望着宛如纯色画布一般逐渐被明艳色彩浸透的天空，我在那一刻放松下来，业已僵化的在黑暗中流浪的紧张感也变得像初融的积雪一般松软。

随后那天，这种变化有了更强烈的现实感。

我和狗儿从英国队的据点出发，穿过伊努菲什亚克半岛根部最狭窄的部分，来到了海上。时近正午，太阳的微光在天边延展开来，眼前的景象变得一览无遗，头灯随即失去了用处。天空明亮得看不见几乎所有星辰，除下金星还在昼间南天的地平线上耀眼闪烁。在阳光的协助下，我和狗儿轻而易举地识破了海岸线上乱冰的包围，顺着乱冰之中开辟出的斜坡走下了海冰。不过如此一件小事，却足以让我感到惊讶。

踩着平坦的新冰向昂纳特方向启程后，能清楚从右手边眺望到半岛前端一座不高不矮的岩丘。令人难以置信的是，17天前从昂纳特前往伊努菲什亚克的途中，就是它让我误以为此地有北阿尔卑斯山那样巨大的岩丘。

此时岩丘的真实面目暴露在阳光之下，当然没有了北阿尔卑斯山的雄伟，不过是突出地表的一个小小毛刺罢了，毫无魄力可言。彼时在充满了虚构、幻惑与装扮之美的月光世界里，错觉扭曲了真实，使岩丘展现出北阿尔卑斯山一般傲视群雄的英姿。然而只需要一点来自地平线下方的阳光，岩丘就毫无招架之力地原形毕露了，现出矮小的真身。

真不敢相信，我竟然被那种东西给骗了。

眺望岩山时，我感到极夜仿佛就要在那一刻于眼前结束了。不，并非将要，而是已经在那一刻结束了。诚然，在太阳尚未升起的现在，极夜作为一种物理现象还没有结束。真正的结束要在将近一个月以后，等太阳重新亲临这片土地的时候才会到来。但是对于终日在黑暗的最深处摸爬滚打的我来说，白天有几个小时重现光明就意味着几乎完全得以从身处黑暗的苦闷中脱身。

这次天明比预想中持续得更久。鉴于几天前第一次在达拉斯湾见到的阳光只维持了一个小时，我原本以为这天也不会超过三四个小时，谁知天色在下午3点时仍不急着变黑，4点时还亮得可以呢。虽然5点时暗了下来，织女星和天津四开始在前方闪耀，天边也仿佛是平时傍晚时分的模样，红色尽染，但尚且可以脱离头灯行动。极地所属的高纬度地区不同于日本所处的中纬度地区，（在地球自转过程中）并不存在与黄道面之间的较大倾角变化，太阳的最高点（上中天）与至低点（下中天）之间的高度差较小，太阳几乎是水平移动的。因此，一旦太阳回归到地平线附近，天明的时间就会被拉得很长。

从那天起，我开始切身感受到天空变得日益明亮。尽管还没有露出真身，但太阳无与伦比的能量已经开始猛烈扫荡黑暗。光明不由分说地清除着不久前还处在月亮统治下的黑暗领域，并不断为世界染上明媚的颜色。映在我眼中的画面上，日月仿佛象征光明与黑暗的两头巨兽，正在以天空为舞台展开殊死搏斗。在此之前，世界还被月亮的化身——名为"极夜"的黑色巨兽支配，处在蛮暴、苛政与无序之下。这时，太阳的化身——光之巨兽出现了，由于其力量压倒性占优势，当两者相冲，它瞬间就取下了黑色巨兽的一只手臂，并死死掐住了它的喉咙。最终，在垂死的吼叫声中，黑色巨兽化成一团雾气，消散在大气里。就这样，冉冉上升的太阳就像在完成它既定的使命，庄重而又确切地葬送了极夜的黑暗。

看到曾经令我束手无策的黑暗在我力所不及的地方被如此轻易地擒住手脚、剥夺力量，并走向灭亡，我的心境几近空茫。面对逐渐消亡的极夜，或者说被迫戛然而止的极夜，一股意想不到的奇妙感情支配了我的内心。

若用一个词来形容，那便是丧失感。"啊，结束了，属于我的极夜一去不复返了。"走在通往昂纳特的路上，我仔细回味着这种感受。

徘徊在极夜的黑暗之底时，我在挥之不去的错觉中备受煎熬，因此迫切期待太阳能够早日回归，将世界照亮。然而当世界真正明亮起来，黑暗的力量开始退去，我的心里却升起了一股难以形容的落寞之感。的确，极夜的黑暗充满压抑，足以让人动念讨饶："放过我吧，这种地方别想让我来第二次了。"然后将恨意指向月亮，对她恶言相向。但另一方面，当我从达拉斯湾进入内陆腹地，又获得了一种"这里是只有我才知晓的世界"的奇妙回馈感。

那里是深不见底的黑暗世界，是不适合人类生存的时空，是听不到任何动植物发出喘息的死寂之地。

那里也是迄今为止不曾被任何人接触过，存在于地球背后的禁忌之地。除下绒鸭和曾经提出"你们是来自月亮，还是来自太阳？"的男人们，那个世界无人知晓。那里是我不愿再次踏入也不该再次踏入，并警告自己绝不能再次踏入的世界。但同时，如今那里又是只有我曾成功潜入的，只属于我的秘密场所。归根结底，那就是我亲手构建起来的我的内在世界。而如今，它要离我而去了。只属于我的世界正在消亡。大概我再也不会进行极夜探险了，就算再来，也没有意义。既然我已经在此行中了解到极夜为何物，就不可能再以同样的新鲜感觉去面对这个世界。这里曾带给我如此多的经历和惊讶，极夜的黑暗也是如此震撼人心，然而它们终归都是仅此一回的体验，是再也无法找回的享受。从这层意义上讲，我在此行中收获极夜的同时也永远地失去了它。此时此刻，倘若暗夜消失在阳光下，我将永远无法重返那暗不见光的世界。

现实中，当我在营帐里记录下这些感受时，笔下的文字已然变成浮于表面的东西。语言已经无法同我在黑暗里感受到的苦闷与懊恼合而为一。世界变得明亮一新，属于黑暗世界的记忆便开始迫不及待地从我体内流失。今后，随着世界不断趋于光明，我的心情也会愈发明媚，变得愉悦和舒缓吧。那些因为在黑暗里被超越常理的力量剥夺了自由而来的紧迫感，终将从记忆中彻底消失，从肉体里流失殆尽。我在极夜里经历的一切也只会留下莫名所以的浮夸文字，曾经完整的体验已无法失而复得。不管怎么样，这都是件令人难过的事。

*

　　到达昂纳特的小屋是在 1 月 30 日。

　　在到达小屋前的这段时间里，世界变得更亮了。前一天我还打到了一只狐狸，当时它正在固定冰附近的乱冰里徘徊，被我一枪击毙。不同于在黑暗里遭遇悬浮发光体的情形，由于视野已足够明亮，瞄准时要容易许多。我在接近至 30 米左右的地方开火，子弹轻易命中了目标，我当场将猎物解体。比起兔子来，狐狸膘肥肉厚，有六七公斤重，多少缓解了失去吃狗肉这个选项之后我自己的食物短缺问题。北极狐的肉不论是闻起来还是吃起来都没什么味道，是一种颇为神奇的徒有口感的肉，但是经过几天自然风干后，狐狸肉多少有了些鲜味。随后的一段日子里，我每天都靠吃狐狸肉过活。

　　刚离开伊努菲什亚克的时候，我多少还抱着"如果打到了大型猎物就继续北上"的念头，但是在目睹了极夜的消亡后，这个想法渐渐消散了，等我到达昂纳特时更是已经彻底消失。极夜已死，我的探险对象也不存在了。事到如今再去猎杀大型动物然后北上，最远只能走到达拉斯湾北部，何况在我看来，不必要的杀生和在明亮的极地里闲逛都是无谓之举。此外，虽说是事后诸葛亮，但此行的成果已经在深入极夜腹地的过程中找到了。总之，我的动力消失了，食物也已告急。到达小屋后，我做出了返回村子的最终决断。

话虽如此，这里仍然是气温低于零下40摄氏度、纬度高达78度的极北地带，而且回程中还有穿越2月的内陆冰盖这道难关等着我。在主观上，由于天色渐明，我不禁因为世界再次变得美好而窃喜，甚至乐观地认为，只要天色是亮的，严冬期的冰盖也不过如此。然而一旦回到客观的立场考虑，便会发现回程的艰难是显而易见的。别的不说，如果这个季节的冰盖上刮起暴风雪，不要说赶路，就是被困在帐篷里一个星期都不足为奇。

我为松懈的神经拧紧螺丝，开始考虑回程的方案。之前也曾写到，来时两次遭遇暴风雪的梅罕冰川是回程的必经之路，然而冰川的入口非常难找，即使天色足够明亮也容易迷路。鉴于这种情况，等到2月中旬以后，天空亮透了再走下冰川是较好的选择。而且考虑到在冰川上遭遇暴风雪的可能性，整体的日程安排需有足够的富余量。虽说天色变亮，行李也已变轻，花在路上的时间肯定比来时要短，但是在预估的时候不妨保守一些。从小屋到冰盖需4日，穿越冰盖需4日，走下冰川至返回村子需2日，再考虑到因暴风雪受阻的风险，预备天数还要进一步增加。如此一来，从小屋返回村子的这段路至少需要花费两周时间。

我决定先在小屋里度过5天，等天更亮些再于2月5日带上两周的食物和燃料重新上路。问题在于食物是否够吃。经清点，手上的食物有：速食大米1.4公斤、速食拉面1公斤、压缩饼干5公斤、培根 2.8 公斤、脂肪 1 公斤，以及马铃薯泥 0.5 公斤。这些食物全是为返程那两周准备的，在小屋里等待太阳的这一周则靠狐狸肉生活。随后在小屋里翻找时，我又发现了可能是天狼星队——在巡逻中发现我的物资遭北极熊破坏的丹麦陆军小队——留下的 0.5 公斤干面包，以及我的好友荻田泰永兄于今春从加拿大徒步至此时留下的意大利面和速食大米（后经查证，这其实似乎是从雪里挖出来的我自己的物资的"幸存者"），此外还有存放在小屋水池下面的应急燕麦粥。我也从这些物资中借用了一部分，充当滞留小屋时的口粮。

我想，这 5 天里应该能抓到一两只兔子，然后就依靠这些食物，尽量少活动、少消耗，在小屋里搭起帐篷，钻进帐篷静待太阳回归。就这么办。

在等待太阳的日子里，我闲得无事可做。自从主动进入养精蓄锐的状态，原本就因为极夜的结束而舒缓下来的神经变得更加松弛了。每天一到中午，我就外出去找兔子。以前小屋周围遍地是兔子，数量泛滥得仿佛你站在窗边开一枪就能打到，这次却连一只的影子也看不到。雪地上有无数脚印，也有被兔子踩出来的小径，唯独不见了兔子。眼看附近找不到，我就步行 10 分钟去山谷里找，然而依然无果。下午 1 点时我漫步到山谷，等 4 点时天色暗下来，看不清兔子了，我就回到小屋里继续闲待着。因为在帐篷里闲来无事，我便把小屋里那本过期的《周刊宝石》又翻了出来，连广告页也读得一字不漏。我还把唯一一本随身携带的口袋书从头到尾翻了好几遍，并把到此为止在旅行中偶得的感悟整理成了笔记。耗到入夜，也就是日本那边变成早晨的时候，我迫不及待地接通了卫星电话的电源。

那段时间我最期待的就是能在电话里听听家人的声音。一天到晚都在盼望这个时刻，说所有时间都为了这一刻而存在也不为过。

也许有人会质疑："你不是说 GPS 是不该使用的，冒险就是脱离体系吗？怎么卫星电话就可以？这不是自相矛盾吗？"

没错，在这件事上我就是矛盾到了无以复加的地步。

换作以前，我对在探险中使用卫星电话的排斥程度远比使用 GPS 更甚。在别人看来，用或不用似乎没有区别，但于我而言，这是原则问题。

携带卫星电话意味着遭遇不测时可以呼叫救援。由于现代交通运输体系是建立在 GPS 坐标之上的，持有 GPS 和卫星电话就让人处于随时随地可以接受救援的状态下。一旦确立了联络系统，危难之际便可一键脱身。但是这样一来，任何与世隔绝、人迹未至的荒野都将失去"人迹未至"的意义，成为"现代体系"这根麻绳中的一股。如果可以随时随地、随心所欲地脱离，混沌的未知世界便和人类经营的体育竞技场无异。若想在绝对混沌的自然中仅靠自己的力量维持生命——若想保有这样的自由，就要最大限度地逃离科技的掌控。简而言之，这就是我所秉承的科技否定论。

"脱离体系"是此次极夜之旅的基调。而说到此行的基础理念，便是离开大多数人生活的"太阳每天升起的世界"（即日常体系），进入到"24 小时没有太阳升起的黑暗世界"（即极夜体系）并探索其未知领域。不过，如果能在脱离日常体系这一主旋律之外，同时实现对上述科技体系的逃离，就再理想不过了。正因为执着于此，我才坚持不使用卫星电话。

　　但结果是我没能做到。至于理由，是因为结婚了，也有了孩子。把妻子和两岁的女儿抛在家里，自己一个人在极夜的异境里生死不明地游荡三四个月，即便是我，在伦理上或者说在心理上也是无法接受的。不同于在与外界失联的情况下进行极地探险的19世纪，当今时代已经出现了卫星电话这种"不必要"的东西。如果我宁可无视现状也要贯彻理念的话，按道理我就应该先解除婚姻、解散家庭。然而我不可能那么做。我用"电话只在最低限度上用于向家人报平安"这样的借口说服了自己，接受了不彻底地脱离体系，或者说探险将存有缺憾这个事实。说白了，就是假装问题不存在。30岁出头的时候我曾在文章中写道，携带卫星电话进行极地探险是无意义的。这种话我也当自己没说过好了。在这次旅行中，我无比深刻地体会到，原来建立在情感上的人际关系是远比我那书生气的理想更牢固的东西；在构成人类社会的所有系统中，最难逃脱的并非太阳和GPS，而是家庭。在小屋等待太阳的一周里，被家庭体系牢牢拴住的我，满脑子想的都是给家里打电话。刚从村子出发的时候，因为担心电池会不够用，电话是能不打就不打，联络也基本停留在每隔几天发一条短信的程度。然而现在极夜已过去了，松懈下来后就把持不住了，我几乎天天和家里通话。铃响几声后一听到妻子拿起电话说"喂？"，从极夜的紧迫感中得以解放的我就忍不住发出了在家时从来不曾有过的奶声奶气的声音。

　　"喂，系我呀！"

　　"怎么了？发出那种声音。"

　　"咳，寂寞嘛。这里太黑了，太阳还不出来。"

"是嘛。"

"有没有什么好玩的事啊？来点新闻解解渴吧。我这边只有 20 年前的旧杂志，没有便利店也没有拉面店，真是太惨了！"

"新闻啊，没什么特别的。特朗普当选总统了。"

"特朗普什么的无所谓啦。咱家闺女怎么样了？"

"哦，对了，之前小春过生日，大家一起去面包超人博物馆来着。然后，咱家闺女把鼻屎抹在小唯的后背上了。"

我大笑不止，"太好笑了！我就是想听你说这种事。咱家闺女的鼻屎，肯定又小又可爱吧？"

"没有啦，好大一块呢！"

因为每晚都这样和妻子闲聊，我心里尚存的那点身处极夜时应有的认真态度无可避免地越发涣散，精神也一天天萎靡下去。

2 月 7 日，因极夜过去而涣散的意志尚未清醒，我却不得不离开小屋，踏上归途。原本只打算待 5 天的，结果提不起精神，懒得出发，又多耗了两天。整整一个星期，因为帐篷搭在小屋里，又天天生火做饭，帐篷的内壁上结满了厚厚的霜。我用刷子把霜刮干净，又把地扫干净，如此一眨眼，两个小时就过去了。

这一周里，尽管我每天都去捕猎兔子，可是到头来却一只都没打到，余下的食物（包括狗粮）只够我们勉强维持两周。找不到兔子恐怕是因为狼群过度增长，使得昂纳特一带的兔子纷纷转移去了别处。作为证据，我在一片雪地上发现了无数的狼的足迹。不但食物告急，我也没有完全从疲劳中恢复。持续两个月的跋涉让疲惫沁入身体的每个缝隙，拖着雪橇每走一步都让我感觉疲惫像胶水一样把身体死死黏住。狗也是，尽管看上去已不那么消瘦，我却在这天早上抚摸它时发现手下依然瘦骨嶙峋。

但毕竟天色已经变亮，这些状况并未让我感到不安。在过去的一周里，世界变得更明亮了，想必再过一周便将迎来太阳升起的时期。我叮嘱自己不可小看严冬期的冰盖，要提起精神来，然而面对即将到来的初升旭日，再紧张的神经也放缓了传导速度。此外，虽说不排除遭遇暴风雪的可能性，但是坦白地讲，我认为遭遇不测的概率不大。回顾以往的经历，同样是穿越严冬期的冰盖，2014 年二三月间那次就没遇到什么像样的暴风雪。此行的上半程也不曾在那里遇到强风。有经验作保，我在出发前甚至怀念起了在明媚的冰盖上行走的感觉，宛如要去郊游一般，内心充满期待。

我们从小屋出发后走在固定冰上，不久便看到了那两条并行河谷中较小的一支。脚下是兔子踩出的小路，狼群的足迹紧随其后。前方是一面陡坡，我脱下滑雪板，换上钉鞋后重新拖起了雪橇。

"喂！你这家伙！既然吃饱了就用力拉啊！"

在陡坡上拉橇时，我经常要像这样大吼着给狗鼓劲儿。大约一小时后，坡度渐缓，我们加快了步伐。向左边眺望，小屋后面那座标志性的山丘随着登高逐级显露出来。入海口那边，灰色的云层正在天空中翻涌。继续爬上一段缓坡后，两侧的山脊开始向中间聚拢形成山谷，脚下的雪地在冷风吹拂下变得又实又硬。一路上，我始终肩挎来复枪，瞪大眼睛到处搜索兔子的踪影，然而什么也没找到。

再往前，山谷将以小角度向左侧延伸，并在越过一座小山丘后并入通往冰盖的干流。因为打扫小屋时消耗了时间，又是时隔一周的首次行动，我决定在进入干流之前扎营。下午 4 点半过后，天色渐暗，能见度也降下来了。走到小山丘跟前时，那里恰好有一片又平又硬的雪地，我想就在这里扎营吧，于是转过身去。

那一瞬间，我不禁怀疑起了自己的眼睛。嗯？狗怎么变成两只了？

不知为什么，狗儿好像使出了分身术，变出了一只和它一模一样的狗，像护卫一样紧跟在雪橇后面……尽管在那一瞬间看起来就是这样，但真相当然并非如此。看似狗儿分身的其实是狼，一只同样披着一身浓密白毛的大狼。它正凛凛地站在那儿，用空洞的眼神无畏地注视着我。

意识到那是狼后，狼会做出的举动让我心里泛起了一阵恶寒。我甚至不知道它是从何时起悄无声息地跟在我身后的。只要有意，它随时可以从现在的位置扑过来咬住我的喉咙，置我于死地。但同时我想到的却是这下有狼肉吃了。尽管手上的食物可以维持两周，但是在这个时期的极夜里，每天吃的量都只是勉强能够支撑行走，老实说，我心里是有些没底的。打到狼肉就意味着将有更充裕的回程时间，更多的时间则意味着更低的死亡概率。

我条件反射似的端起肩上的枪，单膝跪地瞄准了目标。在五六米的极近距离下，射偏是不可能的。对于射杀狼这件事我没有半点迟疑。"能杀我的时候没杀我，只能怪你自己。"我想。

现在枪口对准了狼，狼却依然纹丝不动。乍看之下，狼的脸上没有表情，但它的心里恐怕显然暗藏着复杂的情感。那眼神虚无得令人不敢直视，尖锐的视线仿佛能明晰地看穿我的每个举动。狼的行为中蕴藏着某种能够骚动人心的东西，特别是在与它们目光交汇的时候，你甚至能感到那是一种智慧高度发达、与人类相差无几的生物。如此聪明的动物，在我用枪口对准它的瞬间应该就已经明白了自己的处境，为什么不跑？就在这个念头划过脑海的同时，我扣下了扳机。

那一瞬的手感告诉我，子弹必然贯穿了狼的要害。

我从准星上挪开视线，注视着前方的狼。狼依旧像定住了似的站在原地，一动不动。莫非射偏了？我想。就在这时，狼扑通倒下了。

走近一看，狼是瞪着双眼、张嘴露出尖牙毙命的。此时倒在地上的是一大团浓密的白毛，上面长着比狗更长、纤细得有些不成比例的四条腿，面孔则与我的狗没有分别。那一刻，我心里产生了某种杀害具有高度智性的高贵生物的罪恶感，但那份伤感很快就被必须赶在天黑前将其分解的现实性问题掩盖了过去。

令人意外的是，换作平时早已兴奋号叫的我的狗，这时却没了动静。狗的反应像是有些困惑地目睹了突然出现的另一条狗被我杀害的过程。仔细想来，狼就跟在身后，狗却没有发出警告。

尽管从狗的反应中感到了某种难以理解的东西，当务之急仍是解体工作。我从狼的脖颈处着手插入匕首时，山谷下方突然响起了另一只狼的远嚎。鉴于我射杀的是一只雌狼，那大概是和它成对的雄狼感知到异变后发出的叫声吧。

收紧喉咙发出的"呜喔——"声在山谷里回荡。那是对我的威吓吗？还是对死去的雌狼的呼唤？抑或是得知伴侣死讯之后的哀号呢……号叫的理由不得而知，不过，这两只狼该不会就是我从达拉斯湾返回时遇到的那两个悬浮发光体的真身吧？虽说无关紧要，这个疑

问却在我脑海里久久挥之不去。或许它们一直都跟在我身后，窥探着
夺取食物的良机。

　　我尝试不予理睬，号叫声却没有终止的迹象。四周开始同黑暗融
为一体，狼的身影无从判断，只有吼声在山谷下方的黑暗深处回荡。
随着夜幕降临，吼声愈发凄苦沉重起来，令人惴惴不安。

　　"该不是要来复仇吧……"我揣测着。

　　些许恐惧令我停下了手头的解体工作。我拿起枪，对准黑暗背后
吼声传来的方向。

　　"叫什么叫！赶紧给我滚！"

　　我扯着嗓子大喊一声，然后拉动枪栓，冲着黑暗里"咚、咚"连
开了两枪。枪声响起的同时，吼声连同其主人一并消失无踪。幽暗的
山谷复归寂静，我再次着手解体工作。

　　见到狼血后，狗儿到底抵不住诱惑了，兴奋地叫个不停。

　　就结果而言，是这只狼的肉最终让我绝处逢生。

极夜的延长战

苍茫的夜色下，分解狼肉的工作还在继续。

不同于狐、兔之类，狼属于大型动物。虽然体型不及北极熊和麝牛，比起犬类还是要大上一圈的，即使是雌狼，体重也在 40 公斤以上。因此，就算分解得比较随意，也能轻松拆下 10 公斤以上的肉和内脏，足够我和狗吃一个星期。虽然很难想象，但凡事都有万一，如果不幸遇到不得不禁足一周的超弩级暴风雪，被困在冰盖上，我们仍能靠这些肉挺过去。

狗儿在一旁兴奋地拖着雪橇，可怜兮兮地"咿——咿——"地叫唤着。看它还是那么瘦，我便想着先给它肉吃，于是剁下一条前腿，

"砰"地丢在它面前。狗儿露出了诧异的表情，把鼻子贴上去闻了闻，然后颇有些戒备地撕下一小块叼进嘴里。

我继续埋头剥狼皮。其间偶然向狗那边瞥了一眼，发现它完全不理眼前的肉，正一声不吭地看着我。

"怎么了？为什么不吃？想要内脏？"

既然不吃前腿，我就撤下肠子，切了丢给它。可是狗儿依然只是闻闻，一点儿不动嘴。

看到狗那个样子，我突然反应过来：也许是狼肉让它产生了过于强烈的同类相食感，所以才吃不下去吧。

狼与狗之间确实是可以交配的亲族关系，特别是肖拉帕卢克的爱斯基摩犬，由于其原始性强，给人的感觉是它们仍保有当初决定与人类共存的狼的遗风。尤其是我这条狗，狼的风貌在它身上显现得尤为突出，以至于摄影导演龟川在第一眼见到它时就激动地发抖，说它长得像《幽灵公主》里的那只大狼。

同样是犬类，有些狗就似乎对同类相食毫不介意。换句话说，在这件事上，狗与狗之间有着极大的个体差异。我的狗属于心地善良又有人情味的和平主义者，一定是很抵触吃亲族狼的肉吧。过去在昂纳特附近发现狼的尸骸时，它也只是闻闻，不会动嘴去咬。这样推断，刚才狼接近之后狗却沉默不语的情况，它也许是这样想的："嗯？想不到会在这里遇到朋友，而且还是一只很棒的雌犬！甚好，这下可以久违地'大干一场'了！"可结果却是它的对象突然在眼前被我一枪射穿，当场丧命。对此，狗儿的心情一定犹如晴天霹雳，因此咽不下狼肉也在情理之中吧。

话虽如此，放着狼肉不吃，对死去的狼也是一种不敬。分解狼肉时我对自己保证，一定要把这只狼的肉连同内脏统统吃掉。与其说是对这种高洁野兽的谢罪，不如说纯粹是出于对浪费的惋惜。在主观上我的探险意志懈怠了，但是在客观上我很清楚，严冬期的冰盖是一道无法预测的难关，必须尽力调配所有的食物资源，以备不时之需。

我把拆下来的肉和内脏丢在狗面前。

"给我吃！"

被我用几近训斥的语言命令后，狗显出一脸无奈的样子，一点点撕咬起来。猎物来之不易，所以这天我没有投喂狗粮，而是把相当于5公斤的狼肉和内脏堆在了狗面前，之后就走进了帐篷。

我的晚饭理所当然也是狼肉。考虑到可能有寄生虫，我把狼肉切得很薄，用锅煎透以后撒上盐来吃。和狐狸肉相比，如此烤出的狼肉绝对是一道极品佳肴，不但滋味浓厚，而且口口流汁。特别是后背和脖颈等柔软的部位，在我迄今吃过的各种肉食当中，狼肉算得上是最美味的了。狼的脂肪也很好吃，咬上一口，便有像牛肉一样浓郁、芳醇的味道在嘴里扩散开来。之前曾听肖拉帕卢克的村民们抱怨，说狼群的增加导致麝牛和驯鹿的数量减少了，现在我不禁想要劝他们放弃麝牛和驯鹿，直接捕狼来吃了——狼肉就是好吃到了这种地步。大概是因为野狼靠吃麝牛和驯鹿为生吧，狼肉里满是牛肉和鹿肉的鲜味。

翌日早上走出帐篷一看，狗儿到底还是把领到的狼肉吃掉了一半。饱餐一顿之后，狗儿拉起雪橇格外卖力。这天，我们进入通往冰盖的干流，之后一路向南挺进，当晚在山谷的中游设下了营地。

夜深以后，下游方向忽然响起了狼的远嚎。听声音，这次的数量不止一两只，而是多达 10 到 15 只的一群。狼群分布在山谷两岸，哀婉的叫声在谷间交相呼应。

自从进入干流，开始有大量狼的足迹不间断地出现在山谷各处。这是我第一次见到如此多的狼脚印。往常能见到的兔子如今踪迹全无，大概是被狼群逐出了栖息地吧。狼的数量正在以不可想象的速度增长着，或许它们已经形成了团伙，在这片山谷里飞扬跋扈。

"噢——呜——""噢——呜——"号叫声无休止地在耳边震颤。听着大群肉食动物在附近以吼声示威，我的心情糟透了。大概是昨天被射杀的雌狼的同伙吧，我在睡袋里思忖着。据说单独或成对行动的狼是不会袭击人类的，但狼群就不好说了，何况我还杀了它们的同伴。

我爬出睡袋检查门口的枪，上了四发子弹后打开了保险。吼声在那之后又持续了许久，我提防着狼群靠近，但还是渐渐意识模糊，回过神来已是早晨。

翌日，我们继续向山谷上游前进，并到达了此前曾让我苦不堪言的冻原中央高地。在那之后，地形稍许走低。我们踏着无限广阔的雪地，向冰盖走去。

不知为何，狼群似乎对冻原的内陆地区敬而远之，它们的足迹在山谷里突然中断了。与此同时，在靠近中央高地的地方，兔子的身影陡然增加。看来兔子们果然是被不断扩大的狼群驱赶着，不得已转移了栖息场所。

最初在中央高地所在的山谷源头发现成群的兔子时，我以为暂时不会再遇到它们了，就捕猎了一只。一举击中目标后我迅速处理了兔子的尸体，只挑出肝脏、里脊肉和腿肉收进袋中，包括内脏和脑袋在内的其余部分统统丢给了狗。和投喂狼肉时不同，这次狗儿和平时一样急不可耐，频繁地喘着粗气，一门心思地把肉吃光了。我们继续赶路，没走多远就又碰到了一群兔子，我再次捕猎了一只以备不时之需，并和之前一样把内脏和脑袋丢给了狗。后来，兔群频频出现，多得打不过来，我便不再去打了。回程时的中央高地已然变成了兔子们的乐园。只见那边 5 只一队，这边 10 只一伙，无数个小团体在视野里蹦来跳去。当中也有睡死过去的，对我的接近浑然不觉，似乎只要我有意，兔子就可以手到擒来。狗儿吃了太多肉，肚子胀得像灌满了气的球胆，每到休息时间就四腿一蹬，扭着脸，一副"动不了了，老爷……"的痛苦表情。

不光是兔子，随后那天，麝牛也现身了。500 米以外的地方，五六个轮廓极其清晰、毛色无比鲜明的黑影缓缓地走过白色雪原。那一刻，我感觉自己在极夜的黑暗里摸爬滚打，朝思暮想能遇到麝牛的日子已经成为遥远的过去。假使能击毙那其中的一头重新北上，自己又究竟能走多远呢……这样的想法在一瞬间掠过心头，但我已无意将之付诸行动。我慢慢靠近牛群，端起相机，记录下了眼前的画面，之后便扭头向雪橇走去。

冰盖进入视野是在 2 月 12 日。从小屋出发后，一连几天不是起雾就是降雪，气温始终保持在零下 20 至零下 15 度之间，就这个时期而言，算是异常的高温天气了。受制于几乎为零的能见度，有时候我们不得不止步一整天。然而就在这天清晨，天气骤然变冷，气温一度降到了零下 32 度。等天气恢复后，连日来的雾霭散去了，视野一下子开阔起来。放眼望去，拔地而起的冰盖正在雪原的彼方居高临下地俯瞰我们。那块灰色、阴郁，由冰雪构成的庞然大物正不可一世地傲然耸立，用它的威严考验着探险者的勇气。

但即便是来自冰盖的震慑力也不免要融化在不久后洒落的阳光里。在地平线下方，不知该称其为夕阳还是朝阳的太阳正在散发极夜黎明前的光芒，使冰盖最南端的一角闪耀出炫目的橙色。七彩的光晕从中心扩散开来，那种神圣感让人联想到仿佛有一位宛若神明的白须老人正在光芒中从天而降。太阳就在与之比邻的地方。那颗巨大的炽热光球，那座天然的核融合放热装置，就在光晕的下方。我无法不这样思考。事实过于明了。也许它明天就要升起来了，不，可能再过10分钟太阳就要露出地平线了，我望着冰盖上那刺眼的一点不禁想到。很快，橙色的光芒漫向四周，将整块冰盖染成了火烧般的红色，眼前的雪原也在接受了更多光照后腾起了夏日才能得以一见的热浪。望着热浪，我的惊讶之情溢于言表。回想起短短 20 天前的黑暗的浓度，眼前次第展开的光景着实令人感到不可思议。

恐怕在我登上冰盖的时候——或许就在明天或是后天，极夜的日出就要来临了。在肖拉帕卢克，太阳会在 2 月 17 日前后升起。考虑到冰盖顶端的海拔更高，视野不会被陆地阻挡，日出的到来或许还要再早几天。

万一明天就能见到太阳，自己究竟该以怎样的方式去表达激动之情？不管怎么说，我已经近四个月没见到太阳了，在心里做好准备总是有必要的。

午后，等太阳的光芒退去，冰盖又恢复了灰色的傲人姿态。由于狗粮比想象中消耗得快，我击毙了最后一只兔子，作为给自己的强心剂，之后便在冰盖脚下扎了营。

*

翌日是 2 月 13 日，我们向着跨越冰盖这道最后的关卡发起了挑战。

从小屋一路走来，天气少有放晴的时候，但是在进入跨越冰盖的阶段后，气候的变化无常更是达到了令人匪夷所思的程度。

前一天夜里还是风平浪静的，这天吃早饭的时候突然起风了。大风卷起前几天的降雪，形成了猛烈的地吹雪。根据以往的经验，强风一旦在冰盖上刮起来，无论如何都会持续一天以上。眼看今天走不成，我做好了休整的打算，吃过早饭就钻回了睡袋。可就在我刚要入睡的时候，风突然停了下来，变得一丝都没有。

前一秒，帐篷还在啪嗒啪嗒地激烈摇晃，现在却像剧情突然发生反转，安静得叫人无所适从。

这是怎么了？

我被这说变就变的天气搞得有点不知所措。本来已经做好它会刮上一天的准备，结果不到一个半小时就停了。我看一眼表，才 11 点，时间还多得很。没办法，我赶紧生起火，给冻冰的毛皮靴解冻，把袜子烤热，做好出发的准备。

从昂纳特一侧跨越冰盖是从攀登陡峭的雪坡开始的，就是来时在黑暗里掉落了袋子，我想也没想就追下去的那面雪坡。半小时后，我爬上了陡坡，前方是一片仿佛未经修整的滑雪场一般凹凸不平的裸冰带。我就这样小心地走在凸起与凸起之间被积雪填平的地方，向正南方向前进了一会儿，等脚下的坡度减缓，冰盖上方那一望无际又毫无起伏的景色缓缓进入了视野。

这天的天空既然不算阴霾，也谈不上晴朗，原以为会升起来的太阳并未现身，只有少许阳光透过云间，把天空映成了薄薄的红色。我们在冰盖上继续前进，没过多久再次遭遇了反常情况。风再度吹了起来，而且顷刻间就增强成了令人寸步难行的暴风。强风卷起浓雾，像雪崩一样排山倒海地向我涌来，瞬间淹没了我的视野。这到底是怎么回事？我心中充满了不解。看一眼表，才 2 点半，仅隔 3 个半小时，狂风再度卷土重来。然而不论我理解与否，风的来势都相当凶猛，将近 20 米 / 秒的风速根本不是人能够行动的状况。好在前方有块平地，我决定支起帐篷，就地进入紧急避难状态。也许是转亮的天色令我掉以轻心了吧，此时的我犯下了平时绝不会有的低级错误。因为无视帐篷所能承受的强大风压，执意要拉动支杆上的绑带将其竖起，在压力增大的瞬间，专门为极地打造的硬铝加粗支杆像树枝一样被轻巧地折断了。

狂风在身边不停呼啸，浓雾几乎遮蔽了视野，体感温度降到了零下 40 摄氏度——如此状况下，已经不可能再气定神闲地修理帐篷了。就算身体能适应，感觉不到冷，我的血肉之躯也会如实地反映出环境的影响：动作一旦慢下来，手脚就会马上被冻伤。情急之下，我把行李搬进了被狂风按在地上吹打的帐篷里，如此堆在上风侧，好歹创造出了一个空间。我本打算在风停以前就这样露宿，但是一想到不知还要吹多久，便觉得应该先把支杆修好，然后再挑战一次，看能否在强风里支起帐篷。这次我在发力时放慢了速度，总算把支杆立了起来。

"啊，太好了……"我松了口气。谁知一眨眼的工夫风就停了，四周再次回到了无声的寂静之中。这到底是怎么回事？我第三次陷入了茫然。暴风起了又停，停了又起，离奇的天气变化在我心中油然引起一股不明缘由的恐惧感。

近年来，我几乎每年都要来北极圈走一趟，但如此不稳定的气候却前所未见。凡事都讲究一个循序渐进的过程，刮风也不例外，风力增强总是要逐级渐进的。迄今经历过的暴风骤雨，就算来势汹汹，也总会留下余地，让我来得及为下一步行动做出打算，而且一旦形成暴风，大抵就要持续一天以上，平息后也会有超过一周的缓冲期，这种周期性的特质可以说是常识了。然而这天的状况完全不同，风刚起时就大得离谱，叫人寸步难行，平息时却是戛然而止，不留痕迹。这叫我如何把握行动的时机呢？

强风在当天夜里再次来袭，第二天一觉醒来时已经演变成严重的地吹雪。帐篷啪嗒啪嗒地响着，声音背后是一阵阵沉闷的、俨然覆盖了整座冰盖的地裂般的轰鸣。那是强暴风的标志。从通风口望出去，外面下新雪了，纷乱的雪花将视野层层遮住，怎么看都不是能够外出的天气。面对这样的状况，我忽然有了一种前途未卜的感觉，于是赶紧把手伸进袋子里，确认食物的存量。从小屋出发时准备的食物只够维持两周，不过，因为途中收获了狼肉，备作晚餐辅食的马铃薯泥就省下了，把它添进主食里，应该可以坚持到 2 月 23 日吧。换句话说，手上还有 10 天的食物。至于燃料，节约使用的话也可以多撑几天。

"所以没什么好急的，时间还有的是。"我有意识地这样告诉自己。不过，反复多变的气候确实为前途蒙上了阴影，刚上路时的郊游心态俨然已被狂风吹散。

当晚9点半，风再次戛然而止。终于停了。我在睡袋里安下心来。那是个寂静的夜晚，此后一直到早上都没再起风。至此，无风状态已超过12小时，说明天气终归恢复了稳定。我就说嘛，暴风是不会持续太久的。"很好，今天可以继续赶路了！"我振奋起来，然后用只在行动日吃的速食拉面喂饱了自己。

10点半过后，我们上路了。到了这个时间，户外已相当明亮，视野完全没有问题。就在几天前，11点时天还是灰蒙蒙的，天亮的时间正在以可见的速度延长着。在日历上，这天已是2月15日，按理说，冰盖上方已经到了迎来破晓的时刻。只要不再起风，今天应该能见到太阳的尊容了。好！今天要见到太阳了！终于要和盼望已久的太阳相见了！我如此期待着，怀着激动的心情迈出了步子。

然而行动开始仅1小时，风就再次从南面吹来，并迅速演变成风速超过10米/秒的强风。强风卷起地吹雪，令地平线消失在了漫天雪烟中。眼见世界被灰色的风景吞没，我的心情也蒙上了灰色。显然，我是踏入了以往的经验无法应对的气象之中。周围的风景正在以极快的速度流失着色彩，消失在雪烟的旋涡中，风速15米/秒的地吹雪铺天盖地地席卷而来——这哪里是观赏日出的时候，这是最糟的状况。

可是，既然早上吃过了行动日专用的速食拉面，就无论如何都要走满八小时。出于食物有限的缘故，在决定不走的日子，我会只吃少量燕麦粥当作早饭，就靠它挨过整个上午。相应的，如果吃下了行动日的早餐拉面，那就无论如何都要把这部分卡路里转化成行动。下午4点过后，天色暗了下来，加上地吹雪依然在肆虐，能见度骤然下降。漫天的雪烟与地上的白雪混在一起，模糊了天地的界线，造成了完美的乳白天空现象。随着事物与事物的边界开始消融，黑夜中那种万物相融的一元混沌状态再次降临了，世界就此化身成为白色的极夜。迎面袭来的强风不断将雪橇拖向下风处，我和狗都因为寒冷和疲惫而变得浑身无力。很快，四周彻底陷入黑暗，时隔多日我再次在行动中点亮了头灯。

翌日早晨，强风仍在刮着，但是考虑到风停以后长时间无风的可能性，我吃过燕麦粥后姑且做起了出发的准备。然而，当我尝试走出帐篷时，接近20米/秒的烈风和降至零的能见度直接给了我下马威。细雪从门口灌进来，弄得帐篷里到处是雪。见状，我决定不走了，把雪扫干净就钻回了睡袋。其实休整一天也没什么，只是一想到今后的天气，我就怎么也无法安下心来。好在食物和燃料可以撑到23日，眼下还不到山穷水尽的地步。尽管如此，看不清出发的时机仍然让我无法安心。以为风停了，它转眼就来势汹汹；以为它正刮在兴头上，它却跟要耍你似的，说停就停。就在我躺进睡袋里的时候，风势又一次没有征兆地减弱了。"这次也许能走了？"我的情绪高涨起来，但这种情绪与其说是期待，不如说是疑惑。我决定等等再说。果然，强风又回来了，而且还带来一阵"隆隆隆隆"的可怕轰响。

最终，被变化莫测的天气搞到忍无可忍之后，我决定动用一直以来被我视为禁忌的手段：向在肖拉帕卢克从事狗拉橇活动的山崎哲秀先生求助，让他把网上的天气预报透露给我。尽管我说了一堆"要脱离体系""要完全靠自己去判断"的冠冕堂皇的话，真到了走投无路的时候，暴露出来的却是我身为现代人委身于体系之后，想要把判断力全权交给通信技术的可悲一面。然而我已经顾不上装模作样了。

呼叫音响过几声，电话里传来山崎先生的声音。

"角兄，你现在在哪里？"

"怎么说呢，登上冰盖以后前进了 10 公里多一点。以冰川为终点的话，大约走完了三分之一吧。食物可以撑到 23 日，暂时不用担心，但是天气太糟糕了。"

"我这边风也很大。"

"有件事想拜托你，能不能帮我查查网上的天气预报？"

"我明白了。这样吧，过 15 分钟你再打电话。"

自从断断续续地刮起强风，已经过去 3 天了。老实说，我以为天气差不多该稳定了，所以非常笃定地认为山崎先生的回复一定会是一剂定心丸，类似于"你放心吧，明天风就停了"，可是 15 分钟后得到的消息却与期待背道而驰。暴风天气将持续到翌日——17 日夜晚。而且，虽然从 18 日晚间起风力将有所减弱，但是预计在 20 日和 21 日两天，风力将再次增强并超过当前级别。据说要等到 22 日以后天气才会全面好转。

我只觉得眼前一阵发黑。只要能到达梅罕冰川的入口，再有一个晴天就能向下抵达海岸，而只要抵达海岸，不论天气有多恶劣，返回村子都不会是问题。但是听过天气预报以后，能否顺利抵达冰川入口这件事在我心里变得难以把握。食物已经所剩无多，我必须赶在 22

日天气平稳之前到达冰川入口。从现在的位置出发，走到那里至少需要两天。假使天气预报是准确的，那么行动日将只有 18 日和 19 日两天。无论如何都要利用这两天走到冰川的入口。时间已经紧迫到了一日也不能耽搁的地步。而且这还是在天气预报准确的前提下的推断，事实上暴风是有可能拖拖拉拉停不下来的。此外，冰川入口地形狭窄，不易被发现，必须在绝对晴朗无风的条件下寻找入口。但是谁也无法保证到时候一定能遇到这种好天气。

"角兄，能行动的时候一定要全力以赴。"

山崎先生用颇为担心的口吻说道，这让原本简单的一句话具有了相当程度的分量和说服力。我想起过去从山崎先生那里听来的经历：他在冬季的冰盖上与强暴风雪不期而遇，强风折断了帐篷的支杆，他被困在帐篷里长达一周。当时听他谈笑风生，我还觉得他的运气太差，真是倒霉透了，心里对他只有怜悯。如今经受着与山崎先生那时不相上下的强暴风雪，我终于理解了他那番话的分量。

对死亡的恐惧仿佛具象成一种带着颗粒的触感，如此涌上心头。我真的能在这样的狂风中突破冰盖吗？倾听着暗夜里振聋发聩的烈风嘶吼声，我越发害怕闯进那风里去了。现在的风势已经超乎想象了，据说还将在 20 日和 21 日变得更加肆无忌惮。"不如撤回昂纳特的小屋吧！"我甚至产生了这种想法。返回小屋补充燃料，然后在中央高地捕上 30 只兔子充当食物，重整旗鼓后再向冰盖发起挑战。这个计划在一瞬间掠过脑海，但是不得不承认，失败的风险是我承受不起的。应该说，会产生如此非现实的念头正是我想逃离这片恐怖空间的证据。但是不论我意愿如何，都改变不了眼下已进入紧急事态、我在为求生而备战的事实。从这一刻起，将不再有昼夜之分，哪怕风只停半刻，我也要尽全力去缩短和村子的距离。为此，我必须最大限度地减轻装备的重量，好让步伐轻快起来。没错，除了求生的必需品以外，其余的就统统丢在这里吧。我当即开始把不要的东西往提包里装。来复枪是为了这次探险新购入的，但是现在没用了（约 10 万日元）。相机也是。天亮以后，袖珍相机就能派上用场了，因此折笠先生托付给我的极夜用单反相机便成了累赘。"折笠先生，对不住了。"如此在心里给他赔罪后，我果断地把相机也丢进了包里（推测约 20 万日元）。还有我为了应对严寒亲手缝制的海豹毛皮裤子。这是一件颇具纪念意义的东西，不过有了 GORE-TEX 材料的裤子，这条不要也罢（无价）。此外还有弹药、备用保温杯、双筒望远镜、羊毛裤子、干电池，等等。把这些东西全部装进提包以后，重量总计有 10 多公斤。最后，我在日记里这样写道："一定要活着回家。"尽管是一句毫无幽默感可言、陈腐又伤感的话，但是为了坚定信念，我还是把它写了下来。写下来，语言就有了灵魂。

翌日——17 日早晨，狂风再次升级，引发了此次暴风雪中未曾有过的震天动地的巨响。可能的话我是想在这天出发的，但是面对如此恐怖的轰响，我到底没能挪动半步。既然预报说风力会在明晚到后天减弱，那么除了看准时机，利用风力减弱的 20 个小时一口气走到冰川入口，我已经没有其他选择了……

就在我左思右想走不出睡袋的时候，风又一次眼见着小了。狂风大作时特有的地裂般的轰响消失了，冰盖上所有的风仿佛都在这一刻止息了。我看一眼表，显示是上午 11 点。被骗了太多次之后，这次我决定先不着急行动。10 分钟过去了，20 分钟过去了，外面一点儿动静也没有。看来这次假不了了，走吗？尽管对再次起风抱有难以打消的疑虑，我还是做起了出发的准备，并在两小时后走出了帐篷。外面果然是几乎无风的。"很好，干得漂亮！"我嘴上嘟囔着，心里想：和天气预报什么的关系不大，关键是临场判断。可是就在我自鸣得意收拾帐篷的时候，该来的风还是来了。两分钟后，那风就变成了足以吹飞帐篷的烈风。

我顶着强风和强烈的地吹雪叠起帐篷，对自己的决定懊恼不已。比起我自己对天气的判断，还是应该相信天气预报的说法……

我看一眼温度计，零下 28 摄氏度，但是站在风里，体感温度堪比零下 40 几度。通常这种情况下就不出发了，我会躲在帐篷里一边向保温杯里倒热茶一边吃巧克力，这才是正确度过如此午后的正确方式。可是，我已经完成了大半准备工作，这个时候打退堂鼓未免不划算。于是我毅然决然地——或者说半是将错就错地——决定就此上路。实在不行就再支起帐篷，反正不管是现在支还是在路上支，顶着强风的条件都是一样的。

出发前，我将前一天整理出来的来复枪等不要的装备丢在了原地。那堆总价值约 40 万日元的东西——虽说有一半是折笠先生的相机——已经让我了无留恋。雪橇变轻后，我们的速度多少有所提升，但暴风和寒冷的猛烈程度比以往更甚，足以将万物冰封的彻骨寒风从冰盖的最高点迎面袭来，直接刺入脸上裸露的皮肤。那种感觉仿佛有无数细如纤毛的针嗖嗖地扎在脸上，叫人疼痛难忍。出发 10 分钟后，我的脸上已满是冻伤。我对这些伤痛无能为力，只好有意识地不去理眯。狗儿也一样，寒风把它脚底肉球之间的汗液冻成了冰，它被扎得鲜血直流，但同样对伤痛熟视无睹。无论如何，我们都要不拘于此，勇往直前。我在某个时刻驻足远望，眼前铺开的是一片凄惨的景象：整座冰盖被直达云霄的雪烟笼罩，仿佛空袭中的东京，又仿佛是整个世界被冰雪的火焰燃烧殆尽。多少天来，我最想见到的就是太阳，与它重逢是我前进的动力，然而现在我已无暇顾及它的存在。现在我以命相搏，只为逃出生天。只要能平安回到村子，其余的怎样都好。

在我脚下，接近平坦且极为平缓的上坡路还在继续，风就是从那上方刮下来的。幸运的是，行进两小时后，随着离冰盖的最高点越来越近，风逐渐小了下来。冰盖上的风是从高处顺势刮向低处的，越靠近顶部，风力越弱。乍看之下，冰盖上方只是一片没有起伏的广袤雪原，但在通过顶部以后，我开始留意到脚下平缓的坡度，并意识到自己已进入下行阶段。随着下行的路越走越远，风也渐渐恢复了强势。不过，既然决定了要在这天全力赶路，我也判断成败就在此一举，那么不管风势如何变化，我都只有前进这一条路了。很快，飞扬的地吹雪模糊了视线，地平线也随着暮色的降临消失在风雪中，天地之间再次被染成了无瑕的白色。当阳光从夜色中全然退去，雪片开始从天而降。飞雪执着地冲击着我的脸颊，钻进我的眼睛里，灼伤着我的角膜，越发难耐的痛感迫使我戴上了护目镜。我点亮头灯，一边从被照亮的地吹雪与降雪的角度中辨别方向，一边不知疲惫地朝冰川入口走去。仅此一天，我的脸就因冻伤而变得黝黑。

翌日——18日可以说是生死攸关的一天。如果不能在这天结束以前到达冰川入口附近，后果将不堪设想。

　　在这天的行程中，存在 3 处我在过去往返于冰盖时发现的标志性地形。这些天然的标识将协助我在广袤而缺乏变化的冰盖上确定自己的所在。在缺少 GPS 的这次探险中，如果不能找到这 3 处道标，并以此把握自己的方位，寻找冰川入口的过程将异常艰难。因此至少在这天，我实在不希望视野因风雪或雾霭受限。何况我还要在抵达村子之前见到极夜破晓的太阳呢。只有见到了太阳，才算是达成这次探险的最终目标。

　　或许是我的愿望被上天采纳了吧，当我走出帐篷时，头顶是一片令人心旷神怡的蔚蓝天空。

　　"喔——！"

　　我发自肺腑地呐喊起来，为这一天的天气献上美好的祝愿。只要晴天持续下去，道标便不难被找到，运气好的话，见到太阳也不是没有可能。

　　然而，出发后不久，南面的天上就出现了不好的征兆。厚厚的灰色云层开始在天边聚集，顷刻间就遮住了整片天空，使我与太阳相见的愿望再次化为泡影。但眼下不是患得患失的时候，至少我摆脱了风雪交加的天气和由此带来的不良视野。我不再多想什么，只管低头走路。

　　继续前进一段时间后，在我的右手边，天的彼方看得到群山的远影。尽管在阴云下难以辨认，但若将视线越过洁白如玉的冰盖，便有一排断断续续高低起伏的山影。那片远山正是通往梅罕冰川入口的第一处道标。我停下脚步，先用罗盘测量出远山相对于我的角度，然后在地图上计算该角度与我行进方向的交点。两个月前经过这里时，远山是暗不可见的，我也就没想到去测量。不过，这种三角测量法算是运用地图的定位法中最基础的一种了，上大学时，我加入探险部后最先学到的就是这种方法。等我推算出自己的位置，并了解到这一方位与预期大抵相符时，心里终于踏实了一点。照这个势头走下去，今天大概能在理想的地方落脚吧。

旅程还在继续。若想找到下一处道标，就需要跨越与梅罕冰川相邻的另一座大型冰川的源头。源头对岸有座低矮的山丘，从山丘左侧绕上去，便是我印象中的正确路线。这座山丘是3处道标中我最看重的一处，只要能找到那里，搜索冰川入口的工作基本上就没有悬念了。

天空的表情依旧是不祥的多云模样。在正前方遥远的天之彼端，一片又扁又长的云朵横躺在紧贴地平线的地方，宛如一座低矮的山丘。云脚下即是我前进的方向。在更高的天空上，云层仍在不断增加着厚度，令视野越来越糟。能为我指明梅罕冰川所在的——也是能让我平安返回村子的——制胜关键如今已近在眼前，为何偏偏要在这个时候让我视野不清呢……我一边怨恨着仿佛象征着此行注定多难的天气变化，一边继续赶路。但也是从这时起，我渐渐发现被我视为前进方向的山丘形云朵其实并非一片云，而是一座真正的山丘，而且很可能就是巨大冰川对岸的道标之丘。很快，地势变了，随着下行坡度的陡然增大，云朵形山丘一下子跳到了眼前，脚下的雪地则朝着一道巨大的沟壑滑落下去。错不了了，这里就是巨大冰川的源头。我已经来到了至关重要的第二处道标前。

这座冰川的源头长年受强风侵蚀，雪地上到处是深深的抓痕，呈现出清晰的风蚀雪沟。和以往一样，由于河道凹凸不平，雪橇频繁侧翻，让我吃尽了苦头。不过，广泛分布的冰雪沟壑恰好是进入正确路线的标志。我和狗儿小心地走在裂缝与裂缝之间的平坦地带，向前方山丘的左侧前进。通过河道中央后，沟壑逐渐变小变浅，脚下的坡度逐渐增大。经过一天的奔波后，我和狗儿都已筋疲力尽，这时只能晃晃悠悠、极其缓慢地一步一步往上爬。

爬出深沟后，前方是一片平坦的雪地。在通过这段平地后，地势再次向光滑的下坡路转移。我一边向右侧修正方向一边走下雪坡，一片不平整的岩地很快在阴郁又乏味的灰色风景中出现在脚下。

那里正是作为第三处道标的另一座大型冰川。这座冰川的源头有一条巨大的冰川裂隙，四周被岩壁、山峦等醒目的地形所环绕。我要前往的梅罕冰川，正是被之前那座沟壑累累的冰川与这座冰川夹在了中间，抬不起头似的陷落在低处。接下来，我只需朝那个方向笔直前进。

我小心地把握着前进方向，以免误入左侧的大型冰川，并在天色变暗以前结束了这天的行程。

回到帐篷里，我彻底放下心来。

既然已经找到全部3处道标，路线的正确性已毋庸置疑。从周围的地形看，这里距离冰川的入口只剩下2公里，过后只需要向南走一小段路，然后在恰当的时候右转舵就可以抵达冰川的入口了。事已至此，只要不是刮起能将我打入冰川谷底的夺命暴风，生还是不成问题的。老实说，我并没有想到今天能一口气走到这里。可见，丢掉多余的装备也好，在暴风中铤而走险也罢，都是正确的判断。看来活着回去不是梦了！

　　我将这天的经历报告给山崎先生后，他也松了口气。不过，打这通电话可不是为了报平安，打听天气情况才是重点。打破禁忌就是这样，有过一次就会有第二次。据山崎先生透露，翌日是多云天气，之后紧接着会是一个晴天，而风势将于后天晚间再次增强。通常来说，明后两天的预报是不会不准的，所以不出意外的话我将于两天后抵达村子。在旅途的最终阶段，我凭借自己的判断冲入暴风雪中，成功化解了危机。身为一名冒险者，我感到十分满足。不过也有遗憾，那就是还没有见到太阳。也许在返回村子的路上还有机会一睹它初升的景象吧。不管怎样，考虑到食物已经所剩不多，而且有再次遭遇暴风雪的风险，我必须趁回得去的时候尽快返回村子，除此以外别无选择。

　　我走出帐篷，外面依旧平静无风。既然旅行已经临近尾声，我便将 1.5 倍于规定量的狗粮撒在地上，对狗说：

　　"真是一场漫长的旅行啊，想不到现在它真的要结束了！再长的旅行，也有真正结束的一天啊！"

　　我侧眼看向专心吃着食物的狗，独自一人沉浸在感伤中，自顾自地沉默起来。

　　但我太天真了。

　　　　　　　　　　　　　　　＊

　　那是当天夜里的事。无风的寂静中，一阵微风"呜"地牵动了帐篷。

听到风声后，我顿时有种不好的预感。过去似乎曾在哪里听到过类似的声音。直觉告诉我，那是上天借由风声向我传达的预告，为了告知我预报不算数了，现在计划有变，风还是要刮起来的。

紧接着，"呼呜"的一声，力道明显变强的第二阵风来了。

"不会吧！"我紧张了起来。

可风还是越刮越猛了，从起初的吹一口长气，到后来房倒屋塌般的声响，其间没隔多久。我躺在睡袋里，对铺天盖地的轰声的恐惧令我蜷缩起身体。天气预报用令人难以置信的完美形式向我诠释了何谓天有不测风云。狂风压弯了帐篷的支杆，把帐篷里的空间挤得异常狭小。能想到的原因不外乎防风绳松脱或是地钉被风拔了出来。可能的话，我真不想面对这严峻的现实，但我别无选择。生起炉火，也吃过马铃薯泥后，我准备去外面查看情况。就在打开通风口的瞬间，大量的雪一拥而入，呛得我咳喘不止。我走进能见度仅5米的强烈地吹雪中，眼前一片花白景色，除了狗和雪橇之外什么也看不见。此时暴风雪的威力俨然已经超越几天前刚登上冰盖时遭遇的级别。狂风仿佛发疯一般咆哮着。

系紧松动的防风绳后，我回到了帐篷里，可是风太大了，刚系好的绳子很快又松脱了。我只好再做一次思想斗争，再一次冲进暴风雪里。这次，我不但在绳子上打了双股死结，还把地钉打进了最硬的雪里。这已经是我能想到的最牢固的办法了。

就在昨天，我还自以为来到了安全地带，放松了警惕，只能说那时的我太天真了。"只要不是刮起能将我打入冰川谷底的夺命暴风"——我哪里想得到，这个 12 小时前用来显示自己胜利在望的假设竟然真的有可能应验。傍晚时，风势变得更猛也更猖狂了。风有好几次钻到帐篷底下，把帐篷吹得好像突然飘了起来，着实把我吓得不轻。因为太害怕帐篷被风刮走，我再次为了检查绳子冲进暴风雪，然而就在身体暴露在外的瞬间，我险些被强风撞飞出去。猛烈的气流灌进肺里，令肺泡在瞬间一齐膨胀，我几乎喘不上气来。在这样连站立都勉强的情况下，根本谈不上做加固工作。跌跌撞撞的我一看到绳子和地钉都还完好，就赶紧匍匐着回到了帐篷里。

帐篷被风吹得东倒西歪，哗哗作响，而且里面同样冷得要命。由于登上冰盖后必须节省燃料，我几乎没有烘干衣物，结果防寒衣和睡袋里浸满了潮气。我躺进潮湿的睡袋，在对轰鸣的恐惧中瑟瑟发抖。帐篷的顶棚、四壁，还有银色的地垫上都结满了白霜。冰冷的死亡世界已经悄然溜进帐篷。

我不禁觉得，如果风再不停下，就感觉不到自己还活着了！我当即拨通了山崎先生的电话。虽然是他好心将预报透露给我，我却有种冲动想要大声质问："昨天的预报到底是怎么回事？！""我这边的风好大呀！"我说。于是山崎先生接上一句："肖拉帕卢克这边的风也好大呀！"

我心想"再大也不可能有我这边的大"，但没说出口。

"天气预报还和昨天一样吗？"

"风会刮到明天早上，然后变小，直到傍晚。晚上据说还会刮得很大，但是白天的天气还可以。"

听完这话，我终于踏实了些。不管风再大，只要熬过今天，明天就能离开冰川了。只要能离开冰川，之后哪怕帐篷被刮走或者食物耗尽，我也能活着返回村子。但夜幕降临后，狂风爆发出了更猛烈的吼声，令我体会到了前所未有的恐惧，如此持续了一夜。

第二天睁开眼，天已经亮了，我从睡袋里窸窸窣窣地伸出手来，看一眼手表，发现时间已过正午。自从昨天得知了天气预报，我就一直在盼望风势能变小。为了感知它平息的征兆，我整夜都在倾听爆炸气流捶打帐篷的声音，可是到头来，风势却丝毫没有减弱，而时间已过正午。此时，狂风和暴雪仍在不遗余力地发出地动山摇般的巨响，驱使着各种用浊音无法表现的拟声词，似乎执意要将帐篷摧毁。

这究竟是要干什么！当恐惧达到极点，一股怒火蹿上心头。这次的暴风雪已经连续两天不把天气预报放在眼里了。天气预报作为现代科学观测技术的结晶，其精确性相比过去已不可同日而语。甚至可以说，正因为这种精确性在一定程度上能够确保人们的安全，我们在制定登山等出行计划时才有必要将天气预报视为依据。不把天气预报放在眼里就是不把现代系统所提供的野外活动模式放在眼里。这次的暴风雪正是以这种姿态将汹涌的冲击波无休止地倾泻在我身上。不得不说，这简直是对规则的公然藐视！"我都已经每天拨打卫星电话，实实在在地回归体系了，所以你也得老老实实地守规矩才行啊！"我真想这样对老天抗议一番。

直言不讳地说，事到如今，我觉得极夜只不过是想要我的命。1月26日从伊努菲什亚克出发那天，世界明亮得可以看清周围的景色，当时的我面对翻天覆地的变化，甚至产生了极夜已离我而去的丧失感。但现实却是极夜直到现在都还一息尚存。极夜榨干了自己仅存的能量，让地吹雪漫天飞扬，用雪烟遮住了本该升起的太阳，甚至不惜干出无视天气预报的无耻行为也要将极夜的特征延续下去。不但如此，它还创造出一种乳白色天空的拟似黑暗空间，企图再次将我拖入混沌的泥沼。这一刻，我醒悟了。原来我的极夜探险还没有结束。在见到太阳以前极夜都不会结束。对抗极夜的延长战至今胜负未决。

在丝毫不见减弱的狂风轰鸣中，我能做的只有蜷缩在睡袋里忍耐。除了对狂风的恐惧，我心里还有同样巨大的对食物和燃料即将耗尽的不安。从昂纳特出发时，我是为了确保时间的充裕，才将回程定为两周，没想到已经到了两周期限的最后一天。若不是在途中收获了狼肉，现在就已经到碗底朝天了。可是，尽管因此保住了性命，狼肉却也因为过于鲜美，几乎快被我吃光了。靠现有的食物和一直舍不得用的燃料，最多还能维持 4 天。接下来，就要看我和极夜谁撑得更久了。准确地说，是要看我跟"ICI 石井运动"定制并由"ARAI TENT"[1]打造的极地专用帐篷的支杆和极夜，谁撑得更久了。但愿支杆不会折断，帐篷也不会被风刮走吧。在这场极夜的延长战中，我能做的唯有祈祷。

午后，突然有大量积雪出现在上风侧，压在帐篷上。通常只会在下风侧聚集的雪，这时不知为何全跑去了上风侧。因为不愿出门，我就从帐篷内部用拳头去锤打。可是雪越积越多，而且不但雪量大得出奇，质地也非常坚硬，捶打根本不起作用。很快帐篷就被雪压弯了。

---

[1]　"ICI 石井运动"是主要专注于登山、滑雪和露营装备的日本体育用品品牌；"ARAI TENT"（新井帐篷）则专注于制造登山帐篷，自 1965 年开始与"ICI 石井运动"合作。

我想起两个月前在冰川上险些被地吹雪活埋的事，当机立断决定外出除雪。

走出帐篷，风依然猛烈无比。然而狗不见了。往常它都是钻到下风侧的积雪下面去，在那里悠然地睡大觉，这时却不知跑去了哪里。

"项圈！"

我喊道，但是没有回应。周围的景色已经被风和地吹雪彻底涂抹成了白色，无法辨识。

"项圈！"

我又喊了好几声，还是不见它出来。它该不会因为大风而乱了神志，自己跑丢了吧？村子就在眼前了，怎么会这样……我不愿相信这是真的，于是像被风推搡着似的跌跌撞撞朝下风侧走去。走出十来米后，我隔着风雪隐约看到一个形同岩石但是很不自然的黑影。走近一看，果然是我的狗。不知为何，它专门挑了这个地势偏高、必定会暴露在风中又冷得要命的地方，蜷成一团睡着了。

"喂！你在干什么呢！睡在这儿会冻死的！"

我用不输给狂风的吼声在狗耳边喊道。然而狗一点儿反应也没有。昨天风太大，没能给它喂食，该不会是力尽而亡了吧……我把它抱起来，发现它还有气息，但就连动一动前爪的力气都没有了，只能蜷缩在我怀里。长时间被风吹打令它虚弱得无法行走，几乎进入了假死状态。我把狗抱回营地，让它躺在下风处，然后给了它将近 1 公斤的狗粮。见到狗粮以后，狗儿终于颤颤巍巍地动了起来。它狼吞虎咽地吃光了狗粮，然后再次躺下，一动也不能动了。

安顿好狗，我重新到上风侧查看积雪。就可见的情况看，压在帐篷裙摆上的雪被吹散后，细小的地吹雪从裙摆部分的下面钻进了侧壁第二层与第三层的材料之间，并在那里越积越多。我把手伸进夹层，掏出积雪，然后在裙摆上压了大量沉重的雪块，以防它再次被风掀开。然后，我重新系紧了防风绳，并用铲子挖出成块的雪堆在上风侧，如此垒起了一面谈不上工整的防风墙。由于长时间暴露在暴风雪里，我的眉毛上结了冰，挡住了视线。强烈的风压反复将我按倒在地，我勉勉强强才把雪块垒到六七十厘米高，然后几乎是连滚带爬地逃回了帐篷里。

由于随风灌进来雪烟和内壁上结满的霜，帐篷里面也好像下过雪一样，我的装备散乱一地，全埋在雪里。怒号般的风声不绝于耳，我就像身处巨大瀑布的落点中心。不管是帐篷的里面、外面，还是我的心里，都混乱不堪，了无生气。做什么的心思都没了，我两眼发直，就那样愣了起来。

然而就在这时，在这场暴风雪的中心和一片狼藉之中，我突然被某种既视感，也就是某种曾经有过的与当下相同的感觉抓住了。紧接着，一个与这场暴风雪完全不相干的情景突然浮现在我的脑海中。

那是3年前陪同妻子生产时的情景。

当时与眼下一样，都是一片混乱不堪。由于不堪忍受上刑般的阵痛，妻子痛苦地挥舞着手脚，捶打病床的围栏，蹬翻了阵痛仪，不停地大声发出哀号。围绕着她狂乱的身影与剧烈的痛苦，东京医科齿科大学附属医院的产房里仿佛有一股看不见的混沌旋涡。会突然想起当时的事，可能是因为眼下的暴风雪与妻子生产时的状况之间存在着某种相似的混乱吧。

几乎在我回想起这段记忆的同时，我的脑海中闪过了一个直观的想法：那时正要通过妻子的产道来到这世上的我的孩子，不正是为了能从黑暗中见到光明而在拼尽全力吗？眼下为了见到太阳而身处混沌之中的我，不是和那个迫切想要来到这个世上的婴儿如出一辙吗？

当时在产房里处于混沌中心的确实是我的妻子，但即将出世的孩子应该也是处在那混沌旋涡之中的。在为期 10 个月的孕期里，孩子舒舒服服地待在妻子腹中，暖暖和和地茁壮成长，然后在 12 月 27 日傍晚的那个时刻，她决心告别子宫里被温暖羊水环绕的、处在原始黑暗中的乐园，经由产道来到这世上。当她准备离开熟悉又充满慈爱的与母体相融的空间时，在她前往全然未知又无从预测的外部世界时，她一定也曾感到过恐惧和迟疑。当分娩前最后的准备就绪，孩子经由妻子终于张开的宫口进入产道的那一刻，她体会到的应该是某种强烈而又原始的不安。也正是在那一刻，产儿的精神世界里第一次出现了被称为"意识"的东西。带着强烈的不安与对现实的一无所知，我的孩子在产道的挤压下旋转着来到了外面的世界。她怯生生地睁开眼，感受到了耀眼的光。光，那是她从名为"母胎"的原始黑暗中降生后最初看到的东西。

当我在暴风雪的帐篷里回想妻子生产的场景时，我忽然意识到，我的孩子在那一刻的出生体验与我正在进行的极夜探险在本质上是相通的。不只是我的孩子，恐怕对任何人来说，出生都是一个再普通不过的必然经历，但同时那也是一个从熟悉、安全的母体进入未知与危险的外部世界的绝处逢生的瞬间。换句话说，出生是人人都要经历的一场人生最大的冒险。

　　在这一连串联想的末尾，我得出了结论。多年来我始终抱有的所谓在极夜的黑暗里历经磨难后见到初升的太阳的冲动，或许是源于一种无意识的诉求，是我想要在后天再度体验出生的过程。尽管没有确凿的依据，但此时我更倾向于相信自己的直觉。在此之前，老实说我并不清楚自己为何会如此被极夜吸引。虽然我逢人便说那是因为极夜里存在着某种本质的未知，但是这个理由并不足以解释我的某些模糊的感受。而就在这时，我感觉那个一直困扰着我的问题被解开了，是沉睡在我内心深处的关于出生的记忆促使我踏上了这次极夜之旅。

　　茅塞顿开之时，另一个我的幼年期的记忆被唤醒了。在我上幼儿园和小学低年级的时候，我经常会梦到某个抽象的影像，并因此在梦中发出呻吟。梦的内容极其怪异。我会出现在一个蠕动的管道状异次元空间里，我在里面向四周张望，于是前方的管道状空间开始旋转，像波浪一样起伏着向我逼近，并似乎要将我挤爆一样使劲向我施加压力。便是这样一个不断重现的梦。然而这种重现为我带来了异样的不快感。它仿佛威胁到了我的存在，每次都令我感到一阵嘈杂的胸闷，因此我总是呻吟着从睡梦中惊醒。年幼的我不能明白梦的意义，又因为内容过于抽象，无法用言语讲给父母听。就这样，随着时间推移，梦境不再出现，这件事也就被我淡忘了。但是当女儿出生的情景在暴风雪中的冰川上复苏时，我心中保有的关于那个梦的记忆也随之浮现，并且被我清晰地理解了。没错，出现在梦中的正是我出生时通过产道的影像。虽然当时的记忆已从意识中消失，但我的体验却以影像的形式烙印在了视网膜上。

　　四年前，刚刚出生的孩子躺在我的臂膀里时，眯起了被光刺到的眼。那光芒一定极大地缓解并治愈了婴儿通过产道时感到的原始的混乱与不安，并作为纯粹的希望的象征，深深地印在了婴儿的心灵深处吧。这是我们所有人都曾经历的时刻。在那之前，我们已经在子宫的黑暗里开始了旅程。那里没有时间与空间的概念，也没有事物的分别，一切宛如融化在岩浆之中。尔后，经历了穿越产道的恐怖冒险，我们终于降生到母体外侧的世界，在那时第一次沐浴光明。光芒映入眼中的时刻是一切的开始。在人类眼中，光明是对出生体验的回溯，也是从不安与恐惧中的解放，正因如此，光明才成了希望的象征。不论是人们心中存有的对光明的无限憧憬，还是世界各地的神话，都将黑暗与光明传诵为死亡与再生的喻示，抑或将太阳视为重生之神，这些都源于出生时的体验：当时的宏大光景与震撼感被永久铭刻在了我们每一个人的精神与肉体里。

置身于暴风雪的怒吼与混乱之中，我似乎找到了自己对于光与暗的理解。2月5日那天，我在旅途中迎来了自己的第41个生日，如果我有幸在回到村子之前见到太阳，那将是我自出生以来，时隔41年第二次见到的真正的光明和真正的太阳。这样想来，此时在这场最后的暴风雪中的苦苦忍耐也不过是为了见到真正的光明的必经阶段罢了。眼下暴风雪带来的混乱就好比妻子被注射催产素后因为地狱般的阵痛而闹翻了天；从孩子的角度来看，便是即将穿过狭窄的宫口钻入产道的时刻。我想起年幼时梦见的那个蠕动着向我逼近的、曾为我带来奇特的不悦感与压迫感的器官。如果眼前的困境相当于在其中前行，那么从某种意义上讲，纵使这场暴风雪想要对我张牙舞爪，或者不讲道理地无视天气预报，我也只能逆来顺受。

狂风依旧猛烈如初地驱使着凶残的爆炸气流向帐篷袭来。我蜷缩在睡袋里，不禁感叹，为了见到真正的光明，难道非要跨越这恐怖的障碍不可吗？妻子是在经历了何等的磨难之后才生下孩子的呢？女儿和 41 年前的自己又是在克服了何其多的不安之后才通过了产道呢？如今的我似乎多少能够体会了。

然后，那个时刻终于到来了。

太阳

傍晚时，风稍微小了些，但夜深以后，下潜力极强的"轰隆轰隆"重低音再次响彻天际，冰川上的狂风又卷土重来了。风势很快达到了前一天傍晚时令人无法呼吸的强度，那过于强大的威力让我再次无可避免地产生了将被它吹落谷底的恐怖念头。

漆黑的夜色中，狂风——这股极夜的残存势力聚起最后的能量向我的帐篷发起了全面猛攻。最后的攻防战打响了。我点亮头灯，庆幸地发现得益于白天垒起的防风墙，奔流的冲击只是勉强打到了帐篷顶部，这使我以微弱的优势避开了爆炸气流的直接伤害。但如果强风持续下去，我实在不认为那堵在暴风中临时搭起的雪墙能够坚持一整晚。眼下帐篷能在风中保持完好无损并屹立不倒，在我看来已经是不可思议的壮举了。不久前发现光与暗的意义时获得的感动，此时已被对狂风的恐惧所代替，就连我想要见到太阳的愿望和也许能够见到太阳的希望，也被恐惧一并击碎了。傍晚时，天气预报是这样说的：风势将于夜间再次增强，并于次日午后趋于平稳。虽说有了上次惨痛的教训，天气预报已经在我心里信誉扫地，但不可否认的是，它仍然是我唯一的心灵寄托。不管怎么样，我能做的都只有祈祷。祈祷帐篷不会被狂风击垮或刮倒，祈祷它自有办法抵御狂风的侵袭。事到如今，我心里只有恐惧。

幸运的是，狂风没有持续太久就收敛了。虽说仍然下着每秒风速高达 15 米到 20 米的暴风雪，但是比起此前杀气腾腾的状态，已不再让我感到恐惧。风势渐弱后，那一阵阵来自黑暗深渊的让整座冰盖为之震颤的轰鸣声也消失了，取而代之的是只能让帐篷随之摇摆的徒有其表的强风。

早上 4 点半的时候，风突然消失了。四下里一片寂静，宛若真空，仿佛刚才那地狱般的光景从未存在过。

我甚至能听到狗儿抖动身体和踏雪走步的声音。就是这般寂静无声。摆脱了对狂风的恐惧后，意识渐渐脱离了我的掌控，我沉入睡梦了。

再次醒来时，风已经先于我回到了这里。地吹雪发出嘈杂的声音，再次将帐篷摇得啪嗒啪嗒作响。我顿时有种想骂一句"差不多就适可而止吧"的冲动，不过风声听起来至少没有大到不能外出的程度。我看一眼表，上午 10 点了。预报说午后天气将趋于稳定，所以，等我做好出发准备的时候，也许刚好赶上风停。就这样，我以出发为前提爬出了睡袋，并燃起炉火。

从通风口望出去，地吹雪正将白色的雪烟扬向空中，视野不算良好。虽然听不到刮暴风时才有的仿佛从远方传来的轰鸣，帐篷却着实在风中摇摆着，风的强度可见一斑。不过，一连几天和非比寻常的暴风雪短兵相接，稍具力道的强风在我看来已如微风拂面。只是，就算我能顶着强风上路，糟糕的视野恐怕也不会让我见到太阳。这多少令我有些沮丧，但在这时，我对重见天日几乎已不抱希望了。

然而，就在我准备早餐拉面的时候，外面的状况突然有了变化。连日来被地吹雪封闭在白色极夜里的灰暗世界突然明亮起来，帐篷的黄色布料上出现了被微光打透的迹象。

该不会是太阳出来了吧？！

面对这始料未及的变化，我的心情从最初的不解变成了不可抑制的激动。眼看光芒越来越强，仿佛整个世界都被染成了金黄的颜色。不知是不是错觉，在目睹这一变化的同时，我似乎还感到了一股暖心的温度。那是一种明显有别于炉火的热度，一种宛如周围的空气被糯米纸轻轻包裹住的温暖感觉，一种早已被我遗忘的温情。

我兴奋地准备着，满心想的都是太阳要出来了。我无论如何都想让最初的阳光洒满全身，于是没有再去通风口旁张望，而是迅速将早饭扒进嘴里，然后穿上防风衣和 GORE-TEX 材料的裤子，换上袜子和毛皮靴。这段时间里，四周越发明亮起来，帐篷已经被耀眼的光芒包裹了起来。熄灭炉火、收拾好东西后，我突然想起龟川先生的一定要为初升的太阳拍照的嘱咐，于是赶紧打开袖珍相机。然后，我拉开入口处的门帘，走出了帐篷。

那一瞬，刺眼的强光令我皱紧了双眉。

巨大的太阳就在我眼前火红地燃烧着。一轮红日正在地吹雪的映衬下，从白雾缭绕的大地尽头冉冉升起。

太阳又大，又圆。大得震人心魄。我从没见过这么大的太阳。那简直就是一颗火光四射的大火球。是啊，此时映在我眼中的不就是一颗熊熊燃烧的火球吗？这样的太阳又大又温暖，有着无与伦比的威力和圆润的美丽外表。它像火球一样纵情燃烧着，借由热核反应让能量爆发出来，令我迎面接受了金色光芒的洗礼。

"哇！……好厉害！……是太阳……"

我不禁发出感叹，像个看呆了的孩子。照在身上的阳光让我感到一阵暖意。"好厉害""好大""好暖和"——除了这3个幼儿级别的形容词，任何言语对眼前的太阳来说都是苍白的。太阳就是太阳，它就在那里，就像它展现给我们的那样。

我想起了答应龟川先生的事，于是将相机拿在手里，准备用它展现自己此刻的心情。可是，当太阳真的出现在我面前时，我却无可避免地语塞了。

我怎么说也算是个靠写作为生的人，所以在还没有见到太阳的时候就已经进行过许多无聊的想象。譬如设想自己在实际见到太阳的时候会有怎样的感想，或者像排演那样，让自己事先进入到某种感受中。因为害怕毫无准备地去见太阳会让自己一无所获，我曾事先模拟过见到太阳时的心情，好让我的日出观后感具备保底的内容。然而，实际上在天空中燃烧的太阳又怎么是我匮乏的想象力能够企及的呢？

太阳所具有的"太阳性",是无论用怎样的语言去转化都无法被说清道尽的东西。事实上,我所感到的既非希望,也非类似抚慰或慈爱的东西,亦不是破除黑暗后的如释重负。至于前一天发现的光的意义,更是压根没有想起来。太阳驳回了我所有的语言,只是超然地君临于天地之间,单纯地作为一颗 33 万倍于地球质量的天体猛烈地燃烧着,不出于任何意图地尽情放射着光芒。我出神地望着这样的太阳,眼里不禁涌出了泪水。

太阳是如此震撼人心。那是只有在这一时、这一刻才能够看到的景象。尽管风比想象中大,地面附近也有雪花飞扬,但雪烟被很好地控制在了 5 米上下的高度,没有漫天飞舞地遮住阳光。雪烟绝佳的高度还恰到好处地使阳光扩散开来,为日冕带来了晕染般的效果。在这种特效的加持下,太阳更显巨大。

这天的日出之所以如此动人心魄,也和时期有关。原本,太阳在极夜过后第一次升起时只会短暂地在地平线上露出一点点。和此前漫长的名为"极夜"的预热期相比,那场面毫无魄力可言,可以说是扫兴到令人诧异的程度。我在加拿大剑桥湾经历一个月的极夜流浪后所见到的就属于那种会冷场的太阳。但此时拜暴风雪所赐,极夜的黎明期已经过去近一周,太阳几乎是以魄力十足的正圆形将自己暴露在地平线之上的。

实在是太出人意料了,而且自始至终都是。如今眼前的太阳,一定就是那个时候的太阳——大约 150 年前,当因纽特人质问外来者"来自太阳还是来自月亮"的时候,所指的太阳。那个终结了万物相融的黑暗,使泥沼般的混沌成为过去,为世界带来秩序、语言和意义的太阳。我望着不断进行热核爆炸、将惊心动魄的绝世奇观展现在我面前的太阳，感到一切努力终有回报。这是一趟有着太多插曲的旅行。我离开日本已近 4 个月，从村子出发后也经过了 78 天。由于事前的努力全部化为乌有，我曾一度认为这场处处与计划做对的旅行交了厄运。黑暗中，绝望是我唯一的体验，我甚至曾想过就此和极地一刀两断。还有我为这趟旅行付出的 4 年光阴。其间，我经历了与狗的相遇，也有过被海象袭击的恐怖回忆，还有结婚生子等个人生活上的变化。所有这些在旅行筹备阶段发生的事，如今正在阳光中获得升华，燃烧出明媚的色彩。

这是漫长黑暗旅途的尽头升起的太阳，是在经受住暴风雪中的战栗后见到的太阳。现在我知道了，所有的准备，所有的辛苦，所有的绝望、惊愕、欢喜与茫然，都是为了让我能与它相见。那是我有生以来第二次见到的真正的光，也是自此以后我无法再见的最美的太阳。

此刻我所做的，就是将这轮超越想象的红日尽收眼底。

*

遗憾的是，我没能就此迎着阳光走下冰川。这趟沉浮不定的旅程并没有因为我见到了太阳就网开一面。

见到太阳以后，我多想拿出一个小时就那样沉浸在感伤之中啊，无奈地吹雪太强了，10 分钟已是忍耐极限。结果，我只拍过照片就又钻回了帐篷里。预报说天气将于午后转晴，所以我打算等风停了再出发。

　　然而，天气预报又失算了，风不但没停，反而越刮越大。地吹雪的雪烟直入云霄，笼罩了冰川，仿佛燃起了冲天的白色火焰。阳光随即消失了，帐篷里昏暗下来，有如极夜的空间再次降临。接着，在最后的最后，冰川上刮起了此行中名副其实的最后一场，也是最势不可当和最穷凶极恶的一场暴风雪。

　　这是一场真正的强暴风雪，极其可怕。只可惜，在写过太多次暴风雪后，我的词汇量已经见底，实在找不出确切的语言来形容最后这场大风了，所以，这里就请大家自行想象吧。我只能说，暴风威力惊人，犹如天变地异。我在日记里这样写道："神拉动了巨大的风箱，发出嗡嗡震响。""仿佛断层破碎、大地开裂的声音不绝于耳，好像世间所有灾害一同爆发的声音响彻四周，令人想到世界末日。"语枯词穷之后，我只能用这些毫无章法的表达记录当时风中的惨状。

　　这天欣赏过日出之后，我在帐篷里等待风停，却听到风声从强风变成了暴风，知道暂时走不了，就钻回了睡袋。就是在那之后，暴风又进一步变成了风神拉动巨大风箱的规模，大有末日将至、万事休矣的架势。面对又一次无视了天气预报的强暴风，我已然失去了抵抗意志。我已经无能为力了。前一天垒起的防风墙已于昨夜消失在了暴风中，这在我外出时得到了确认。换句话说，此刻的帐篷正毫无防备地暴露于这毁天灭地的风口上。结果，原本为了伺机行动才钻进来的睡袋，却因为我的恐惧而成了离不开的地方。我没心思吃饭，也做不到出去给狗喂食，只能在睡袋里听着狂风的爆炸声，蜷缩着颤抖，等待时间流逝。

　　入夜后，耳边忽然传来有什么东西断裂时发出的"咔嚓"声，那一瞬间，我感觉心脏都要被冻住了。不论怎么想，断掉的都只可能是帐篷的支杆。惊吓之余我打开头灯，发现支杆正完好无损地承受着强大的风压。但是听声音，确实有什么裂开了。周围正在发生不寻常的变化，这是不争的事实。然而断掉的究竟是什么呢？半径五米以内哪里有那种东西呢？

我耐不住恐惧，再次给山崎先生打了电话，向他询问天气情况。现在除了天气预报，任何东西都无法带给我确定感。

"风还是很大啊……"

"它怎么就是不停呢……我这边的风也特别大。"

"天气预报怎么说？"

"半夜风会停，然后天气好转。这个季节有时候确实是这样。角兄，风一定会停的，到时候你就一口气走下冰川。"

我只当山崎先生的预报是准确的，然后一心祈祷半夜风停，如此总算耐住了恐惧。后来，我既没有离开过睡袋，也没有生火，除了喝过两次前一天早上为赶路准备的保温杯里的热茶，就没让任何东西通过喉咙。我在睡袋里蜷缩着，任由世界毁灭的声音在耳边回荡，偶尔会有某种具体的断裂声夹杂其间，刺痛着我的神经。每当这种时候，我都抽搐不止，觉得自己正在与死亡相望。

眼看时间从半夜走到了 2 点，又从 2 点走到了 3 点。说好的午夜风停，现在已到凌晨，风却没有减弱的迹象，风神仍在不厌其烦地拉动着那想必足有 50 米高的风箱。事已至此，我只好认为预报又失算了。但是这样一来，一个艰难的抉择就摆在了面前。就当前形势看，天气在经历了这轮暴风雪后很可能并不会好转，而是紧接着迎来下一轮暴风雪。若当真如此，随后到来的恐怕将是颠覆此前所有预报、长达一周的强风天气。应该说，我已经看不到还会有其他可能了。眼下狼肉和燃料都已见底，如果风再不停，我就只剩下吃狗肉这一条路了。和那时一样，我的大脑里又自行演绎起了杀狗的场面：把狗杀死以后，肉生吃；水的话，把雪泡在小便里化冻，稀释后应该能喝吧。这样一来，就算再刮一个星期的大风，我也死不了了。剩下的，就是为帐篷祈祷平安了。

后来又过了许久，风终于有了式微的兆头。我看一眼表，早上5点多了。风神的风箱安静了下来，狂风背后的轰鸣声也消失了，只留下地吹雪空洞的沙沙声。但我知道，狂风仍然余韵未消，一如前一天早晨。鉴于昨天它余烬复起，今天是否真会就此罢休，我无从判断。

陷入窘境后，到头来最终能够依赖的还是山崎先生的天气预报。听"山崎预报"已同吸毒无异，少了它，我的精神就不复安宁。因为即使风能一时停下，只要在我走下冰川的途中再遭遇风暴，照样在劫难逃。到此为止的险恶天气，已经令我丧失了在没有预报背书的情况下走下冰川的勇气。

据山崎先生说，村子那边已经放晴了，天气好得很。

"冰川顶上可能还有些残风，下来就好了。今天下来吧。"

被山崎先生的话推了一把，我终于做出了走下冰川的决断。

当我走出帐篷来到外面的时候，我险些被那一刻呈现在眼前的面目全非的景象吓破了胆。在这场始于昨日下午的狂风的侵袭下，不仅帐篷周围坚硬如冰的雪地仿佛被刀削过一般见棱见角，整座冰盖上都密布着仿佛微缩版大峡谷的深达1.5米的沟壑。但最令我震惊的还是望向上风侧的时候。原本从下方支撑起帐篷的那块雪地竟然被狂风整个掀走了，那块地方如今深深地凹陷了下去，拜其所赐，帐篷有三分之一是悬空的。作为支点被打入硬雪的地钉已经脱落，或者说因为雪地本身被挖去了一米多深，导致有3根地钉成了挂饰。看到这一幕，我终于明白昨夜那些"咔嚓""咔嚓"的断裂声是怎么回事了。那是压在帐篷下面的硬雪被强风掰断后，一块一块被扯走的声音。帐篷之所以还留在原地，纯粹是因为压在裙摆上的雪冻得结结实实，与周围化成了一体。倘若风势不减，再有半日，我就要连人带帐篷一起被风卷走了。

醒悟风是在即将抓住我的一刹那收手的时候，我的五脏六腑全凉透了。

*

在那之后，我和狗儿正式进入了冰川的下行路线。这次是真的要往下走了。秒速七八米的和风带动着零下34度的空气，相比黎明前歇斯底里的爆炸气流，我只觉得冷风凉爽宜人。我们行走在遍体鳞伤的冰盖上，一边小心着不让雪橇跌落沟壑，一边向南前进。

梅罕冰川的入口依旧难辨。途中因为向右侧偏离了路线，我一度看到了4天前经过的千沟万壑的巨大冰川源头，并因此感到惊慌失措。好在即时修正方向后，令人倍感亲切的肖拉帕卢克所在的峡湾逐渐进入了视野。看到峡湾后，我便知道自己已进入梅罕冰川。随着暴风的平息和对归路的确信，我终于有了被死亡松绑的感觉。

旅程临近终幕，歇脚的时候，我决定和狗儿坦诚相见，跟它好好聊聊。

"能活着回来，感觉真不错啊！我呀，有好几次，在想象里已经把你吃掉了。其实就在昨天也……没落到那种地步真是太好了。下次咱们还一起旅行吧？"

狗儿就跟没听见一样，只管躺着。

从这里返回村子，刚好是两天行程。

晴空之下的冰川被太阳照得闪闪发亮。数日来的强暴风雪吹尽了冰川上的积雪，大片大片的裸冰暴露了出来。我们沿着仅有的几处积雪尚存的斜坡往下走，渐渐地，熟悉的山景和村子峡湾里冰冻的海水映入了眼帘。

村子越来越近了。我一边体会着旅途渐近尾声的感觉沁入我的每个毛孔，一边回顾起了已经远在身后的漫长旅程。

在过去的 4 年里，我尝到过物资被盗的滋味，也吃过被强制遣返的处分，前功尽弃的事情不胜枚举，一件接着一件。看到伊努菲什亚克的物资毁于一旦时，我心灰意冷，陷入了绝望的深渊。我曾经哀叹为这次探险付出的时间和努力付之东流，也曾哀叹着自己无果的人生，对月亮怒目相向。但是在旅途临近尾声的现在，我已经能够意识到自己想法上的偏颇。的确，若只看物资这一面，一切都被毁了，我的努力没有换来任何回报。但若着眼于铭刻在我体内的土地记忆，便会发现这 4 年来的坚持绝非徒劳一场。

为了运送这次探险必要的物资，我曾在梅罕冰川上两上三下，3 次徒步前往昂纳特和伊努菲什亚克，两次穿越冰盖，还乘坐兽皮艇在沿海地区行驶 700 多公里，脚踏长靴在冻原的内陆地区行走百公里以上。不仅如此，为了给旅行储备食物，我捕猎了 700 多只小海雀，用流刺网捕获过北极岩鱼，猎杀过 3 头麝牛和几十只兔子。正是在这些活动中，我不知不觉地对这片土地和大海有了深入的了解。例如冰川裂隙的位置、冰盖和冻原上不同路线的差异、每种地形的特征、沟壑地貌的成因、潮水涨落的规律、固定冰上发生浮冰搁浅的危险地段，还有麝牛喜爱的场所、兔子扎堆的区域和北极岩鱼栖息的湖泊，凡此种种，不胜枚举。通过用眼睛观察，用大脑理解，我将这片土地的特性转化成了在这片土地上生存的知识，并让这些知识融入我的血肉。我不是有意识这样做的，而是自然而然地在往来于此地的过程中形成了这样的结果。最终，是我在这片土地上收获的经验使这次探险成为可能。

举例来说，这种经验当我在新月无光的黑暗中穿越冰盖时就显现了出来。当时，我试图利用一些平时很少动用的身体感觉，譬如拖动雪橇时的负重感和脚底的触感，来把握大地的倾斜方向，从而推测出自己的方位。在这种时候，过去旅行中所获得、被保管在记忆深处的冻原的地形特征和地表的知识就被无意识地唤醒了。我望向浮现于黑暗中的山影和雪地，于是在某个瞬间恍然发现，那些景色与过去旅行中见到的是吻合的。这样的发现，往往能在黑暗空间中不知何去何从的时候发挥出决定性的作用。譬如在达拉斯湾，当我决意去捕猎麝牛的时候，为了画出猎物的栖息范围，我的脑海里浮现出曾经目击到麝牛的场所，以及它们可能会喜爱的土地。在海岸线上，当高达二三百米的天然屏障延绵不绝地出现时，我靠着联想起特定的地形，才拖着沉重的雪橇前往有麝牛居住的内陆地区。虽然最终没能捕到麝牛，但若不是具备了与土地相关的知识，我是不可能筛选出自己有希望到达的栖息地并引出下一步行动的。是这些知识给了我在关键时刻做出抉择的洞察力。

类似的决策还有在返程时于昂纳特小屋里采取的等待太阳的保守做法。为了规避在梅罕冰川入口走失的危险而等待天亮，同样是因为借由过去的旅行，我已对冰川入口极易让人迷失的状况有了切身体会。

上面举出的每一次判断的背后都是从过往旅行中得来的直观阅历。倘若少了这些阅历，在对这片土地一无所知的情况下贸然闯入极夜的世界，我恐怕会毫无悬念地葬身于此吧。譬如在我第一次来到格陵兰岛的 2014 年，原本是打算实地考察冬至前后的至暗时期的，但是为了在妻子临盆时能够在场，我特意将离开日本的时间延后到了 1 月上旬。假使我没有见证妻子的分娩，而是按原计划前往肖拉帕卢克，结果将会怎样，下面就让我来具体模拟一下吧。

由于前一年冬天刚刚经历了在北纬 69 度加拿大剑桥湾那个为期一个月的极夜世界放浪之旅，我对于在黑暗中行走多少是有自信的。因此，我多半会于 12 月中旬从村子出发，以一个半月为目标展开前往昂纳特的旅程。然而相比剑桥湾，接近北纬 80 度的格陵兰岛北部不但极夜的浓度更甚，地形也迥然有别。对这片土地一无所知就贸然上路的我会在登上梅罕冰川之后便开始没有头绪的在冰盖上的徘徊。不难想象，我势必会因为不辨方位而陷入迷途。也许我能侥幸走到昂纳特，但小屋的方位依然无从得知。找不到小屋，又不清楚自己在极夜中的确切位置，走到这一步的我基本上就算出局了。或者，我找到了小屋，但这并不等于我就能从那里平安返回村子。1月中旬的冰盖上还太暗，而缺乏土地阅历的我还没有发现任何能够帮助确定方位的道标，因此将在回程时找不到梅罕冰川的入口却又无计可施。找不到冰川的入口就意味着我彻底失去了对定位的把握，加之食物告急，情急之下，我会不计后果地走下最近的斜坡。倘若那里是梅罕冰川还好，但从地形判断，更大的可能是我会误入与梅罕冰川相邻的另外两座巨大冰川。而在这两座冰川上等着我的，将是张开大口的巨大冰川裂隙。稍有不慎便会一脚踏空，落入隐藏在积雪下方的裂缝，再无生还的希望。即便我能九死一生地走下冰川并来到海边，村子的方位依然不甚明朗，向左还是向右，完全听天由命。如果能顺利找到村子当然好，但在这个时期的这个地域，固定冰的状态并不好，时而发生从海角断裂的情况，在那上面行走绝非易事。何况在当时，出于对脱离系统的执着，我是不会携带卫星电话的。黑暗中，焦躁徒增、食物耗尽的我唯有杀掉狗来吃肉。最后十有八九，我会在对上天的咒骂声中露死荒野。

如今，这场在格陵兰岛北部的极夜探险即将告捷。亲身经历告诉我，缺少对土地的了解是不可能在如此昏暗的季节里且如此棘手的地形上行走的。这次我能避开致死的绝境，在接近80天的时间里，在这极北的大地上行走于极夜之中，全要仰赖我体内积蓄的土地知识，是它们为我的每一次抉择指明了方向。这4年来的努力并不是竹篮打水一场空。没有这4年的积累，便不会有这次极夜之行的成功。

在4年努力的末尾，我不但实现了这次探险，还见到了这颗星球不为人知的一面。启程前，我曾期待借由这次探险的成功，体验现代体系内部业已遗失的人与自然之间最原始的关系。就结果而言，收获超过了预期。在冰盖上方，我曾无数次仰望北极星神，并意识到如不舍弃自身感受，便无法开启正确的道路。当我因此感受到绝对他力的存在时，我发觉自己理解了信仰的最初形态。在不见月光的真正极夜中，彷徨于冻土大地的我得出了结论：对黑暗的恐惧源于无法确定自己的地理位置，进而无法现实地想象数天后自己仍然存活的事实。在达拉斯湾，我切实地感受到了月亮对黑暗世界所具有的绝对支配力，也切身地认识到，自古以来天体是如何以其本质性的力量对人类施加影响的。还有，在冰盖上方遇到猛烈的暴风雪时，当我凝视死亡，我恍然记起了妻子生产时的场面。我因此想到，人类之所以将光视为希望，是因为在降生的那一刻，我们都曾被光芒所围绕。而我之所以对极夜过后的太阳怀有憧憬，是因为我想再次体验出生的过程。从母体降生于世间是我们每一个人的人生开端，也是我们的世界的源头——这便是我在那时领悟到的一个极其简单的真相。启程之前我并未想到，自己将会因此对人的出生拥有这样深刻的认识。

　　4年的努力和由此积累起来的对于这片土地的阅历，共同造就了这场带给我太多领悟的旅行。正是这样一场旅行，让我对探险这项活动本身有了新的认识。那就是仅在对一片土地熟识以后，才有可能看到对它探险的新面貌。与其前往人迹未至的新土地，进行广泛而浅显的表面性踏查，有时候不如彻底深入一片已知的土地，才有可能在探险中闯出新天地，看到原本就存在于那里却一直被我们视而不见的东西。这次旅行便是这样一场发现之旅，同时也是一次绝无仅有的探索体验。虽然今后我仍会本着探险的初心将旅途继续下去，但是恐怕不会再有这次这样被未知的不安、兴奋与发现填满的冒险经历了。我想，以后我会辗转其中的探险恐怕都是无法与这次极夜之旅相媲美的吧。这也是没办法的事。真正意义上的探险要么一生只此一次，要么终生与之无缘，唯独不是能够再三体味的东西。

大概就在刚才，我那一生仅此一次的冒险结束了。不过，我此时的心情绝不算坏。

我和狗儿从冰川脚下最后的营地出发，行走在坚固的海冰上。强风吹散了冰面上的积雪，令其呈现出仿佛经电脑修正过的非现实的深蓝色。在峡湾周围，熟悉的白色山峦环绕着海湾，黎明前的薄光将天空染成了幻想般的淡紫色。日出将近，通往村子的风景变幻着绚烂的色彩，天空也渐渐变成了蓝色，明亮了起来，逐渐色彩纷呈。阳光在无意间营造出的渐进颜色，映在我眼中是如此的新鲜和前所未见。

狗儿在我身边乖巧地拉着雪橇。村子已经可以看得见了，而且离我越来越近。几位身穿暖和衣裳的村民正从家中走出来，出现在冰面上。冰面上的身影渐渐变大，我望着那些身影，渐渐认出了它们的主人。

就在这时，太阳由东南方升上了天空。

晨曦打在村子背后的山坡上，发出闪闪金光。

对岸的半岛上，朝阳冉冉升起，洒下的光芒在大地上扩张着领土，不断向我脚下推移着疆界。

看见村民们向我挥手，我也向他们挥起了手。抵达村口的时候，山崎先生用相机记录下了我凯旋的一幕。人们向我提问，可我因为感动至极，结果变得语无伦次。他们迎上前来和我拥抱，村里的大娘还掏出苹果递到我手上。我咬上一口，嘴里满是酸涩的果汁。

我看向左边，太阳恰好从半岛后面露出了脸，用耀眼的阳光照亮了我们。光芒已经失去了两天前初见太阳时的强大威力，取而代之的是宛如慈蔼微笑的和煦与温暖。我被村人们和阳光簇拥着，回到了有人类生息的土地上。

时隔 80 天再次见到肖拉帕卢克时，天空如此明朗，已能让人感到春意。

如今极夜已成过去，在接下来的日子里，村子将以可见的速度明亮起来。短短两个月后，太阳终日不落的极昼季节就会开始。

后　记

人生中，有时你必须踏上旅程，去寻求一场胜负未卜的较量。

说是较量，却不是那种和他人的竞争，而是一场视自己为对手的挑战。所以那也将是和自己一决胜负、为之前的人生画上句号的旅程。

换句话说，你将投入以往获得的所有知识和见解，以旅行的方式让过去的自己接受考验。

对我来说，去旅行就是去冒险。既然是冒险，就必然要将生命置于险境，而且为了构成对自我的挑战，冒险还需要具有新意。因此，这样的旅行并不是年年都有的。但如果每隔几年不去展开一场这样的冒险，我便觉得自己在步向腐朽。我害怕如果不去向险境发起挑战，自己就将永远苟且在过去的延长线上，无止境地重复着可以预见的未来而不可自拔。因此，为了防止腐化的发生，为了让身为表达主体的自己完成从过去迈向未来的蜕变，每隔几年我都会展开一趟以自我角逐为目标的旅程。

过去，我曾经历过两次同样性质的旅行。第一次是于2002年至2003年冬天在西藏的雅鲁藏布大峡谷的独自探险；第二次是在2009年至2010年间，同样是在雅鲁藏布大峡谷的独自探险。虽说是在同一片土地上，但两次个人行所承载的愿望说是迥然相异也不为过。

"人生中至少要有一场这样的冒险，而我做到了。"——第一次旅行的动机完全源于我对自我标榜的执着。换句话说，那是还一事无成的年轻的我所采取的义无反顾又一意孤行的行动。相比之下，第二次旅行时的心境则是为了给曾经对雅鲁藏布大峡谷义无反顾的青春画上终止符。那时的我已不再满足于第一次探险的成果，于是辞去了报社的工作，再次只身向西藏的无人之境发起了挑战。当时的目标很明确，就是这次秘境探险一定要做到让我自己满意。我想借由成功将自己从十多年来因雅鲁藏布而起的自我桎梏中解放出来，为人生找到新的方向。

尔后的第三次胜负较量，便是这次的极夜探险。

那么在这次极夜探险中，我又检验了哪些在过去取得的成果呢？首先，最大的一项便是我在 35 岁以后逐渐形成的关于脱离体系的设想。我想把这种设想带到旅行中去，用行动将它表现出来。近 10 年来的许多零碎想法构成了我现在的行动基石，我对此行的期望就是将这些想法带入旅行，通过旅行将它们表现出来并加以检验。从这层意义上讲，此行不仅是对雅鲁藏布大峡谷探险以后自己所取得成果的一次汇报，也是对自己迄今为止的探险生涯的一次总结。在本书中，我曾以类似工作论的角度提到，35 岁到 40 岁这个阶段是决定一个人一生中最大成就的阶段。不可否认，因为年龄的关系，我在此行开始前抱负极大。

另一大成果是个人生活上的变化。这次的极夜计划是以 2014 年在加拿大剑桥湾的实验性极夜流浪拉开帷幕的，就在同年 8 月，我结婚了。可以说，我是在完全无意识的情况下同时开始了极夜探险与婚姻生活这两件人生大事。不仅如此，第二年冬天孩子的出生仿佛也有意与格陵兰岛之行相重叠了。

在日常的时间线上，婚姻与孩子的出生为我带来了新的家人，让人生步入了新的阶段。而在另一条非日常的时间线上，我和狗儿正在为有朝一日能够踏遍黑暗世界的极夜之旅做着准备。极夜探险与我在无序中组建起来的家庭，这两者仿佛是两种我必须同时进行下去的人生历练，我很难将它们分开看待。特别是孩子的出生，我将它看作我"个人史"上的一场革命，也是令我重新审视人生意义的一个契机。

话虽如此，我却不认为组建家庭与极夜探险的主旨之间存在任何直接的关联，至少在此行结束以前是这样想的。在格陵兰岛与加拿大埃尔斯米尔岛之间，就像产妇的腹部，由宽大的柯恩海盆经由狭窄的海峡通道与北极海相连。因此，如果能够到达北极海，从地形上看，大致相当于婴儿通过产道前往外部世界，我就是借助这种想象将这次探险与孩子的出生联系在一起的。但我完全没有想到，在漫长极夜过后见到的太阳光芒会与婴儿在出生时见到的光芒有某种相似性。虽然把探险与家庭看成两条不可分割的人生路线，我却并未找到它们在主旨上的连接点，也从未想过会在这本写极夜探险的书中触及任何关于出生的事。

然而在返程途中，在冰盖上方经历暴风雪时无意间想起的妻子生产时的场面将一切都改变了。原来我穿过极夜的黑暗最终见到太阳，是为了再次体验出生的过程。这次探险从根本上而言就是与家庭概念紧密相连的。极夜探险与组建家庭这两条平行线并非没有交集，事实上它们只是同一件事在不同侧面上的表现。我记得当我理解到这一层时，身体是颤抖的。为什么这种稍微动动脑子就能想到的理所当然的事，我却一直没有想到呢？实在太不可思议了。意识到太阳的光芒与出生的关系后，这次探险意外地成了一场反映我个人生活变化的旅行。

不管怎样，这次极夜之旅都是自雅鲁藏布探险以来在方方面面都具有重大意义的一次旅行。我检验了这些年来取得的成果，也时隔多年再次与死亡擦身而过。我采取的那些真正值得称为探险的行动也是在雅鲁藏布探险之后都未曾有过的。虽然一直顶着冒险家的头衔，但迄今能让我挺起胸膛说是真正冒险的也就只有雅鲁藏布探险罢了。虽说除此以外也进行过远征新几内亚岛、寻找雪男、在加拿大北极圈内长期徒步旅行等冒险活动，但都是达不到冒险标准也不够格的冒险行为。唯独这次极夜探险，无疑是在任何人面前都不羞于提起、不折不扣的真正冒险。借由这次旅行，我终于如愿以偿，实现了人生的第二次冒险。

最关键的是，这趟旅行和雅鲁藏布探险一样，也和我的人生密切相关。在不断展开极夜计划的同时，我时常会思索这趟旅行于我人生的意义究竟是什么。人生剩余的时间，也就是距离肉体衰退后无法再进行高强度探险的时间又要如何对待，对此我也要时常加以思考。以当下最佳的身心状态投入到这项计划中去是我强烈的愿望。如果说以雅鲁藏布探险为蓝本写成的《空白的五英里》是一部对青春的记录，那么这本《极夜行》就是一个年过不惑、人生基调已定的男人对自己选择的人生道路所能达到的顶峰的一次摸索。

通过在极夜里的探寻，我试图将我的探险生涯的巅峰书写出来。

唯有这件事，我无论如何都要将它完成。这份心情或许与我在 26 岁那年冬天决意向雅鲁藏布大峡谷踏出最初一步时的心情无比接近。在这本书业已完成的现在，我有理由相信，自己终于写出了出道之作《空白的五英里》的理想续篇。

致 谢

这次极夜探险能够实现，不论是在物质上还是在精神上，都受到了多方人士的鼎力支持。在此，请允许我向他们表达诚挚的谢意。

首先要感谢肖拉帕卢克的大岛育雄先生。大岛先生在诸如自然环境、历史文化、旅行技术乃至冰川的路线和冰况等方面都予以我太多指导，就连我在探险中使用的海豹毛皮靴、北极熊毛皮手套和雪橇的把手等装备，也是大岛先生亲手制作的。还有同样来自肖拉帕卢克的山崎秀哲先生，也在这次探险中予以了我诸多关照。山崎先生不仅教会了我如何在村里生活、与狗的相处方式，帮助解决装备的调配渠道等实务性问题，在探险中还担负着我与村子之间的联络工作。此外，还有在利用兽皮艇运输物资之际，前来极地助阵的山口将大先生；在兽皮艇的装配和技术层面予以我支持，在琵琶湖从事导游行业的大濑志郎先生；在天象观测方面为我提供指导的原南极观测队队长渡边兴亚先生，具有丰富南极观测经验的原国土地理院测量师吉村爱一郎先生；对极夜计划抱有浓厚兴趣，因而将所属公司特别研发的极夜探险用六分仪专用气泡管装置借给我的玉屋计测系统有限公司的瓮三郎先生；在木材的选定与提供以及雪橇的制作等方面予以我大力支持的沼田山岳会的登山同好清野启介先生；当时在日经国家地理担任会长，并在极夜计划中担任联系人，同时也是我在大学探险部的前辈伊藤达生先生。

此外，还有为本次探险开发并提供了防寒服、罩靴、外手套、羽绒服、冲锋衣等一系列特殊材料防寒装备的 MAMMUT（猛犸象）品牌在日本的运营商株式会社 DESCENTE JAPAN，以及睡袋的特别定制开发提供商株式会社 mont-bell。

谢谢你们!

借此机会，我同样要向负责本书连载的文春 online 编辑部的竹田直弘先生、小田垣绘美女士，以及单行本的责任编辑（Number 编辑部）藤森三奈女士表示由衷的感谢。

角幡唯介

2017 年 12 月 24 日

图书在版编目（CIP）数据

极夜行 /（日）角幡唯介著；丁楠译. —杭州：
浙江大学出版社，2022.5
（启真·闲读馆）
ISBN 978-7-308-22479-6

Ⅰ.① 极⋯ Ⅱ.① 角⋯ ② 丁⋯ Ⅲ.① 散文集—日本
—现代 Ⅳ.① I313.65

中国版本图书馆CIP数据核字（2022）第053089号

极夜行

[日] 角幡唯介 著 丁楠 译

责任编辑	周红聪	
责任校对	董齐琪	
装帧设计	周伟伟	
出版发行	浙江大学出版社	
	（杭州天目山路148号 邮政编码310007）	
	（网址：http://www.zjupress.com）	
排　　版	北京楠竹文化发展有限公司	
印　　刷	北京中科印刷有限公司	
开　　本	880mm×1230mm　1/32	
印　　张	9.625	
字　　数	212千	
版 印 次	2022年5月第1版 2022年5月第1次印刷	
书　　号	ISBN 978-7-308-22479-6	
定　　价	59.00元	

浙江省版权局著作权合同登记图字：11-2022-141 号